KEITAI
SHOUSETSU
BUNKO
SINCE 2009

お前のこと、

誰にも渡さないって決めた。

結季ななせ

● STARTS
スターツ出版株式会社

イラスト／杏堂まい

"お砂糖系女子×ブラックコーヒー系男子"
大好きな幼なじみは、私にだけすっごく冷たい。

『みっくんが、だーいすきっ』
花岡(はなおか)ひまり

×

『おまえだけは無理』
棚橋(たなはし)光希(みつき)

いつだって、みっくんの隣がいい。
大勢の中の１人でもいいから、
"彼女"になりたいのに。

――いっぱい彼女がいるくせに、
彼は私を彼女には絶対しない。

『俺だけが好きって言えよ』
甘い恋がしたいのに、
キミとの恋は、にがくてあまい。

お前のこと、誰にも渡さないって決めた。
登場人物紹介

花岡 ひまり
（はなおか）

超天然な高1の美少女。幼なじみの光希と仲が良かったのに、高校生になってから避けられていることが悩み。光希のことが大好きだけれど、その気持ちが恋だとは気づいていない。

棚橋 光希
(たなはし みつき)

芸能人顔負けのイケメンで、学校では女子からモテモテなクール男子。自分でもなぜかわからず、ひまりに冷たくしてしまうけれど、だんだんその理由を自覚していって…？

第1章
"甘い"と"苦い"は正反対

みっくんと私	10
作戦会議	30
臨海学校、1日目	53
変わらない優しさ	74
砂糖菓子は甘すぎる＊光希side	106
塩味のわたあめは	118

第2章
"甘さ"は"苦さ"を溶かすほど

恋は盲目	142
波乱の体育祭	169
認めたくないけれど＊光希side	207
惚れたほうの負け＊光希side	233
恋するメイドの文化祭	248
重なる影と茜色	278

第3章

"甘い"と"苦い"を合わせれば

クリスマスデートは誰のもの？	306
我慢の限界＊光希side	331
いちばん好き、大好き。	345
苦くて甘い、キミとの恋	363

特別書き下ろし番外編

甘い熱と本音	376
あとがき	400

第 1 章

"甘い" と "苦い" は正反対

みっくんと私

　放課後、西の空がオレンジに色づきはじめたころ。
　角からちらりと見えた人影を目がけて、街路樹の後ろから飛び出した。
「みっくん!」
　勢いまかせに名前を呼ぶと、その人影はうざったそうにこちらを振り向く。
　その顔には"またおまえか"とはっきり書かれていて、一瞬ひるんだけれど、ここで引き下がるわけにはいかない。
「あのね、みっくんの彼女になりたいの」
　彼──みっくんの瞳(ひとみ)をまっすぐに見つめて、そうはっきりと口にすると、はあ、とわざとらしいため息が降りかかってきて。
　そして、彼は心底不機嫌なのを隠そうともしない苛立(いらだ)った口調で吐き捨てた。
「なあ、何回言えばわかるわけ?　おまえだけは無理だっつってんだろ」
「なんで?　どうして私じゃダメなの?　香音(かのん)ちゃんだって、鈴華(すずか)ちゃんだって、麗奈(れいな)ちゃんだって、みんなみっくんの彼女なんでしょ?」
　それだけじゃないのも、知っている。
　美結(みゆ)ちゃんだって、１つ年上の里美(さとみ)センパイだって、２つも上の梨絵(りえ)センパイだって、みんなみっくんの彼女なん

だから。
　なのに、おかしいよ。私だけ彼女にしてくれないなんて。
「そういうのは、お互い好き同士じゃなきゃ無理だろ」
「私だって、みっくんが、だーいすきだよ?」
「おまえがどう思ってようが関係ねーんだよ。俺は好きじゃない」
　みっくんがぴしゃりと言い放った『好きじゃない』が、ぐさりと私の心のど真ん中に突き刺さって、そこから痛みがじわりと広がった。
　ひどいよ……みっくんの、ばか。
「それでも、私は好きだもん」
　少しでもいいからわかってほしい、と言葉を重ねたのは逆効果だったのか、みっくんはふい、と私から顔をそむけてしまう。
「勝手に言ってろ。俺はもう帰る」
　そう言い残して、本当に背中を向けて帰っていってしまった。
　みっくんの姿が見えなくなって、仕方なく私も家の隣の家——つまりは自分の家へと帰ることにした。

　みっくんこと棚橋光希くんと私、花岡ひまりは幼なじみ。
　私とみっくんの家は隣同士で、おまけにママとみっくんママはすごく仲よし。そのおかげか、昔から、気づけば私のそばにはいつもみっくんがいた。
　幼稚園も、小学校も、中学校も、ずーっと一緒。

今年の春から通っている高校も、私がみっくんを追いかけてきたから、また一緒で。
　……私はうれしいのに、その気持ちはどうやら一方通行らしい。
　高校生になって、みっくんはがらりと変わった。見た目じゃなくて、中身の話だよ。それも私に対して限定でね。

　──入学してすぐのこと。
　みっくんに、私の知るかぎりでは初めての彼女ができた。
　それを知ったときはたしかにびっくりしたけれど、でもそんなにショックは受けなかった。
　だって、王子様よりかっこいいみっくんのことだもの。
　染めていないのに、生まれつき綺麗な色の髪の毛に、ホクロ1つ見当たらない肌。
　スッとした鼻筋はみっくんパパ譲りで、深い色に思わず見惚れてしまうような瞳は、みっくんママにそっくり。
　幼いころは私とたいして変わらなかった背丈も、いつの間にかみっくんのほうがはるかに高くて。
　すらりと長い脚には、中学生のときバスケ部のエースだった名残か、余計な肉さえついていない。
　テレビに映るどんな俳優さんよりも、昔よく2人で見ていた戦隊モノのヒーローよりも、みっくんのほうがずっとかっこいい。
　だから、そんなみっくんに彼女ができたって全然不思議なことじゃなかった。

第1章 "甘い"と"苦い"は正反対 ≫ 13

　むしろ、うれしかったんだよ。私と同じようにみっくんのことを好きだっていう女の子がいるんだと知って。
　なのに、素直に喜べずにいるのは、その日を境に私とみっくんとの関係が何もかも変わってしまったから。
　——みっくんは、その日を境に一緒に登下校してくれなくなったんだ。
　それまで、一度たりとも別々に通学路を歩いたことなんてなかったのに。
　幼稚園のときは2人でママたちのお迎えを待ちながら遊んで、小学校のときは帰り道の途中にある駄菓子屋のおばあちゃんに『今日も仲よしねえ』と手を振ってもらって、中学校にあがると、みっくんはテストの成績が悪かった私のことを笑いながらも励ましてくれた。
　その時間が、大好きだったのに。
『俺、彼女できたから』
『知ってるよ？　おめでとうっ』
『うん、だからさ』
『なぁに？　あっ、ねえ、帰りながら話そうよ』
『帰らねーよ』
　突然、告げられた言葉に耳を疑った。
『え……？』
『帰らねーっつってんの。朝も帰りも、これからはおまえとじゃなくて彼女と一緒だから』
『みっくん……？　急にどうしたの……』
　悪い夢を見ているんじゃないか、なんて考えて。

それが本当に夢だったなら、どんなによかったか。
『どうもこうもない。もうおまえとなんか一緒にいたくないってこと』
『うそ……だ』
『うそなんかつくかよ。あと、軽々しく"みっくん"って呼ぶのもいい加減やめろ』
『ちょっと待って、いきなりそんなこと言われても……っ』
　私の言い分なんか少しも聞かないで、１人で何もかも終わりにして。
『じゃあな』
　みっくんはくるりと背中を向けて遠ざかっていった。
　本当はその背中に言いたいことなんて山ほどあったけれど、ショックで声にならなかった。
　あの日の夜は、眠れなかった。
　──登下校が別になっただけじゃない。
　それっきり、みっくんはめっきり冷たくなった。
　もともとみっくんは、優しい王子様のようなタイプではない。
　私のことを小ばかにしてきたり、からかってきたり、そんなことはいくらでもあった。
　でも、こんなふうに絶対零度を向けられたことは一度もなかったのに。
　今のみっくんは、私が話しかけてもたいていは無視。
　今日はたまたま返事を返してくれたけれど、そんなの奇跡に近い。

少しでも近づこうとしたなら舌打ちされて、それでも諦めなければ最終的には鋭く睨みつけられる。
　ずっと"ひまり"って、名前で呼んでくれていたはずなのに、それさえもなくなった。
　今では、よくても"おまえ"としか。
　苦い。苦くて、喉のあたりが苦しい。
　まるで、大っ嫌いなブラックコーヒーを飲んだときのような感覚。
　その後も、彼女はどんどん増えているみたいだった。
　同級生にはじまり、ついにはセンパイまで。
　今、みっくんのそばには、どれほどたくさんの女の子がいるのだろうか。
　数えきれないほどいる彼女は、みんなかわいい。
　性格まではよくわからないけれど、みっくんが選んだのなら、きっと素敵な子たちなんだと思う。
　だから、みっくんの彼女に文句なんてない。
　文句なんて１つもない。
　ただ、羨ましいだけなの。
　昔は私がひとりじめしていた、みっくんの笑顔とか、優しい声だとか、照れると耳たぶに触れるクセとか、うれしいと目尻がちょっと下がるところとか、その全部が今はみっくんの彼女さんのもので。
　私と一緒に帰ってくれないのも、口をきいてくれないのも、笑顔を向けてくれないのも、私がみっくんの彼女じゃないから、なの？

それなら私のことだって、他の女の子たちと同じように彼女にしてよって、そう思って。
　毎日のように、みっくんを待ち伏せしては話しかけているのに。
　みっくんは、いっつも『おまえだけは無理』って言って取り合ってくれない。
　どうして私はダメなの？
　他の女の子と何が違うの？
　何も言ってくれないから、わかんないよ。
　私はただ、みっくんが大好きだから、隣にいたいだけなのに。

「やっぱり、またダメでした……」
「だよね。そんな簡単に上手くいくほうが驚きだもん」
　夏奈ちゃんが納得したように頷くから、なんだか悔しくなって２パック目のイチゴミルクに手を伸ばした。
　そんな私を見て、夏奈ちゃんは怪訝そうに顔をしかめる。
「ひまりはほっそいからいいけどさー、そんな甘ったるいのばっかで飽きないの？」
「飽きないよっ！　それより私は、夏奈ちゃんが飲んでるカフェオレのよさのほうがわからない……」
　何を隠そう、私は大の甘いもの好きで。
　反対に苦いものや酸っぱいものは苦手。
　酸っぱいものなら、まだ我慢できる。梅干しは無理だけど、レモンとかなら。

だけど、苦いものだけはどうしても口にできない。ピーマンやゴーヤのような野菜もそうだけど、何よりもいちばん苦手なのはコーヒー。
　カフェオレみたいに、ミルクや砂糖がたっぷり入っていてもダメなものはダメ。
　昔、みっくんに騙されてブラックコーヒーを飲まされたときは、あまりの苦さに死んじゃうんじゃないかと思ったほど。
　そんなみっくんはコーヒーが好きみたいで、逆に甘いものは苦手だったりする。
　夏奈ちゃんこと早坂夏奈ちゃんも、毎日お昼にカフェオレを飲んでいるんだけど、みっくんにしても夏奈ちゃんにしても、よくそんな苦いものを口にできるなってひそかに尊敬している。
「それより、棚橋くんもなかなか手強いねー。この不毛なやりとりも、もう何度目よ」
　今は昼休み。教室でお昼ごはんを食べながら、昨日もまたみっくんへのアプローチに失敗したという話を聞いてもらっているところ。
　高校に入学して、そろそろ３ヶ月になる。
　今ではいちばんの友達である夏奈ちゃんだけど、初めて会ったのは入学前の春休み、高校の説明会からの帰り道でのことだった。

『ねえ、みっくん！　速いよっ』

『ひまりの足が短いんだろ』

　あのときも、たしかみっくんと一緒だったんだよね。

　足の長いみっくんについていくのに必死だった私は、慌てて歩幅を大きくしたのが仇(あだ)となり。

『ひゃあっ!?』

『っ、おい……！』

　その場に派手に転んでしまったの。

『ばかじゃねーの』

　そんなまぬけな私を見ての、みっくんのひとこと。

『ば、ばかじゃないもんっ、みっくんが待ってくれないから！』

『はあ？　俺のせいかよ』

　売り言葉に買い言葉。こうやって言い争いになるのは昔からよくあることだった。

『ほら立てよ。とりあえず帰るぞ』

　しばらくして、みっくんが私の腕をぐっと掴(つか)んだ。

　その瞬間、

『痛っ』

　思わず悲鳴を上げてしまう。

　みっくんが慌てて手を離したその場所は、転んだときに打ってしまったらしく、すり傷になっていて。

　でも、このくらいのケガで済んでよかったなあと心の中で呟(つぶや)いたときだった。

『ちょっと！』

　聞き慣れない女の子の声。

声が聞こえたほうを向くと、ポニーテールの活発そうな女の子が立っている。
『離れなさいよ！　この……ナンパ男！』
『は？』
　びしっ、とこちらをまっすぐに指さして言ったその子の言葉に、２人でそろってきょとんとした。みっくんなんか、声に出してしまっている。
　わけがわからず呆気にとられていると、その女の子がすたすたとこちらに近づいてきた。
『その子、嫌がってるじゃん！』
　私のほうを見て、みっくんに詰め寄る女の子。
　これって、もしかして。
　みっくんが私のことをナンパしている、なんて、とんでもない勘違いをされているんじゃ……？
　だけど、嫌がってる素振りなんてしたつもりないんだけどなぁ。
　……あ、さっきみっくんに腕を掴まれたとき、痛みで顔をしかめたのがそういうふうに見えたのかな。
　ちらり、とみっくんの様子をうかがうと。
　うわぁ、見るからに不機嫌。
　その表情に、私のほうがびくびくしてしまう。
『……こんなちんちくりん、誰も興味ねーよ』
　みっくんの反論に、私のほうが反論したくなった。
　ちんちくりんだなんて、ひどい言われようだ。
『ちょっと！　その言い方はなんなの？　顔がいいからっ

てなんでも許されるわけじゃないんだからね！』

　かっこよさを認める女の子のその発言に、急に親近感が湧いてくる。やっぱり、みっくんはかっこいいよねっ。

　——じゃなくて。

　どうしよう、あらぬ誤解のせいで一触即発状態になってしまっている。

　そして今、誤解を解けるのは私しかいない。

『あ、あのっ！』

　なんとか声を上げると、みっくんと女の子の視線が一斉にこちらに集まって、思わず肩がびくっと揺れた。

『どうしたの？』

　女の子が私に向けて発した声は、みっくんに向けていたそれより幾分も優しくて少しほっとする。

『ご、誤解なんです……！　その、ナンパとかそういうのでは、決してなくて……』

　口にするのも恥ずかしい。

　だって、ナンパなんてされたこともないし、されるはずもないのに。

『ほんとに？　言わされてるんじゃなくて？』

『ほ、ほんとです！　みっくん……えーと、この男の子とは幼なじみで、さっきのは私が勝手に転んじゃっただけで！　だから、あの、違うんです……っ』

　身振り手振りしながら必死に説明して、言い終えてから女の子の顔を見ると、なぜか耳まで真っ赤に染まっていた。

『ごごご、ごめんなさいっ！』

そう言って、ばっ、と勢いよく頭を下げたかと思えば。
『変な勘違いしてすみませんでしたっ！　それでは！』
　ものすごいスピードで走り去ってしまった。
　……誤解は解けたのかな？
　女の子が去っていったほうをぼんやりと見つめていると。
『ほんと、誰がこんなちんちくりんなんか相手にするかよ。ほら、ひまり、立て。また誤解される前に帰るぞ』
　またちんちくりんって言った……！
　たしかに平均身長よりは低いけれど、気にして毎日牛乳飲むようにしてるんだからね？
　でも今度は、みっくんが優しく手を差し伸べてくれたから、ありがたくその手を借りて立ち上がった。
　——このときの女の子が、夏奈ちゃんで。
　入学式の日、みっくんとクラスが離れて落ち込んでいた私に声をかけてくれたことで再会を果たしたんだ。
　夏奈ちゃんは、春休みの間に髪の毛をばっさり切ってショートヘアになっていたから、最初はあのときの子だとは気づかなかったけれど、お互いすぐに思い出した。
　夏奈ちゃんは、第一印象どおり明るく親しみやすい性格で、人見知りが激しい私でもすぐに打ち解けられた。
　そんな夏奈ちゃんと同じクラスで、これからの高校生活が一気に楽しみになったんだよ。
　……その代わり、このあとすぐにみっくんとは疎遠になってしまったんだけど。

「聞いてる？　ひまりー、帰ってきてー」
「わぁっ……！」
　目の前には夏奈ちゃんの手のひらのどアップ。
　驚いてのけぞると夏奈ちゃんが苦笑した。
「そんなに驚かないでよ。いきなりぼーっとしはじめて、何事かと思ったんだから」
「えへへ、夏奈ちゃんと出会ったときのことを思い出してたの」
「っ、お願いだからその話はもう忘れて！　あんな勘違い恥ずかしすぎる……！」
　この話になると、夏奈ちゃんはいつも真っ赤になってしまう。
　そういえば、入学式の日には『ちゃんとお詫びしたいから』って言う夏奈ちゃんに頼まれて、みっくんのところに連れていって紹介したんだっけ。
　みっくんは笑って許していたけれど、あのときも夏奈ちゃんは真っ赤だったなぁ。
「この話はおしまい！　それより、私、ひまりに聞きたかったことがあるんだよね」
「ほぇ？　なぁに？」
　ずっと前から聞きたかった、というような口ぶりに私は首をかしげた。
「ひまりってさ、どうしてそんなに"棚橋くんの彼女"にこだわるの？」
　どうしても、みっくんの彼女になりたい理由。

みっくんが急に冷たくなってから、夏奈ちゃんにはあれこれ話を聞いてもらってきたけれど、そういえば一度も話したことがなかったかもしれない。
「みっくんと前みたいに仲よくしたいの。一緒に登下校したいし、話したいことだっていっぱいあるし、ちゃんと名前で呼んでほしいし……いちばんは、みっくんの笑顔が見たい、から」
　私の言葉に夏奈ちゃんはいぶかしげな顔をした。
「じゃあ、ひまりは棚橋くんの大勢いる彼女の中の１人になれたら、それでいいってこと？」
　夏奈ちゃんの問いかけにこくり、と頷く。すると、ますます夏奈ちゃんは怪訝な表情を浮かべて。
「どうしても"彼女"がいいんだ？」
　そう尋ねた夏奈ちゃんに、私はこくりとうなずいた。
　だって、みっくんは。
「彼女さんには優しいって聞いたの。……私も見ちゃったんだ」
　他の女の子に、優しく微笑みかけるみっくんのこと。
　思い出すだけで、きゅうっと胸が苦しくなる。
　それなら私だって。……幼なじみがダメなら、彼女になるしかないよね。
「棚橋くんには、『好き同士じゃなきゃ』って言われたんだっけ？」
「うん……」
　みっくんは、私のことを『好きじゃない』からダメなん

だと言っていた。
「そっか。ねえ、ひまりはさ、棚橋くんのこと、どう思ってるの？」
　みっくんのこと？　そんなの……。
「だーいすきだよっ」
　大好き、以外の言葉が見つからない。
　私にとって、それほど大切な幼なじみ。
「それって、どういう意味の"大好き"？」
「ほぇ……？」
「だーかーらー、どういう意味で"大好き"なのかって聞いてるの！」
　どういう意味でって、どういう意味？
　きょとんとした私に夏奈ちゃんが補足してくれる。
「例えばいろいろあるじゃん。恋愛感情としての"好き"なのか、友情としての"好き"なのか、家族のような存在に対しての"好き"なのか、とか」
　せっかく補足してくれた、けれど。
「えっと、"好き"ってどれも同じ意味なんじゃないの？」
　首をかしげながら、夏奈ちゃんのハニーブラウンの瞳をじっと見つめた。
　すると、その瞳はどんどん見開かれて真ん丸になって。
「夏奈ちゃん？　どうしたの？」
「どうしたの、はこっちのセリフだよ。ねえ、本当にわからない？」
「うん……？」

こてん、と首をかしげると夏奈ちゃんは「あちゃー」と頭を抱え込んでしまった。

　そんな夏奈ちゃんの様子におろおろしていると、夏奈ちゃんが先に口を開いて。

「ひまりって初恋はまだ？」

「はつこい……？」

　あまりピンとこなくて、瞬きを繰り返すと。

「その様子じゃ、絶対まだだよね」

　私が答えるまでもなく、夏奈ちゃんが結論づけた。

「うーん、とりあえず恋はわかるよね？」

　夏奈ちゃんが、そう言って私の反応をうかがう。

　恋……かぁ。

「えっと、ドラマとかでよくやってる……大人がするもの、でしょ？」

　私にとっては、スクリーンの中だけの遠い世界の話。

　そう答えると、ついに夏奈ちゃんは言葉を失ったように黙り込んでしまった。

「……ひまりがここまでピュアだとは思ってなかったわ」

　しばらくしたのち、夏奈ちゃんがぽつりと呟いた。

「……？」

「小柄だし、色白だし、髪の毛もつやっつやの黒髪だし。たしかに純粋そうだなとは思ってたけど、今どきこんな天然記念物がいるなんて」

　ずっと、恋なんて、ドラマかマンガか小説の中だけの夢物語だと思っていた。

でも、違うの？
　今まで自分がするものだと考えたことなんてなかったけれど、それってどんな気持ちなんだろう。
　ぐるぐると頭を悩ませる私を見て、夏奈ちゃんはくすりと笑った。
「ひまりって、あれに似てるよね」
「あれ……？」
「んーっと、ケーキの上に乗ってる砂糖でできた人形。カラフルなやつ」
「メレンゲドール？」
「あれってそんな名前あったんだ。さっすが、甘いものには詳しいね」
　だって、クリスマスケーキの上にいるサンタさんのメレンゲドールを食べるのは毎年私の役目だからね。
　みんな、甘すぎるって言って食べないから。
　……それがおいしいのに。もったいない。
　それより、メレンゲドールに似てるってことは、つまり。
「夏奈ちゃんまで、私の身長が低いって言いたいの……!?」
　これでも一応気にしてるんだよ、と頬(ほお)を膨らませながら言うと。
「そうじゃなくて……まあ、それも少しはあるかもしれないけど。そんなことより、混じりっけなく甘いところがそっくりだなって」
　大好きな甘いものに似てると言われて、悪い気はしないけれど。

「それにしても砂糖菓子に似てるって、新しいタイプだね」
「タイプ……?」
「ほら、肉食系とか草食系とか、犬系、猫系って言ったりするじゃん。それならひまりは……お砂糖系?」
「あ、ありがとう……?」
　なんと答えるのが正解なのかわからなくて、とりあえず首をかしげながらお礼を言うと、夏奈ちゃんはおかしそうに笑った。
　そして夏奈ちゃんが続けて口を開いて。
「ひまりがお砂糖系なら、棚橋くんは……」
　みっくん?　みっくんはね……。
「ブラックコーヒー」
「え?」
「みっくんは、ブラックコーヒーだよ」
　そう断言した私に、夏奈ちゃんが聞き返す。
「それまたどうして?」
「だって今のみっくんは苦いもん。優しくないし、笑わないし……。全然取り合ってくれないところなんか、私が飲めないブラックコーヒーにそっくり」
　ブラックコーヒーを淹(い)れたカップの底は、真っ黒で何も見えない。
　それと同じでみっくんの心の底だって見えないし、わからない。
　──そんなところもそっくりだ。
「ブラックコーヒーね。たしかに、言われてみればそうかも」

「でしょ？」
　これから、みっくんのこと"ブラックコーヒー"って呼ぼうかな。
　あ、逆にブラックコーヒーのほうを"みっくん"って呼べば苦手意識が薄れて飲めるようになるかもしれない。
　なんて頭の中で考えていると。
「お砂糖とブラックコーヒーかぁ。ひまりたちって、ほんと正反対なんだね」
「正反対？」
「だって、甘いと苦いって正反対でしょ？」
　なるほど、と納得する。
　たしかに、昔からあまり"似てる"って言われたことはないかも。実際似てないしね。
「正反対だから、避けられちゃうのかな」
「そういうわけじゃないと思うけど。まあ、頑張んなよ。棚橋くんと元どおりの関係に戻るのが、ひまりの望みなんでしょ？」
　夏奈ちゃんの言うとおり。
　みっくんのことが大好きだから、隣にいたい。それだけが私の願いごと。
「うん！　私、絶対諦めないもん！」
　そう宣言した私に、夏奈ちゃんは満面の笑みを返してくれて。
　今日も、懲りずにみっくんに声をかけようと心に誓った。

——そして訪れた放課後。
　私の頑張りもむなしく、見事なまでに無視されたんだけど、ね。
　それでも、いつかみっくんがまた笑顔を向けてくれるまで私は頑張るよ。

作戦会議

　それから早くも1週間。

　その間にも何度かみっくんに話しかけるチャンスはあったんだけど、相変わらず空気のように扱われ続けている。

　今はちょうど、梅雨が明けていよいよ日差しが強くなってきた7月の初旬。

　窓の外の空は、つい最近まで雨続きだったのがうそかのようにからっと晴れている。

「じゃあ、今から臨海について説明するからよく聞けー」

　担任の先生がプリントを配りながら言った言葉に、教室中がざわめいた。

　"臨海"というのは、わが校のビッグイベントの1つである臨海学校のこと。

　そう、私たちが通う高校では、1年生の7月下旬に2泊3日の臨海学校が設けられているの。

　でも、臨海"学校"とは名ばかりで、その中身は海で遊んだり、バーベキューや花火をしたりの、親睦を深めるための単なるレクリエーションだったりする。

　入学する前は仲のいい女の子がいなかったから、このイベントがちょっと不安だったけれど、今はむしろ楽しみで。

　だって、夏奈ちゃんがいるからね。

「まず1つ目。臨海では基本、班単位で行動してもらうことになる。班は男女別の出席番号順で、5人ずつ。もちろ

ん、就寝の際も班で1部屋だ」
　手元のプリントに目を通しながら、先生の話を聞く。
　出席番号順ってことは、夏奈ちゃんと一緒。ほっと胸を撫で下ろした。
「それから、クラスごとに日程が分かれているからくれぐれも間違えないようにすること」
　続けて、クラスの日程が告げられる。
　私たちのクラスは1日目に体験、2日目は海で、3日目が施設見学──水族館、らしい。
　そして、私たちのクラスと一緒の日程で行動するのが4組で、とくに2日目のバーベキューは2クラス合同で行うみたい。
　……4組？
　私がハッとすると同時に、後ろの席の夏奈ちゃんが私の肩を小突いた。
「ね、4組って棚橋くんのクラスじゃない？」
　夏奈ちゃんの言葉に、私は大きく首を縦に動かした。
「じゃあ、チャンスじゃんっ」
「え……？」
「この機会に棚橋くんにアタックしないでどうするの！」
　そっか、そうだよね。
　せっかく一緒に行動できるんだもん。
　この機会を逃すわけにはいかないよね、と心の中で意気込んでいると。
「ひまり、明日って暇？」

夏奈ちゃんが、唐突に尋ねてきた。
「明日……？」
　明日は土曜日。
　ちょうど、予定はまだ入っていない。
「空いてるけど、どうして？」
「臨海のいろいろ、準備したいんだよね。できれば一緒に買い物行けたらなって」
「行きたい‼　ぜひ！」
　私のあまりの食いつきっぷりに、夏奈ちゃんは堪えきれないといった様子でぶはっと吹き出した。
　だって、うれしいんだもん。
　夏奈ちゃんと休日にどこかへ出かけるのは初めてなんだから。
「なら、そのときに作戦会議ね！」
「……？」
　これまた唐突すぎる夏奈ちゃんの言葉に面食らって言葉を失っていると。
「もう、誰のための作戦会議なのかちゃんとわかってる？」
「ほぇ……？」
　理解が追いついていない私を見て、夏奈ちゃんが呆れたように肩をすくめた。
「ひまりのために決まってんでしょ！　せっかくのチャンス、掴まなきゃ損だよ」
　私のための作戦会議……。
　たしかに、手強いみっくん相手には作戦会議も必要なの

かもしれない。
「ありがとう……！」
　そこまで親身になって考えてくれる夏奈ちゃんに感激しつつお礼を言うと、ぐっと親指を立てて微笑んでくれた。

「おはよっ、ひまり！」
「おはよう、夏奈ちゃん……ごめん、待った？」
　翌日、約束の土曜日。
　ショッピングモールの中で待ち合わせしていたんだけど、私がついたころには、すでに夏奈ちゃんは待っていて。
「ううん、私も今来たとこだよ。……っていうか、ひまりの私服、初めて見たけどかわいいね」
　夏奈ちゃんの言葉に、私は腕でバッと自分の服を隠した。
「なんで隠しちゃうの？　本当にかわいいのに」
「夏奈ちゃんのほうがオシャレだもんっ」
　白のスキニーに、レモン色の爽やかなサマーニット、足元は涼しげなサンダル。
　長身の夏奈ちゃんのスタイルのよさを活かしたコーディネートで、ショートカットにもぴったり。
　対する私は、シェル柄のラベンダーのワンピースに合わせて髪を編み込みハーフアップにしている。
「私は、服も髪もひまりっぽくていいなって思うけどな。今日の格好」
　夏奈ちゃんがそう褒めてくれたから、少しは自信を持てるかもしれない。

「にしても、ひまりって、その靴履いてこの高さかぁ」
　夏奈ちゃんが私の頭のてっぺんの位置を手で示す。
　それは、かかとのないサンダルを履いている夏奈ちゃんのちょうど首ぐらいの位置で。
「ずるい……」
　思わず心の声が漏れた。
　私はコンプレックスである低い身長を誤魔化すために、外出するときはなるべくかかとの高い靴を履くようにしている。
　だって、背が低いと背の高い人と視線を合わせるのも一苦労なんだよ？
　だから今日も、かかとの高いミュールを履いてきたのに。
「私からしたら羨ましいけどなぁ。私がかかと高いのなんて履いたら余裕で男子の背超えちゃう」
「それがずるいのっ」
　むっとして唇を尖らせると、夏奈ちゃんが肩を震わせて笑った。
　もう、私は真剣に悩んでるのに。
「意地悪言う夏奈ちゃんなんて嫌いだもんっ」
　半分冗談でふいっと顔をそむけると。
「え、ちょ、うそうそうそ！　ごめんってば、もう言わないから！」
　予想以上に夏奈ちゃんが必死に謝ってきた。
　……私が夏奈ちゃんのこと嫌いになんてなるわけがないのにね。

「ふふ、冗談だよ。夏奈ちゃんのこと、大好きっ」
「……っ」
　夏奈ちゃんに向き直って笑いまじりにそう言うと、なぜか反応が返ってこない。
　あれ、おかしいな。
「……ずるい」
「え……？」
　しばらくしてやっと夏奈ちゃんが口を開いたかと思うと、"ずるい"ってどういうこと？
　わけがわからなくて、ぱちぱちと瞬きを繰り返していると、夏奈ちゃんがいきなりぎゅーっと私に抱きついてきた。
「わわっ！　どうしたのっ？」
「ひまりが、かわいすぎるのが悪いの！」
　慌てて身じろぎするものの、夏奈ちゃんは"悪い"と責めつつ、ぎゅぎゅっと抱きしめる力を緩めない。
　困惑する私に夏奈ちゃんはまくし立てた。
「だって、天使みたいな笑顔プラス上目づかいで"大好き"なんて言われたら！　私、女だし、そーいう趣味ないけど不覚にもきゅんとしちゃうじゃん！」
「ご、ごめんね……？」
「別に怒ってるわけじゃないよ。……それより、私的にはますます棚橋くんが謎なんだけど」
「え、みっくん……？」
　思わぬ人物の名前が飛び出して、ぽかんとしてしまう。
「どう考えてもおかしいじゃん！　ひまり、棚橋くんにも

毎日好き好き言ってるんでしょ？」
　夏奈ちゃんは、抱きしめていた腕を離したかと思えば今度は私の肩に手を置いてガクガクと揺さぶってくる。
「う、うん」
　そのあまりの勢いに、目をチカチカさせながらも頷いた。
「はぁー……。こんっなかわいい幼なじみにすり寄られて、何事もなかったようにスルーできるなんて、棚橋くんの神経を疑っちゃう……」
「か、かわいいなんて、そんなこと言ってくれるの夏奈ちゃんくらいだよ！」
「そんなことないんだけどなぁ。……まあ、とりあえず買い物しなきゃね！　そのために来たんだし！」
「うんうん、買うものいっぱいあるもんね」
　私がそう言うと、夏奈ちゃんが目に見えてげんなりした。
　私もプリントを見てびっくりしたけれど、準備しなきゃいけないものが多すぎるのだ。
　それから、私にはもう１つ悩みの種が。
「水着って、やっぱり中学のときのじゃ……ダメかなぁ？」
　そう、水着。
　２日目、海で遊んだりするときに着るんだけど……。
　じつは私、中学生のときから身長が伸びていないから、中学のときの水着もまだ着られるんだよね。
「なに言ってんの！　ひまり、ビキニ着たことないんでしょ？」
「うぅ……」

それが嫌なのに。
　だって、私ってスタイルもよくないし、その……胸、だってないし。
「大丈夫だって！　私が似合うの一緒に選んであげるから！」
「お、お願いします……」
　夏奈ちゃんの笑顔を前にして、『ビキニ自体に抵抗がある』とは、とてもじゃないけど言えなくて。
「じゃ、そうと決まればじゃんじゃん買い物していこーっ！」
　そんなこんなで夏奈ちゃんに腕を引かれ、ショッピングがはじまった。

　午後2時。
　昼食とお茶を兼ねて、ショッピングモール内のカフェで休憩することに。
　お昼時も過ぎたからか、ちょうど店は空いていて、待たずにすんなり座ることができた。
　注文して、ウエイトレスさんが厨房のほうへ戻っていったと同時に夏奈ちゃんが口を開く。
「いやー、買ったね〜」
「ほんとだよ。こんなに一気に買い物したの初めてかも」
　実際、私たちの座っているそばには山のようなショッピングバッグ。
　多すぎて、途中から持って歩くだけでも大変だった。

「まぁ、かわいい水着も買えたことだし!」
　そう言うと、ニヤリ、と効果音がつきそうな笑みを浮かべる夏奈ちゃん。
　たしかに、夏奈ちゃんの水着はかわいかったし、よく似合っていたけれど。
「……あれ、本当に着るの?」
　問題は私。
　ううん、夏奈ちゃんの見立てで選んだこともあって、水着はすっごくかわいいんだよ？　デザインも私好みだし。
　ただ……。私、絶対に水着負けする!
　水着に着られてる感が半端なかったんだもん……!
「なーに言ってんの!　着るに決まってんじゃん!」
　……そうだよね。
　そのために買ったんだもん。
　買った以上着るしかないんだけど、やっぱり私にはハードルが高い気がする。
　浮かない顔をしていると、夏奈ちゃんが突然私の肩をぽんっと叩いた。
「これも作戦の1つなんだからね!」
「へ……?」
　ぱっと顔を上げると、夏奈ちゃんは心なしかうきうきした表情で。
「作戦会議、しよって言ったでしょ?」
　そう言われて、昨日の夏奈ちゃんとのやりとりを思い出した。

そういえば、そんなこと言ってたっけ。
　今の今まですっかり忘れてしまっていた。
「まだ棚橋くんとは、ちゃんと話せてないんだよね？」
　夏奈ちゃんの質問にこくり、と頷いた。
　みっくんとの関係は相も変わらず絶不調。
　返事だけなら、たまに、たまのたまーに、返してくれるんだけどね。
　『うざい』とか『黙れ』だとか。
　返事っていうより、追い払われているだけ……？
　改めてそう思うと、ちくりと胸が痛んだ。
「そんなことだろうと思った。それで、私も考えたんだけど」
　夏奈ちゃんの言葉に思わず身を乗り出すと。
「……ひまり、真剣さは伝わってくるんだけど、近いよ」
「ご、ごめん」
　どうやら乗り出しすぎてしまったみたい。
　慌てて体を引っ込めた。
　でも、仕方ないよ。みっくんと仲よしだったころの関係を取り戻すのは、どうしても譲れない目標なんだから。
「ひまりたちって幼なじみだからさ、お互いのことよくわかってるでしょ。ある程度のところまでは」
「……うん」
　夏奈ちゃんの言うとおり、みっくんのことは、誰よりもわかっている自信がある。
　ふとしたくせとか、好きなもの、苦手なもの。
　でも、それは"ある程度"まで。それもたしかに夏奈ちゃ

んの言うとおりだった。
　——だって、最近のみっくんが考えていることなんて、まったくわからない。
　私がいちばん知りたいことを、みっくんは隠したまま背を向けてしまったから。
「思ったんだよね。お互いによく知っているからこそ、相手が知らない姿を見せれば動揺させられるんじゃないかなって」
　夏奈ちゃんの言い回しは難しくて、頭に"はてな"を浮かべていると、わかりやすく言い換えてくれた。
「見たことのないひまりの姿を見れば、棚橋くんもびっくりして話しかけてくれるかもしれないってこと！」
「みっくんが見たことのない、私？」
「だから、一緒に選んであげたんでしょ」
「ほぇ……？」
「水着！！」
　水着……？
　首をかしげると、夏奈ちゃんは大きくため息を1つ。
「ひまり、ビキニを買うのも着るのも、これが初めてなんだよね？」
「そう、だけど」
「ってことは、棚橋くんはビキニを着た姿を見たことないんでしょ？」
　ビキニどころか、小学校以来、一緒にプールに入る機会なんてなかったから水着姿すらほとんど見たことがないん

じゃないかな。
　そう思いながら首を縦に振った。
「それなら、これがうってつけのチャンスだよっ」
　そっか、そういうものなのかな。
　――そう考えると、ビキニを着ることにも抵抗がなくなってきたかも。
「が、頑張って、着てみようかな……」
　私が呟くと、夏奈ちゃんの表情がぱぁっと明るくなった。
「そうそう、その意気！」
　……その様子だと、なんだか夏奈ちゃんが私に水着を着せたいだけのようにも思える。
　でも、たしかにさっき夏奈ちゃんが言っていたことも一理ある。
　――みっくんが見たことのない私……かぁ。
　私は、見たことのないみっくんの姿を見つけたとき寂しいと感じたけれど、みっくんはどうなのかな。
　同じように思ってくれるのかな。
「トマトとモッツァレラのパスタと、ミニのオムライスになります」
　ウェイトレスさんの声に、考えていたこそっちのけでオムライスに目が釘づけになった。
「ひまり、それだけで足りるの？」
　夏奈ちゃんが、いぶかしげに尋ねる。
　たしかに、ミニサイズを頼んだ私の目の前にはちょこんとしたオムライスが1つだけ。

「ふふ、私のメインディッシュはこれじゃないんだよ」
　夏奈ちゃんは、まだまだ私のことをわかってないなぁ。
「……は？」
　わけがわからない、という様子の夏奈ちゃん。
「そのうちわかるから、今は内緒！」
　まだ不思議そうにしている夏奈ちゃんにそう言って、オムライスをスプーンですくって一口。
　そんな私の姿を見た夏奈ちゃんも、首をかしげながらもパスタを食べはじめた。
　もともとミニサイズだから、ぺろりと食べ終えた私のもとに、ちょうどいいタイミングで〝メインディッシュ〟がやってきた。
「お待たせいたしました、こちらデラックスベリーパフェです」
「えっ」
　小さく声を上げたのは夏奈ちゃん。
　私はというと、目の前に置かれたパフェに目を輝かせる。
「ひまり、それ……」
「そうっ！　ずーっと気になってたんだけど食べる機会がなくて！　ふわっふわのレアチーズクリームに、ザクザクのビスコッティ、ふわっとかぶせられたホイップにミルクジェラートに、イチゴ！　ブルーベリー！　カシス！　ラズベリー！　このぜいたくなサイズ感！」
　おまけにとろりとソースまでかかっていて。
　実物を目にすると、期待していた以上においしそう。

「スイーツに関しては、やけに饒舌だし……じゃなくて!」
　まだまだ語り足りないけれど、夏奈ちゃんが口を挟んだことで、いったん中断。
「もしかして、それが"メインディッシュ"……?」
　おそるおそる聞いてきた夏奈ちゃんに、大きく頷いた。
「もちろんっ!」
「……さっきとは逆のことを聞くけど、それ食べきれるの?」
　夏奈ちゃんの視線の先には私のパフェ。
　さっきまで食べていたオムライスとは比にならないほどのビッグサイズで。
「甘いものなら、どれだけでも食べれるよ〜っ」
　答えながら、パフェをスプーンですくってパクリ。
「……!」
　おいしい。
　フルーツの甘酸っぱさと、クリームやホイップのコラボレーションが最高すぎる。本当に幸せだ。
「ひまりが甘いものを食べてるときの表情、見てて飽きないわ……」
「えへへ」
「ひまりって、いつもこんなに食べてるわけ?」
「ううん、そんなこともないよ。でも甘いものは別腹っていうか」
　たまにこうやって外で食べると、スイーツをメインにしちゃうんだよね。

「……にしては、ぜんっぜん太らないよね。羨ましいわ」
　夏奈ちゃんが、ぽつりとこぼす。
　そうかなぁ。
　残念ながら食べた分だけ体重は着実に増加している。
　……食べた分だけ身長になればいいのに、なんて。

　お会計を済ませて、カフェを出て。
　ショッピングの続きを再開する。
「夏奈ちゃん、次はどこ行くの？」
「えっとね、雑貨屋さんに行こうかなって。タオル類とか買いたいし」
　というわけで、雑貨屋さんに向かうことに。
「雑貨屋さんって上の階だったっけ？」
「うん、上だよ」
　ここは１階で、カフェが立ち並ぶフロア。
　雑貨屋さんは２つ上の３階にあったはず。
　エスカレーターに乗って、３階へ向かう。
　３階について、雑貨屋さんに向かう途中で私は思わず足をとめてしまった。
「みっくん……？」
　私がぽつりと呟いたのと同時に、
「ねぇ、あれって棚橋くんじゃない？」
　夏奈ちゃんが私を小突いた。
　私は小さく頷く。
　そう、私たちがこれから向かおうとしていた方向から歩

いてきたのはみっくんだった。
　正確には、みっくん1人ではない。隣に女の子を連れている。
　離れていてもかわいいってわかるほど、お人形さんのように顔立ちの整った子。
　……たしか、美結ちゃん、だったっけ。
　みっくんと同じクラスだということだけはたしか。
　みっくんのクラスをのぞくたびに、見かけていたから。
「話しかけに行かないの？　いつもみたいに」
　夏奈ちゃんが、立ち尽くしたままの私にささやく。
　みっくんに？
　──いつもの私なら迷わず話しかけたかもしれない、けれど。
「今は美結ちゃんと一緒だから……」
「え？　今さらそんなこと気にしなくてもよくない？　今まで散々話しかけてきたんでしょ？」
　たしかに、みっくんにはずっと一方的に話しかけてきた。
　でも、そのときは──。
　そこまで考えて、はっ、と気がついた。
　……そうだ、私、初めてなんだ。
　みっくんが休日に女の子と一緒にいるところを見るのは。
　そうこうしている間に、みっくんたちはどんどんこちらに近づいてくる。
　心臓がドクン、と動くのがわかった。

話しかけるなんて、できない。
　だって、迷惑だよね。
　美結ちゃんと一緒にいるんだから……。
　みっくんは、きっと嫌がる——そう、思ったのに。
「——みっくんっ！」
　みっくんが私の横をすり抜けようとした瞬間、無意識にその名前を呼んでいて。
　ぴた、とみっくんが足を止める。
　今さら怖気(おじけ)づいた。
　こんなの迷惑、だよね。
　でも……私にはできないみたいだ、みっくんにせっかく会えたのに話しかけないなんて。
　みっくんが、ゆっくりと私のほうを振り向く。
　それから、私の存在を確かめるかのように頭のてっぺん、顔、腰、足、つま先——と上から下へと順番に視線でなぞられて。
「……ぐ、偶然だねっ。こんなところで会うなんて……」
　その視線と不自然な空気感に耐えきれなくなって、誤魔化すように口を開いた。
　私の声に、ふっと顔を上げたみっくんと視線が絡む。
「……っ」
　ごくりと息をのんだ。
　……気のせいかな。
　ずっと、みっくんが私に向ける視線は冷たかったのに、今はむしろ……優しく感じる。

まるで昔に戻ったような——。
　じわり、と懐かしい感覚に心が染まった。
　みっくんの優しい瞳が好き。
　私がどれだけドジなことをしても呆れずに手を差し伸べてくれた、そのときのことを思い出す。
　向かい合って黙り込んだままの数秒間が永遠のように長く感じた。
「あ、えっと……。み、美結ちゃんと一緒、なんだね」
　なんとか話題を作ろうと、美結ちゃんの名前を借りる。すると、みっくんの指先がぴくり、と反応したような気がした。
　よし、この調子で——。
「美結ちゃんって、ほんとかわいいよね！　お肌なんかスベスベだし、身長だってスラッと高いし、憧れちゃう」
「……」
　みっくんは何も言わない。
　でも今は、私の話をちゃんと聞いてくれている。
　それだけはたしかで。
「こんなかわいい彼女さんがいて、みっくんも幸せだよね」
「……っ」
　え……？
　今、私……何かおかしなこと、言った……？
　みっくんがまとう空気の温度が急激に下がったような気がする。
　どうしよう。

でも、何か話さなくちゃ。
　これで終わりになんてしたくない、そう思って。
「美結ちゃんとみっくん、すごくお似合いだと思う！　それに、休日にデートなんて、仲よしなんだね」
　精いっぱいの笑顔を浮かべてそう言うと。
　みっくんが口を開いて――。
「うざ」
　吐き捨てるように、そう言った。
　その、たった２文字がグサリと心に突き刺さる。
　合わせて鋭く睨みつけられて、体がこわばった。
　"優しい"なんて感じたのが幻だったかのように、その視線はひどく冷たい。
　上がりかけていた体温が急に冷えていくのがわかった。
「ご、ごめ……」
「おまえ、ほんとうざい」
　慌てて謝ろうとするも遮られ、みっくんは私に完全に背を向けてしまう。
　どうして、急に。
　何が引き金だったの――？
　自分の言動を振り返っている間に、みっくんは美結ちゃんを連れてその場から立ち去っていた。
　まるで、何事もなかったかのように。
「みっくん……っ」
　呼びかけても、もう振り向いてなんかくれない。
「ひまり……」

一部始終を少し離れたところから見守ってくれていた夏奈ちゃんが、私の名前をおずおずと呼んだ。
　心配そうな声音に胸がきしむ。
　でも、大丈夫だよ、夏奈ちゃん。
　もう、慣れっこだから心配しなくても平気だよ。
「えへへ。また、ダメだったなぁ」
　きゅ、と口角を上げながら振り向くと、夏奈ちゃんはむっとしたような表情で私の額をぺち、と弾いた。
「無理して笑わないでよ」
「夏奈ちゃん……」
　夏奈ちゃんがそっと頭を撫でてくれて。
　誤魔化したはずの寂しさが一気に押し寄せてきた。
　——もう慣れた。
　みっくんが私にだけ冷たいことなんて、もう十分わかったんだよ。
　……でも、いつまでたっても平気にはなれなくて。
　慣れたからといっても、傷つくわけで。
　みっくんにこうやって避けられるのは、寂しくて、苦しくて、泣きたくなるの。
　じわり、と目頭が熱くなる。
　おかしいなぁ、こうやって避けられるのは初めてじゃないのに。
　目が潤むのを抑えられない。
「あのさ、ひまりには悪いんだけど」
　夏奈ちゃんが、ぼそっと小声で言う。

「棚橋くんにこだわる必要ないんじゃないかな」
　はっ、として顔を上げた。
　夏奈ちゃんが、まっすぐに私を見つめている。
「だって、おかしいじゃん。ひまりはなーんにもしてないのに、いきなり避けられて？　こんなに冷たくされて？　ひまりが……傷つくだけだよ」
　夏奈ちゃんの、目は真剣で。
　本気で私を心配してくれてるんだって感じる。
　それはすごく、すごーく、うれしいけれど。
「ち、違うの夏奈ちゃん！」
　ぶんぶんと、首を横に振った。
「みっくんは悪くないの。だって、みっくんがわけもなくこんなふうに冷たくするはずないもん。……それに、これは、私がみっくんのことが大好きだから、ただそれだけのことなの！」
　みっくんが、大好き。
　それは、どれだけ冷たくされても、例えばブラックコーヒーのように苦くてもきっと変わらない。
　私にとってみっくんは、昔からちょっとだけ意地悪で、でもかっこよくて根は優しい、大好きな幼なじみ。
　――だから。
「どれだけ傷ついても、みっくんに話しかけることはやめられない」
　うつむいて、ぽつり、と小さな声で言うと、夏奈ちゃんはふっと優しく微笑んだ。

ほっとして、こわばっていた力が抜けていく。
「そっか……、ごめんね！　変なこと言って」
「ううん、夏奈ちゃんの気持ちは、すごくうれしかったもん！」
　身振り手振りでうれしさを伝えようとすると、夏奈ちゃんが、ふっと吹き出した。
　我に返って振りかぶっていた腕をささっと下ろしたんだけれど、夏奈ちゃんはなおも笑うのをやめなくて。
「ふふふ。あ、ひまりが決めたことなら私は応援するのみだから！　もうひまりの気持ちはちゃんとわかったし、余計なことは言わないよ」
　だから安心して、と続けた夏奈ちゃん。
「夏奈ちゃんがついてるなら心強いね」
「そんなこと言われたら張りきっちゃう！」
　夏奈ちゃんは妙に気合いが入ったようで。
　むんっ、とガッツポーズまで決めている。
「っていうか、まだ買い物終わってないじゃん！　早くしなきゃ！」
　本当だ。ショッピングの途中だったのに、いろいろあったせいですっかり忘れてしまっていた。
　えーっと、次は雑貨屋さんだったっけ。
　気を取り直して臨海の持ち物を揃えなきゃ。

　それから無事にショッピングを終え、夏奈ちゃんとバイバイして、家に帰る途中。

ぼんやりと歩いていたら、みっくんの姿が頭の中に浮かんできた。
　そしてその隣には美結ちゃんが。
　なぜだか、胸のあたりがモヤモヤする。
　──あのね。
　ここからは誰にも言わない内緒の話。
　あのとき──今日、みっくんと偶然会ったとき。
　みっくんが美結ちゃんと一緒にいるのを見て、少し、すこーしだけ、"嫌だ"って思ってしまったの。
　みっくんは、言うまでもなく大好きな幼なじみで、美結ちゃんは、そんなみっくんの彼女さん。
　だから、私は美結ちゃんのこともちゃんと大切にしなきゃいけないって思うのに。
　……どうして、こんな気持ちになるんだろう。
　胸の奥のほうが、ちくちくと針で刺されたように痛い。
　そういえばさっき、みっくんと美結ちゃんが２人で去っていく後ろ姿を見たときも似たような痛みを感じた。
　おかしいなあ、今までこんなことなんてなかったのに。

　──まぁ、そんなことより今は。
　早く家に帰って、テスト勉強しなきゃ。
　もうすぐ期末テスト。
　そこで赤点を取ってしまったら、臨海が終わったあと夏休み返上で補習になってしまう。
　それだけは避けなきゃね！

臨海学校、1日目

「わぁ〜!!」

バスを降りると、すぐそこに海が見える。

とても同じ県内だとは思えない。

だって、家の近くなんて住宅地ばかりで自然なんて少しも感じられないんだもん。

「そんなに楽しみにしてたの？　目がキラキラしてるけど」

夏奈ちゃんの質問に、私は勢いよく頷いた。

「だって、海なんて小学生のころ以来だよ？」

そう、本当に久しぶり。

最後に来たのは、小学生の、しかもたしか2、3年生くらいのころ。

だから、"海に行った"っていうだけの記憶しかなくて。そのとき何をしたかなんて全然覚えていない。

「え、そうなの!?　私なんて、部活の合宿で毎年来てたから、もう見慣れたもんだよ」

「そっかぁ。合宿とか憧れるな〜」

「憧れるようなものじゃないよ？　……毎朝8kmダッシュとか、スパルタスケジュールだったし」

夏奈ちゃんは中学のときバレー部だったんだって。しかも、なかなかの強豪校だったみたい。

運動神経よさそうだし、身長も高いし、いかにもって感じがするよね。

「でも、こうやって部活関係なく来るのは久しぶりだから、私も結構楽しみかも」

　ふふ、と笑いながら言う夏奈ちゃんがかわいくて、思わずぎゅっと抱きついた。

「ひまり、暑いから離れて？」

「ふふ、ごめんねっ」

　身をよじる夏奈ちゃんから離れると、夏奈ちゃんは腕で汗を拭っていた。

　たしかに暑いもんね、今日。

「4組と8組の生徒はそろそろ移動するから、各自、指定のバスに乗るように！」

　学年主任の先生の声が、あたりに響いた。

　先週、なんとか期末テストを乗り越えて、今日は待ちに待った臨海学校の1日目。

　今さっきバスで海岸についたところなの。

「ひまり、ぼーっとしてるけど、8組ってうちらのクラスじゃん!!　早く行かなきゃ!!」

　夏奈ちゃんがハッと気づいて、私の腕を引いてダッシュする。

　わわっ……！

　あまりのスピードに、足がもつれそうになった。

　それもそのはず。

　元運動部の脚力に、運動オンチの私の足がついていけるわけがないんだもん。

「ひまり、私たちのバスって何号車だったっけ!?」

「2号車、だよ……っ！」

　夏奈ちゃんの問いかけに、息も絶え絶えに答える。

　そしてまたもや腕を引かれ、半ば引きずられるようにしてバスへと駆け寄った。

　慌ててバスに近づいたものの、一気に全員が乗り込むことなんてできるはずもなく。

　結局、私たちはバスに乗るための長い列の後ろに並ぶことになった。

「ガラス細工、楽しみだね！」

　夏奈ちゃんが、うきうきしながら私に話しかける。

　臨海1日目は体験学習。

　私たちの学校では、臨海学校で行われる体験プログラムは選択制で。

　ガラス細工や、簡易プラネタリウム製作に和紙作りなど10種類ほどの体験の中から、班で1つ選ぶんだ。

　女の子の班は、ガラス細工を選んだところが多いみたい。

　たしかにキラキラしててかわいいし、記念にもなるしね。

　私たちの班も、満場一致で決定したんだよ。

「ねぇひまり、さっきから気になってたんだけど。どうしてそんなにキョロキョロしてるの？」

　夏奈ちゃんの言葉を聞き流す勢いで背伸びをしながらあたりを見回している私に、不思議そうに首をかしげた。

「って、あー。また棚橋くん？」

「……えへへ」

　私ってそんなにわかりやすいのかな。

たしかに夏奈ちゃんの言うとおり、私はみっくんを探していた。
あのショッピングモールでの一件以来、みっくんと会える機会はなくて。
久しぶりに顔が見たかったのもあるけれど、せめてみっくんの班がどの体験を選んだのかだけでも知っておきたいなと思ったんだけど……。
みっくんは４組だから、絶対この中にいるはずなのに。
みっくんのかくれんぼが上手いのか──というのは冗談で、実際は私の身長が足りないせいで、みっくんの姿は一向に見当たらない。
そうこうしている間に列はどんどん前に進み、気づけば私たちがバスに乗る番になっていた。
「むぅ……」
仕方なくバスのステップに足をかける。
みっくんを見つけられなかったなぁ、なんて残念に思いながら視線を右のほうにうつすと。
「あっ！」
「何、どうしたの？」
私が思わず声を上げたのに反応して、前方にいた夏奈ちゃんがくるりと振り向いた。
「みっくん見つけた！」
「え、ほんと？」
「右のバスの近く……！」
ステップの上からだと視界が開けて、さっきは見えな

かったところまでよく見える。
　右隣のバスってことは。
「棚橋くん、プラネタリウムなんだね」
　夏奈ちゃんの言葉に、こく、と頷いた。
　みっくん、プラネタリウムなんだ。
　そっかぁ……なんだか意外。
　みっくんは星とかそういうものに興味がなかったから。
　小学生のころ、2人で私の家の屋根に上って流れ星を見たときだって、私ばっかりはしゃいでいた覚えがある。
　みっくんはというと、そんな私に『絶対落ちんじゃねえぞ』とばかり繰り返していたんだよね。
　ちらり、ともう一度右のほうを見ると、今度は美結ちゃんがバスに乗り込むのが見えた。
　あ……美結ちゃんも、一緒なんだ。
　みっくんと合わせたのかな。
　──きっと、そう。
「ひまり？　どしたの、浮かない顔して」
「……あ！　ごめっ、なんでもないよ」
　夏奈ちゃんの声にハッとして、慌ててバスの指定の席に座った。
　もちろん、夏奈ちゃんの隣。
　……にしても、私ってばそんなに浮かない顔をしていたのかな。
　──きっと、美結ちゃんが羨ましいんだ。
　プラネタリウムを選べばよかったって、一瞬思っちゃっ

たんだもん。
　それが、顔に出たのかも。
「はっ、ダメダメ！」
　自分の頬をぱちんと叩いて、首を横に振った。
　せっかくの臨海学校なんだし、楽しまなくっちゃ！
　寂しい気持ちになってる場合じゃないよ！
　自分にそう言い聞かせて、むんっと小さくガッツポーズをしていると、夏奈ちゃんはきょとん、とした表情で私を見つめていた。

「綺麗……！」
　思わず心の声が漏れた。
「うん、それはそうだけど、とりあえず離れよっか？」
　ガラスケースにベタッと貼りついた私を引き剥がしながら苦笑したのは、もちろん夏奈ちゃん。
　だって……！
　目の前のガラスケースに並べられているのは、色とりどりの鮮やかで繊細なガラス細工。
　迂闊に触ったら壊れちゃいそうなオブジェとか。
　キラキラと光を反射して綺麗なペンダントだとか。
　見るだけで目が輝いちゃう。
「それで……苦戦してたみたいだけど、無事に終わったんだ？」
　夏奈ちゃんの問いに、大きく首を縦に振った。
　そう、今はもうガラス細工体験が終わったあと。

体験が終わった人から順番に、併設されているアトリエを見学できるようになっていて。
　私は夏奈ちゃんよりだいぶ遅れて、やっと今、体験が終わったところなんだ。
　体験では何を作るかは各自で数種類の中から選べるようになっていて、私は夏奈ちゃんと２人でお揃いのコップを作ることにしたんだけど……。
　これがまぁ、なかなか難しくて。
　器用な夏奈ちゃんはさくさくと作業を進めていたけれど、私はそんなうまくはいかなかったというわけ。
「だって仕方ないよ。私は夏奈ちゃんみたいに器用じゃないんだし……」
「え？」
　……？
　戸惑ったような声がそばで聞こえて、首をかしげた。
　夏奈ちゃんの声じゃない……？
「っ、か、香音ちゃん!?　ごめんなさい、今のはひとり言だから気にしないでっ!!」
　夏奈ちゃんだと思って話しかけたのに、違ったらしい。
　夏奈ちゃんは、いったいどこに行っちゃったの？
　恥ずかしさと気まずさでうろたえる私に、香音ちゃんが話題を振ってくれた。
「ひまりちゃんは何を作ったの？」
「え……と、夏奈ちゃんとお揃いのコップを……」
　香音ちゃんに見つめられ、思わず手のひらをきゅっと握

りしめた。
　少し緊張する。
　だって、今まで香音ちゃんとまともに話したことなんてなかったんだもん。
「コップ！　いいね、お揃いかぁ〜」
　目の前で、ふわりと微笑むのは香音ちゃんこと藤宮香音ちゃん。
　クラスが同じで、さらに臨海の班も一緒なんだけど、今日という今日まで話す機会がなくて、ほとんど初対面に等しい。
　でも、せっかく話しかけてくれたんだし、これが仲よくなるチャンスだよね。
　何か話さないと、と手さぐりで話題を探した。
「えっと、香音ちゃんは、なに作ったの？」
「私？　私はね、キーホルダーだよ」
　キーホルダーかぁ。
　私と夏奈ちゃんも迷ったんだよね。
　……あれ？
　心のどこかに引っかかりを覚えた。
　キーホルダー製作の所要時間は、コップよりもずっと短かったはず。
　キーホルダーを作っていた他の子たちは、とっくの前に作業を終えていたけれど、香音ちゃんはついさっきまでかかっていたみたいだ。
　どうしてだろう、と思ったのが顔に出ていたのか、香音

ちゃんがこそっと耳打ちしてくれた。
「あのね、じつは２つ作ってたんだ」
　心なしか香音ちゃんの頬が火照って見えた。
「２つ？　……家族に、とか？」
　想像したままに口にすると、香音ちゃんはふはっと吹き出して。
「もーっ、ひまりちゃんってば鈍すぎ!!」
　ふるふると肩を震わせて笑っているけれど、私にはなんのことかさっぱりわからない。
　頭の上にたくさん"はてな"を飛ばしていると、香音ちゃんはあっさり答えを教えてくれた。
「彼氏のに決まってるじゃん！　お揃いのキーホルダーとか憧れてたんだ」
　彼氏？
　あぁ……みっくんのこと、か。
　理解したと同時に、急に腑に落ちた。
　"来るもの拒まず去るもの追わず"とウワサされているみっくんにはたくさんの彼女がいる。
　香音ちゃんもそのうちの１人だった。
『帰らねーっつってんの。朝も帰りも、これからはおまえとじゃなくて彼女と一緒だから』
　忘れもしない、みっくんのセリフ。
　彼女ができても、幼なじみは特別なんだって信じてた。
　みっくんに彼女ができたって、日常は何も変わらないと思っていた。

……そんな私の考えが甘かったんだと思い知らされた瞬間だった。
　――そのときの、みっくんが言う"彼女"というのが、今目の前にいる香音ちゃんだったの。
　香音ちゃんは、みっくんにできた最初の彼女。
　だから、話したことがないとはいえ、私は香音ちゃんのことを一方的によく知っていた。
「光希、喜んでくれるといいけどなぁ」
　頬を緩めながら、まぶたを伏せる香音ちゃん。
　その姿は、まさに恋する乙女って感じで、すっごくかわいい。
「きっと、喜んでくれると思うよ」
　純粋に、香音ちゃんの想いを応援したいと思いながらそう言った。
　香音ちゃん、いい子そうだもん。
「ほんとっ？　ひまりちゃんにそう言ってもらえると自信になる！」
　香音ちゃんは私の言葉にうれしそうに微笑んでいる。
　そんな彼女のことを応援したい……はず、なのに。
「……」
　なぜか、言葉が出てこない。
　……おかしいな。
　何も難しいことじゃない。
　『頑張ってね』、『応援してるよ』って言うだけ、なのに。
　そんな自分自身に戸惑っていると。

「あれ、ひまりと香音が一緒にいるなんて珍しい組み合わせだね」
　夏奈ちゃんの声が聞こえて肩の力がふっと抜けた。
「へへっ、ひまりちゃんに話を聞いてもらってたんだ〜っ」
　そう言って香音ちゃんが本当にうれしそうに笑うから。
　素直に『頑張って』と言えなかった自分に嫌気がさした。
　なんだか私、おかしくなってしまったのかもしれない。
「あ、そろそろ私も絵美たちのところに戻らなきゃ！」
　そう言って、香音ちゃんは仲よしの絵美ちゃんたちのところに戻っていった。
「ね、夏奈ちゃん、どこ行ってたの？」
「どこって、トイレじゃん！　言わなかったっけ？」
　夏奈ちゃんが勝手にどこかへ行ってしまったと思っていたけれど、どうやら私が話をちゃんと聞いていなかっただけだったらしい。
　そんなことより、と夏奈ちゃんがちょっと心配そうに眉根を寄せて。
「ひまり、もしかしてどっか具合悪い？」
「え？」
「さっき香音といたとき、少し様子おかしかったから」
「あ……」
　さすが、よく見てるなぁ。
　夏奈ちゃんの目は誤魔化せないみたいだ。
　……でも、自分でもよくわかっていないの。
　さっきは少し、胸のあたりにモヤがかかったような感じ

がしたけれど、もう今はなんともないし。
　きっと気のせいだったんだと思う。
　——ただ、香音ちゃんのことはちゃんと言葉で背中を押したかったのになぁ、なんて。
　少し後悔しながらも、
「なんだかよくわからないけど、私ならたぶん大丈夫！」
　笑顔でピースサインをしてみせると、夏奈ちゃんは安心したように笑顔を返してくれた。

　すっかり日も暮れて、夜は班ごとに分かれてコテージでの就寝。
「ふあぁ……もう疲れたよ〜」
　あくびをこぼしながら、ぼふっと布団にダイブすると。
「ひまりちゃん、なに言ってるの。本番はここからでしょ？」
「そうそう、香音の言うとおり！」
「お泊まりといえば、あれしかないじゃん!!」
　あれ……って？
　みんながなんのことを話しているのか皆目見当もつかないで、きょとんとしていると。
「こういうときは恋バナ一択だよね！」
　と言われて、ますます私は首をかしげるばかり。
　"こいばな"って……？
　1人だけ取り残されている私に気づいて、夏奈ちゃんが耳打ちしてくれた。
「恋バナっていうのは、ようするに恋の話ってこと！」

恋の、話。
そう言われても全然ピンとこない。
そんな自分がなんだか、ずいぶん子供っぽく思えた。
「この子、恋とかそーいう話に免疫ないから、みんなお手柔らかにね」
私の代わりに夏奈ちゃんがフォローを入れてくれて。
それからみんなでごろごろと布団の上に寝そべりながら、夜の女子会がはじまった。
――のだけど、キャッキャッと楽しそうなみんなの会話に早くもついていけなくて。
だって、
『5組の市原(いちはら)くんってかっこいいよねっ』
なんて言われたって、市原くんが誰なのかもわからないんだもん。
夏奈ちゃんまでその輪の中で楽しそうにしてるから、もうね……終始置いてきぼり状態だった。

「ほら、次は香音の番だよ」
しばらくしたあと。
私と香音ちゃん以外が、順番にひととおり自分の話をし尽くして。
私は初めからノーカウントだから、おのずと次は香音ちゃんの番。
「えぇ、もう私？」
みんなに急(せ)かされて、恥ずかしそうに頰を染める香音

ちゃん。
「ぶっちゃけみんな、香音の話を楽しみにしてたんだからね？」
　香音ちゃんと仲よしの絵美ちゃんが言う。
「そうそう、この中でいちばんネタが豊富なんだから」
　もう１人の同じ班の女の子、雪帆ちゃんも口を開いた。
　香音ちゃんと絵美ちゃん、雪帆ちゃんはクラスでもいつも一緒にいる仲よし３人組なんだ。
「もう、わかったよ……どこから話せばいいの？」
　口を尖らせているけれど、終始はにかみ笑顔で恥ずかしそうな香音ちゃんは、本気で話すのを嫌がっているわけではなさそうで。
　絵美ちゃんも雪帆ちゃんも、そんなことはもう承知だから、遠慮も何もない。
「え～っ、やっぱ馴れ初めからじゃない？　愛しの光希くんとの！」
　雪帆ちゃんの言葉に心臓がドクンッと音を立てた。
　そっか、香音ちゃんはみっくんと付き合ってるんだもんね……。
　そんなことわかっていたはずなのに、今この場でみっくんの名前が出てきたことになんだか動揺してしまって。
「う～ん……光希との出会いはね？」
　香音ちゃんがまぶたを伏せて、思い出すように話しはじめた。
　その横顔はとっても幸せそうで。

私にはそんな香音ちゃんが、どこか違う世界の人に思えて、まるで映画でも見ているかのように話を聞いていた。

「――……以上！　これだけ話したんだからもういいでしょ？」
　香音ちゃんがそう言って話を締めくくると。
「え～っ、何それ少女マンガの世界じゃん!!」
「しかも相手イケメンって！　くぅ～、羨ましいなぁ」
　絵美ちゃんと雪帆ちゃんが口々に言う。
　たしかに、本当に少女マンガみたいなお話だった。
　――入学したてのころ、移動教室の場所がわからなくなって迷子になってしまった香音ちゃんに声をかけたのがみっくんだったんだって。
　それで、案内してもらったのはよかったんだけど授業がはじまるチャイムが鳴ってしまって。
　香音ちゃんは間に合ったけれど、みっくんは別のクラスだから当然間に合うわけなんかなくて。
『ご、ごめんなさい……！　私のせいで……』
　そう言って頭を下げた香音ちゃんの頭をみっくんはぽんと撫でて、
『そんなの構わねーよ。それとこういうときは、ごめんじゃなくてありがとう、じゃねーの？』
　そう言って反則級の王子様スマイルを落として、去っていったらしい。
　そんなみっくんに、香音ちゃんは一目惚れ。

それから幾度となくアプローチを繰り返したけれど大した反応はなくて、仕方ないからと覚悟を決めて告白したところ、予想に反して肯定の返事が返ってきた——ざっくりまとめるとだいたいこんな話だった。
　たしかに少女マンガのような話だけど、相手がみっくんだから納得できてしまう。
　みっくんは優しい。
　意地悪なところもあるけれど、困っている人がいれば迷わず手を差し伸べるような人。
　そんなみっくんが、迷子になっていた香音ちゃんを放って置くわけがないもん。
　そんなみっくんのことを好きになるのもわかる。
　だってみっくん……かっこいいし。
「ひまりちゃん……？　どうかした？」
　香音ちゃんの心配そうな声が聞こえて、ハッと我に返る。
「えっ、あ、全然大丈夫だよ！　ごめんね、ぼーっとしてた……」
「それならいいんだけど……なんだか、苦しそうだったから心配しちゃった」
　そんな香音ちゃんの発言に目をぱちくり。
　苦しそう……？
「なんだぁ、私の気のせいか」
　きょとん、とした私を見て香音ちゃんが言った。
　私はそれにこくこく、と何度も頷く。
　すると突然、絵美ちゃんが手を挙げた。

「じゃあ香音に質問！　光希くんって来る者拒まずで有名じゃん？　それって香音的にはどうなの？」
「あ、それ私も気になってた！」
　絵美ちゃんに賛同して、雪帆ちゃんも。
　そんな２人の質問に、香音ちゃんは困ったふうに微笑む。
「嫌に決まってるよ、そんなの」
　さっきまでの明るい口調とは違った、少し寂しそうな声色で。
「いちばん最初に告白して、彼女にもなれて、自分は光希の特別なんだって思ってたのに……。光希の彼女はどんどん増えるし……ほんとありえないしサイテーって思った」
　絵美ちゃんや雪帆ちゃんはうんうん、と頷きながら聞いているけど私はさっぱり。
　そういうものなんだ。
　彼女が何人もいるって、ありえないことなの……？
「好きな人には、私だけ見ててほしいじゃん。他に彼女なんて作ってほしくないし、他の女の子のことを好きになってほしくもないよ」
　香音ちゃんが、ぐっと眉を寄せて。
　それから諦めたように微笑んでみせた。
「……でも、それでも光希が好きなんだよね。新しい女の子がそばにいるのを見るたび、ショックを受けるのはわかってるのに……。光希の優しい部分とか、意外とかわいいところとか知っちゃったら、もう好きじゃないことにするなんて、できない」

香音ちゃんの、切なげな、それでいて幸せそうな、"恋する乙女"の表情に、私の心までぐっと掴まれて揺さぶられる。
「でも、やっぱり光希には私だけ見てほしいっていうのが本音だから！　夏休み、頑張ろうかなって」
　そう言って、ふふ、と照れ笑いを浮かべながら香音ちゃんが先を続けた。
「夏祭りにね、誘おうと思ってるの」
　あ、ここだけの話ね？　他のみんなには内緒だよ、と香音ちゃん。
　そんな香音ちゃんの宣言に。
「香音、やるじゃん!!」
「香音ならいけるよっ」
　とその場がわっと盛り上がる。
「が、頑張ってね……!!」
　私もささやかながらエールを送ると香音ちゃんは、「うん」とうれしそうに微笑んでくれた。
　みっくんは誘われたら、よっぽどの理由がないかぎり断らないだろう。
　だから、今年はきっと香音ちゃんと夏祭りに行くんだ。
　……そっか、そうだよね。
　みっくんと一緒に夏祭りに行くのが毎年の恒例行事だった。毎夏の楽しみにしていたけれど、それももう終わりみたい。
　少し寂しいけど、仕方ないよね。

「わっ、もうこんな時間！」
　雪帆ちゃんの声で、ハッと意識を引き戻す。
　それから時計を見ると、もう日付が変わっていた。
　そんなに長い時間喋(しゃべ)っていたんだ。
　それでも話題が尽きないから、ガールズトークって恐ろしい。
「もうそろそろ寝よっか！」
「そうだねっ」
　明日は海に行くしね、なんて話しながら明かりを消した。

　みんな疲れていたのか、すぐにすやすやと寝息が聞こえてくる。
　私はというと、疲れていたはずなのになんだか眠れなくて、目が冴(さ)えていて。
「……ひまり？　まだ起きてる？」
　そんな私の耳に入ってきたのは夏奈ちゃんのささやき声。
　夏奈ちゃんこそ、まだ起きていたんだ。
「起きてるよっ」
「ちょ、ひまり静かに……」
　勢いよく返事した私に、夏奈ちゃんがしーっ、と人差し指を立てた。
「そういえば夏奈ちゃん、途中から全然みんなの話に参加してなかったよね」
　ふとさっきの様子を思い出して尋ねた。

最初はみんなと一緒になって盛り上がっていたのに、途中から静かに聞いているだけだったから、少し気になっていたんだ。
　たしか、香音ちゃんの話がはじまったあたりくらいからだったと思う。
「あー、あれはちょっとひまりのことが気になっちゃって」
「え、私？」
「うん、ちょっとね」
　そう言って神妙な面持ちをした夏奈ちゃんに、首をかしげると。
「まあでも、私の思い過ごしみたいだったから」
「え？」
「……ひまりはなんとも思ってないんでしょ？」
　夏奈ちゃんにそう聞かれて、私はよくわからないままあいまいに頷いた。
　そんな私の様子を見て、夏奈ちゃんは「やっぱりね」と呟いて。
　結局それ以上は何も言わなかった。
　そんな夏奈ちゃんに謎は深まるばかりだったけれど、無理やり納得することにして、もう１つの用件に話を変える。
「夏奈ちゃん、夏祭り一緒に行こう！」
「急にどうしたの？　まあ、いいけど」
　どうしたの、か……。
　それは、みっくんと一緒に行けなくなっちゃうからだけど、そのことを考えるだけで心に穴が空いたような気がし

て、誤魔化すように口角を上げた。
「早く言っとかなきゃ、夏奈ちゃんに先約が入っちゃったらダメでしょ？」
　そう言うと、夏奈ちゃんはうれしそうに微笑んだ。
「楽しみにしとく」
「うんっ！」
　夏奈ちゃんと話していたら、心が落ちついてきて。
　ふああ、とあくびがこぼれた。
　それに気づいた夏奈ちゃんが優しい声で。
「ひまり、おやすみ」
「おやすみなさ……」
　"おやすみなさい"を言い終える前に、私のまぶたは落ちて、意識は夢の中へと吸い込まれていった。

変わらない優しさ

「海だ〜っ!!」
「うぇーい!!」
　空も青、海も青。
　天候にも恵まれて、翌日、臨海2日目は絶賛海日和。
「ひまり、やっぱその水着似合うね〜っ」
　隣にいる夏奈ちゃんが私の全身をまじまじと見つめながらそんなことを言ってきた。
「お、お世辞はいいよ……っ」
　じつは、さっきみんなで更衣室で水着に着替えてきたばかり。
　改めて自分の水着姿に視線を落とす。
　たしかに……この前、夏奈ちゃんに見立ててもらった水着はかわいい。
　白いビキニで、胸元はフリルたっぷり。
　肩のところで紐(ひも)をリボン結びする女の子らしいデザインになっていて、とってもかわいくてお気に入り。
　……なんだけど、やっぱり私には着こなせないよ。
　だって、私、夏奈ちゃんみたいにスラッとしてないし。
　スラッとしてない割には、その……胸元のボリュームも足りないし！
　更衣室の鏡を見て、1人で落ち込んだんだから。
　何より、露出面積の多さが恥ずかしすぎて堂々としてい

られない。
「え〜、お世辞じゃないよ？　本気で似合ってるんだから」
　ビタミンカラーの水着をバッチリ着こなしている夏奈ちゃんに言われても、にわかに信じられないよ……。
　自信がどんどんなくなってきて、見るからにしょぼんとしていると。
「早坂の言うとおり。よく似合ってるよ？」
　急に話しかけてきた聞き慣れない声に、びくっと体を縮めた。
　だ、誰……？
　人見知りの私は思わず夏奈ちゃんの背中に隠れる。
　すると、
「誰かと思えば、浅野じゃん！」
　夏奈ちゃんが目を見開いてその人を指さした。
「そーそ。俺、浅野だよー。花岡、そんなに怖がらないで？」
　あ、浅野くん……？
「ご、ごめんなさいっ……」
　ひょこっと、夏奈ちゃんの後ろから飛び出して頭を下げて謝る。
　びっくりしたからといって隠れるなんて、浅野くんに失礼なことしちゃった。
「浅野くんかぁ。よかったぁ……」
　ほっと息をついた。
　知らない人に声をかけられたのかと思って、身構えちゃったから。

目の前で苦笑する彼はクラスメイトの浅野 翔太くん。
　学級委員を務めていて、爽やかで人望も厚い彼は、人見知りの私にも積極的に話しかけてくれる唯一の男の子と言っても過言ではない。
　そして、みっくんみたいに浮いたウワサもなく、夏奈ちゃんいわく"硬派なイケメン"として女の子たちからも支持されているらしい。
　そんな浅野くんが薄く口を開いて。
「……花岡に逃げられるなんて、俺もまだまだだな」
「え？」
　浅野くんが小さく呟いた言葉は早口で聞き取れなくて、聞き返した。
　……んだけれど、
「んーん、なんでもないよ。俺も頑張んなきゃなって思っただけ」
　爽やかな笑顔で誤魔化されてしまった。
　……ほんとにそれだけだったのかな。
　それに、何を頑張るんだろう。
　頭の中が"はてな"でいっぱいになって、夏奈ちゃんに助けを求めると、夏奈ちゃんは何か言いたげな視線を浅野くんに向けていた。
「早坂、さっきから俺への視線が痛いんだけど」
　浅野くんもそう感じていたようで、夏奈ちゃんに苦笑しながら話しかける。
　すると、夏奈ちゃんは怪訝な顔をしながら。

「一応言っとくけど！　いくらひまりがかわいいからってヘンな真似したら許さないからね」
「か、夏奈ちゃんっ!?　私、かわいいくなんか……っ」
　ぶんぶんと首を横に振って否定する。
　"イケメン"と騒がれている浅野くんの前では、とくに恥ずかしくていたたまれない。
　ただでさえ、私のまわりには美男美女ばかりなんだもの。
　私はせいぜい引き立て役というところ。
「花岡は十分かわいいって。水着だって似合ってるっつーか、すげーかわいいし、なんなら他のヤツに見せたくないレベル……って、ごめん俺、なに言ってんだろ」
　そう言った浅野くんの耳はちょっぴり赤い。
　……日焼け、かな？
　でも、その前に。
「ありがとう、浅野くん」
　浅野くんって本当に優しい。
　今だって、さらっと私のことをフォローしてくれて。
　みんなに人気な理由がよくわかるなぁ。
　水着のことまで褒めてくれたもんね……って。
　そ、そうだった！
　すっかり忘れていたけれど、今の私は水着姿だったんだっけ……！
　そのことが頭から抜け落ちていたから、浅野くんの前でも平気で立っていられたけれど。
　はっきりと自覚した今、平気でいられるわけがない。

慌てて腕でバッと体を覆い隠す私を、浅野くんがきょとん、とした顔で見てくる。
　だって、こんなの何も着てないのと変わらないんだもん。
　そりゃあ、腕で隠すのなんて気休めでしかないんだけれど……。
「隠されると余計見たくなるんだけどな。……まぁ俺もそろそろ行かなきゃだし。花岡、またあとでね」
「う、うん！」
　ひらひらと手を振ると、浅野くんは満足気に走り去っていった。
　……のはいいんだけど、
「ええっと、……夏奈ちゃん？」
　さっきから浅野くんを見る目線がどことなく鋭かった夏奈ちゃん。
　今も、走り去っていく浅野くんを睨みそうな勢いで見つめている。
「……ひまり、浅野にはくれぐれも気をつけなよ」
　夏奈ちゃんがため息をつきながら私に忠告する。
「え……、どうして？」
　当の私は首をかしげるばかりだけど。
　浅野くんってすごくいい人だし、気をつけることなんてないんじゃないかな。
「まぁ、今のひまりにはわからないかな。とりあえず、気をつけたほうがいいよってこと！」
　クスッと笑いながら夏奈ちゃんがそう言って。

結局よくわからないまま、話題が変わる。
「っていうか、なんで水着隠そうとするの？　もったいないよ」
　あと全然隠せてないし、と夏奈ちゃん。
　だ、だって。
「うぅ〜……っ、私にはハードル高すぎるよ〜っ。恥ずかしくて普通に歩けない〜っ」
　思わず夏奈ちゃんに泣きつくと。
「まわりを見なよ！　女の子はみんな似たようなかっこなんだから、恥ずかしさなんてすぐ忘れるって」
　たしかに視界に入る女の子たちは、みんなビキニだけど。
　みんな着こなしているからただただ羨ましい。
「それに、忘れたとは言わせないよ？」
　ほぇ……？
　ぽかんとする私に、夏奈ちゃんが呆れたように肩をすくめた。
「これは、さ・く・せ・ん!!　……でしょ？」
　含み笑いを浮かべた夏奈ちゃんの、"作戦"という言葉にようやくなんのことか思い出した。
　そう、この水着を一緒に買いに行ったときに夏奈ちゃんが言っていた、"作戦"。
　それは、今までみっくんが見たことのない格好——つまりビキニを着た姿を見せることでみっくんの気を引こうというもの。
　臨海2日目である今日は、4組——つまりみっくんのク

ラスと合同の日程だから、夏奈ちゃんいわく絶好のチャンスなんだそう。
　それにしても、
「本当に、この作戦って意味あるのかなぁ？　……まず、みっくん、私のことなんて気づいてくれなさそうだもん」
「そんなこと言ってるからダメなんだよ。本当に頑張りたいんだったら、自分から仕掛けに行かないと。"気づいてもらう"んじゃなくて、"気づかせる"んだよ」
　ハッと顔を上げた。
　そうだ、ウジウジしている場合じゃない。
　みっくんと昔みたいに仲よくしたいのは、私のほうなんだから。
　私が頑張らなくてどうするんだ、って話だよね。
「……私、頑張らなきゃ」
　だって、みっくんの声が聞きたい。
　みっくんの笑顔が見たい。
　……みっくんのそばにいたいよ、笑って。昔みたいに。
　――そうと決まれば。
「よしっ」
　むんっと小さく両手で拳を作り、気合いを入れ直す。
　水着姿も、戦闘服だと思えば全然平気に思えてくる。
「そうそう、その意気!!」
　そんな私に夏奈ちゃんもガッツポーズをしてくれた。
　それは"作戦決行"決定の瞬間で。
　作戦決行となれば、まずは、みっくんの視界に入らない

とね！
　思い立ったが吉日、といわんばかりに、みっくんを探すべくダッと駆け出した私に、
「ちょ、ひまり!?　まだ日焼け止め塗ってないのにぃー!!」
　夏奈ちゃんの絶叫が響いたのは言うまでもない。

　それからおよそ、3時間ほどたったころ。
　ちょうどお昼の時間帯。
「夏奈ちゃん、もう諦めようかな……」
「だよね……。そうなるよね……」
　すでに私と夏奈ちゃんは諦めモード。
　――なぜかって？
「みっくんがあそこまで人気だとは……」
「近づくどころか、もはや見えなかったもんね」
　理由はただ1つ。
　みっくんが人気者すぎるせい。
　隙あらば、とみっくんへの接近を試みたんだけど、みっくんのまわりの人垣がすごすぎて、みっくんの姿を見ることさえできなかった。
　私が肩を落としていると、夏奈ちゃんが私の頭をぽんと撫でて。
「まだチャンスはあるかもよ？」
「ほぇ？」
「ほら、今からバーベキューじゃん!!」
　そ、そっか！

今日のお昼ごはんは砂浜でバーベキュー。バーベキューコンロは数に限りがあるから、ふたクラスで合計8つ使うって先生が言ってたはず。
　バーベキューの班はとくに決めていないため自由にメンバーを組んでいいみたいで。
　上手くいけば、みっくんと同じグループになれる可能性だってある。
　これは、なんとしてでも一緒にならないと……！
　そう意気込んだ私の耳に飛び込んできたのは、朝にも聞いた声。
「なあ花岡、バーベキュー俺らと一緒にしねぇ？　あ、早坂も」
　離れたところから私たちに呼びかけたのは、浅野くんだった。
「浅野くんと……？」
「浅野さぁ、毎回ひまりと私の扱いの差、ひどくない？」
　思いもよらない浅野くんからのお誘いに、きょとんとしている私。
　そして、顔をしかめている夏奈ちゃん。
　そんな私たちのもとに浅野くんが駆け寄って来る。
「俺らのとこ、男ばっか集まっちゃってむさくるしいんだよ。だから来てくんねーかなーって」
　そう言って浅野くんが指さした先には、たしかに男の子のかたまりが。
　って、あれは……!!

「あれ、もしかして棚橋くん!?」
　私が思ったことを、夏奈ちゃんがそのまま声に出した。
「え？　光希のこと知ってんの？」
　不思議そうな顔をした浅野くんに夏奈ちゃんが答える。
「まーね。浅野こそ、棚橋くんとどういう接点があるわけ？」
「あー、光希は元バスケ部エースで中学のときは結構有名でさ。で、俺も中学からバスケ部だし何回か対戦したことがあって……っつーよしみで、今はまぁまぁ仲よくやってるってわけ」
　そういえば浅野くん、中学でもバスケ部で高校でも続けるって４月の自己紹介で言っていたような。
　なるほど……と納得していると、
「それはそうと。俺らのとこ、来てくれる？」
　そうだった。
　浅野くんにバーベキュー一緒にしないかって誘われていて、そこにはみっくんもいて……。
　頭の中を整理していると、私より先に夏奈ちゃんが口を開いた。
「浅野は気に食わないけど、ここはお言葉に甘えて一緒に混ぜてもらおうかな」
　その言葉に苦笑いした浅野くんは、私に確認をとる。
「花岡は？　それでいい？」
「ぜ、ぜひっ……!!」
　こくんと大きく頷いた私を見て、浅野くんが微笑んだ。
「じゃあ、こっち」

浅野くんが歩き出して、私と夏奈ちゃんはそれに続く。
　すると、突然くるりと振り返った浅野くんが小声で。
「じつはさ、光希――あ、さっき話してたヤツは、女の子が来るの嫌がってるんだよね」
　……やっぱり。
　だって、"あの"人気者のみっくんだよ？
　放っておいたら絶対に女の子たちに囲まれるであろうみっくんのまわりに誰もいないってことは、みっくんのほうが遠ざけているんだろうなって思っていた。
「でも大丈夫、１人２人くらいならいいけどって言ってたからさ！　だから、気にしないで」
　安心させるようにくしゃっと笑った浅野くん。
　でも、ごめんね。
　きっとみっくんは不機嫌になる。
　いくら２人だけだとしても、それが私だったら。
　みっくんの反応なんて、簡単に予想できちゃう。
　――だって、みっくんは私のことが大嫌いなんだもの。
「大丈夫だよ！」
　浅野くんに笑顔を向けて答えた。
　みっくんがどう思おうが気にしない。
　今日は、そんなことでは引いてあげないんだから。
　だって、せっかくのチャンスを逃すわけにはいかない。
　覚悟しててね、みっくん。

　――そう、心に決めたものの……。

私の目の前には、ものすごく不機嫌そうなみっくん。
　話しかけるどころか、あまりの不機嫌オーラを放出しているため、目を合わせることすらかなわなくて。
　——あのあと、浅野くんに連れられるがままに、みっくんたちと合流したんだけど……。
『は？　なんで……』
　浅野くんが連れてきた私たち——というよりかは私を見て、みっくんが目を見開いた。
『浅野、こいつらと知り合いなわけ？』
『あぁ、クラスメイトなんだよね。光希も、花岡と早坂のこと知ってたんだ？　なら、ちょうどよかった』
　爽やかに微笑む浅野くんとは正反対に、露骨に嫌そうな表情をするみっくん。
『おまえ、なんで来たわけ？　……ほんとうざい』
　浅野くんの目を盗んで、みっくんがまわりに聞こえないように口パクで告げた。
　久しぶりにまっすぐに私に向けられた言葉は、今日もぶれずに糖度のかけらもない。
　返す言葉が見つからなくて押し黙ると、みっくんは鬱陶しそうにため息をついてから口を開いた。
『……今日だけだから。必要以上に近づくなよ』
　もちろん口パク。
　そんなみっくんに無言でこくこく、と何度も頷いて。
　——そして、ひとことも交わさないまま今に至る。
　これじゃ全然意味ないよ。

水着も、バーベキューに混ぜてもらったのも、他の誰でもなくみっくんと話すため、なのに。
　でも、きっと話しかけてしまったら、みっくんはもう一緒にはいてくれない。
　いつだって、私が近づこうとすればみっくんは離れていこうとするんだから。
　——みっくんは、どうしてそんなに私が嫌いなの？
　考えても仕方のないことだってわかっていても、それでも考えてしまう。
「じゃあ俺、食材取りに行ってくるわ！」
「1人で大丈夫？　結構な量ありそうだけど」
「あー。じゃ、早坂一緒に来て」
「は!?　私？」
　悶々と考える私をよそに、浅野くんがなぜか夏奈ちゃんを指名して、2人はバーベキューの食材を取りに行ってくれて。
　そして、この場に取り残されたのが私とみっくん、それから浅野くんのお友達の男の子たち。
　浅野くんの友達の中にはクラスメイトもいるんだけど、ほとんど話したことがなくて。
　みっくんには話しかけられない状況だし、だからといって人見知りの私が自分から男の子たちに話しかけられるわけもなく。……ただただ、気まずい。
　そう思っているのが伝わったのか否か、1人の男の子が声をかけてくれた。

「花岡さんって、下の名前なんていうの？」
「え、と、花岡ひまりです……」
「オッケー了解！　ひまりちゃんね。……俺じつはさ、ずっとひまりちゃんと話してみたいなって思ってたんだよね」
　えぇっ？　私と……？
「俺も！」
「いや、俺もだし！」
　それを皮切りに男の子たちが口々に声を上げた。
　その様子に私は戸惑うばかりで。
「ひまりちゃんってさ、学年でも結構有名なんだよね。8組にすげーかわいい子がいるって」
「そうそう。どんな子なんだろって思ってたんだよ」
「そしたら、翔太が連れてきてくれてさ。ほんと──」
「「「「翔太ナイス」」」」
　みっくんを除く5人の声がぴったり重なって、私はますます首をかしげるばかり。
　会話のテンポが速すぎて全然ついていけない。
　いったい、なんの話をしているんだろう。
　きょとんとしている私にもようやく話が回ってきた。
「ウワサには聞いてたけど、それにしてもめっちゃかわいいね、ひまりちゃん」
　1人の言葉に他の男の子たちが一斉に頷いて。
「えぇっ……そんなことな──」
　首を振って否定しようとするも、遮られてしまう。
「水着もめちゃくちゃ似合ってるし」

「白のビキニとか、なかなかやべーよな」
「普通に鼻血モンだよコレ」
　よくわからないけれど、褒めてくれてるんだよね……？
　お世辞でも褒めてくれるなんて、浅野くんは本人だけじゃなく友達まで優しいみたいだ。
　緊張でこわばっていた心が少しだけほどける。
　優しい人たちなのに怖がってしまってごめんなさい、と心の中で謝って。
「あのっ、あ、ありがとう……！」
　自然とこぼれた笑顔でそう言うと、なぜかみんな黙り込む。黙り込む、というより固まった、という表現のほうが正しいかもしれない。
　不思議に思っていると、しばらくして1人がぼそりと呟いた。
「あー。翔太が狙ってる子だってわかってるけど……俺、結構本気でやばいかも」
「マジで狙っちゃおうかな、俺」
　みんなが口々に呟く声は小さくて、なんと言っているかまでは聞き取れなくて。
　理解が追いつかなくて困り果てていると。
「おい」
　後ろから誰かにぐい、と肩を引っ張られた。
「っ……、みっくん!?」
　誰か、なんてその声ですぐにわかる。
　勢いよく引かれた私の体はぐらりと揺れて、そのまま後

ろにいるみっくんの胸に背中が寄りかかるような体勢に。
　焦った私は慌てて姿勢を立て直した。
「えと……、ど、どうしたの？」
　みっくんに向き直って、戸惑いながらも尋ねる。
　思わず話しかけちゃったけど、いいのかな。
　でも、今は私から話しかけたわけじゃないし……。
　大丈夫だよね？
　と不安になっていると。
「着とけ」
「わっ……!?」
　みっくんの相変わらず愛想のない声とともに、頭に何かを被せられた。
　視界を遮る何かを手さぐりで頭から取って確認する。
「え……。ど、どうして……？」
　その正体は、みっくんがさっきまで羽織っていたネイビーのパーカー。
　『着とけ』って、これのこと？
　でもいきなり、どうして。
　戸惑いを隠せずにいると、
「別に。……見てて寒い」
　私から目を逸らしながら言ったみっくん。
　寒いって、今は真夏だよ？
　それに。
「やっ……でも、これみっくんのパーカーだよね」
　服を羽織るくらいなら、更衣室に自分のを取りに行くこ

とだってできる。
　これを私に貸してしまったら、みっくんが羽織るものがなくなってしまうのに。
「いいから着とけって」
　言い聞かせるような口調に押され負けて、しぶしぶパーカーに腕を通した。
　──昔はあんまり変わらなかったのに、いつからこんなに体格差が広がっていたのかな。
　みっくんのパーカーは私にはぶかぶかすぎてジッパーを胸上まで上げなきゃ、とてもじゃないけど着られない。
　そして、何よりも動揺したのはパーカーにわずかに残ったみっくんの体温と香り。
　なんて言うと変態みたいだけど、そういうことじゃなく、昔から、みっくんのそばがいちばん落ちつく場所だった。
　私より少し高い体温と、香水をつけないみっくんから香る……たぶん、柔軟剤かな。
　よく憶えているそれらに、久しぶりに包まれて懐かしくて、なのになんだかドギマギした。
「ありがとう……」
　胸がいっぱいになって、それだけしか言えなくて。
　みっくんが、そんな私に口を開きかけたとき──。
「ただいまー‼」
「ほんっと、私のことなんだと思ってるわけ？　普通、もうちょっと浅野が持つべきじゃない？」
　食材を取りに行ってくれていた浅野くんと夏奈ちゃんが

口論しながら戻ってきた。
　賑(にぎ)やかな２人が帰ってきて、私とみっくんの間の張り詰めていた空気がなくなって。
　ほっとしたような……、少し残念なような、不思議な気持ちになった。
　──そういえば、みっくんとまともに話したのって、かなり久しぶりかもしれない。
　やっぱり夏奈ちゃんの言うとおり、"水着マジック"とやらなのかな？
　でも当の水着は、私が着るとワンピースも同然のみっくんのパーカーで完全に隠れてしまっているのだから、どうやら関係はなさそう。

「ん、じゃあ火つけてバーベキューはじめようか」
　浅野くんのひと声でみんなが準備に取りかかり、お待ちかねのバーベキューがはじまった。
「花岡、皿貸して？」
　浅野くんに声をかけられて、自分が持っていた紙皿を手渡した。
　バーベキューの真っ最中。
　網の上では、お肉やたくさんの野菜がおいしそうに焼かれている。
「はい、しっかり食えよ？」
　浅野くんから返ってきたお皿には、お肉やら野菜やらがたっぷりと載せられていた。

しかも、いい感じの焼け具合。
「あ、ありがとう！」
　慌ててお礼を言うと、爽やかな笑顔が返ってきた。
　……ほんと、至れり尽くせりだなぁ。
　炭に着火するところから食材を焼くところまで、ほとんど浅野くんに任せっきりで。
　私も何か手伝おうとしたんだけれど、
『こーいうのは、男がやるもんなんだよ。危ないし。……それに、俺がかっこつけたいだけだから』
　とやんわり制されてしまい。
　おまけに、食べる分までよそってもらって。
　なんだか浅野くんってお兄ちゃんみたいだ。
　なんてそんなことを考えていると、自分の食べる分をお皿に載せた浅野くんが私の隣にやってきた。
「花岡、ちょっと喋らない？　食べながら」
　私と……？
　夏奈ちゃんは今どうしているんだろう、とふと思って視線を動かすと、浅野くんの友達たちと仲よさげに盛り上がっていた。
　さすが夏奈ちゃん。
　コミュ力が私とは違う。
　夏奈ちゃんは夏奈ちゃんで楽しんでいるみたいだし、それなら、と思い浅野くんに向き直った。
「ぜひ！」
「よかった、断られなくて」

そんな私に、浅野くんはほっとしたように目尻を下げた。
　それからクラスメイトの話とか、休日には何をするかとか、そんな他愛ない話をしていたんだけれど。
　しばらくして、
「ちょっと聞いてもいい?」
　首をかしげながら浅野くんが突然そう言って。
　きょとんとすると、浅野くんは言葉を続けた。
「ずっと気になってたんだけどさ。……そのパーカーって光希が着てたヤツだよね?」
　私が着ているネイビーのパーカーを指さして。
「あ……うん、そうだよ」
　考えるまでもなくそのとおりだったから、私は素直に頷いた。
　すると、一瞬目を伏せた浅野くんが、ぐっ、と眉をひそめて。
「……なんで、花岡が光希のパーカー着てんの?　そんなに仲いいわけ?　そういえば、花岡と光希、お互いに知ってたみたいだし。2人っていったいどういう関係?」
　矢継ぎ早に投げかけられた質問。
　それらに頭が上手くついていかない。
　他愛ない話をしていたときの穏やかな笑顔とは違う、少し真剣味を帯びた浅野くんの表情に肩がびくっと跳ねて。
　……浅野くんのことが、少しだけ怖いと思ってしまった。
「っ、えっと……」
　浅野くんから静かににじみ出ている迫力に委縮しそうに

なりながらも、浅野くんの質問を1つずつ思い出す。
「パ、パーカーは、みっ——棚橋くんが寒そうって貸してくれたから……。棚橋くんとは仲よくなんて全然なくてっ！　ただ、知り合いなだけ……」
　幼なじみなんだ、とは口が裂けても言えなかった。
　だって、みっくんが嫌がるから。
　——それは、みっくんが私に対して冷たくなるよりももっと前の話。
『俺と幼なじみだって、あんま口外すんなよ』
『どうして……？』
『いろいろ面倒なんだよ』
　いつだったかみっくんにこう言われて以来、幼なじみであることは言わないようにしてきた。
　……唯一の例外が夏奈ちゃんなんだ。
　それから、みっくんは"みっくん"って呼ばれるのも好きじゃない。
　直接咎められても懲りない私には、もう諦めたみたいだけど、他の人に、この呼び名を知られるのはどうしても嫌らしい。
　理由は『恥ずかしいから』って。
　たしかにこれは、わからなくもない。
「……ごめん」
　ぼーっとみっくんのことを考えていると、浅野くんが突然謝った。
「さっき言い方きつかったし、戸惑わせたよな。花岡のこと、

責めたかったわけじゃないんだ、けど……」
「けど……？」
「気づいたら口走ってた。もし花岡が光希のことを想ってて、そんで光希も花岡のこと好きだったらって想像しただけで無理だったっていうか」
　私の頭の回転が遅いせいか、浅野くんの言っていることは、これっぽっちもわからない。
　だけど、
「本当にごめん」
　そう言って頭を下げた浅野くんが、誠意を持ってくれてるんだってことはわかる。
　さっきはたしかに、少し怯えてしまったけれど。
「私は大丈夫だよ。だからそんなに謝らないで……？」
　これでも浅野くんが優しい人だっていうことは、十分にわかっているつもりなの。
　私の声に浅野くんが顔を上げて、視線が絡んで。
　浅野くんが、ふ、と口角を上げた。
「花岡」
「は、はい……」
　名前を呼ばれて、背筋がしゃんとする。
　学級委員を務めてくれているからかな。
　浅野くんの声を聞くと、自然と背筋が伸びる。
　そんな私に、微笑んで。
「俺、花岡のこと好きだよ」
　今まで聞いた彼のどの声よりも柔らかい声で、ふわりと

心に優しく落ちてきた。
「ありがとう」
　好きだ、って言われて嫌な気なんてするわけもなく、むしろ単純にうれしい。
　お礼を返せば、なぜか苦笑されて。
「……そういうことじゃないんだけどな」
「……？」
　浅野くんが呟いた言葉は聞こえなかった。
「俺、頑張るよってこと」
　首をかしげた私に、浅野くんが言い直してくれる。
　それでも結局、頭の中には"はてな"がたくさん浮かんだままだったけれど。
「頑張ってね！」
　むんっ、とガッツポーズを作ってエールを送った。
　よくわからないけれど浅野くんは器用そうだから、きっとなんでも上手くいくと思う。
「はは、花岡にそう言われたら、すっごい頑張れそう」
「それは何よりです」
　えへへ、と照れ笑いを浮かべてみせた。
　人見知りな私でも、いつの間にか自然体で話せていて。
　なんだか浅野くんとは仲よくなれそうな気がする。
「まだ肉食う？」
「うんっ！」
　浅野くんの言葉に大きく頷けば、
「ふは、花岡って見た目より結構食うよな」

「うっ……」
　そのとおりすぎて何も言い返せない。
　『思ったより食べるね』ってよく言われるもん。
　複雑な心境で黙っていると。
「なに心配してんだか。よく食べる子っていいなって前から思ってたんだけど？」
　てっきり呆れられたのかな、と心配していた私は予想さえもしていなかった言葉。
「はい、どーぞ」
　そんな浅野くんの優しさにジーンとしていると、持っていたお皿にほどよく焼けたお肉。
　おいしそう……！
　目を輝かせる私に、満足気な笑みの浅野くん。
　ありがとう、と言おうと口を開いたそのとき、
「翔太ー！　おまえもそろそろ俺らんとこ来いよっ」
　浅野くんを呼ぶ男の子たちの声。
　その光景に、浅野くんってやっぱり人気者なんだなぁと実感する。
「ごめん、俺呼ばれてるから……！」
　浅野くんがお友達のほうに駆けていった。
　──浅野くんがどう思っているかは、わからないけれど。
　できれば、浅野くんとこれからも仲よくしていけたらって、いい友達になれたらなって思ったんだ。
　今まで女の子の友達しかいなくて、男の子といえばみっくんとしか関わりがなくて。

"男友達"っていうのに憧れていたのかもしれない。

「げ……」
　浅野くんが去っていってから数分。
　浅野くんと話していた間にみんなどこかに行ってしまって、1人きり。
　そんな私の口から出たのは、『げ……』なんていう女の子らしさのかけらもない一音で。
「やっちゃったな……」
　その原因は私が持っているお皿の上に、ぽつんと残る緑色の物体。
　私の宿敵のピーマンさんだ。
　こんがりとおいしそうな焼き目をつけているけれど、私は騙されない。
　……だって、苦いんだもん。
「……私のばか」
　どうしてお肉を先に完食してしまったんだろう。
　苦手なものを最後に残してしまうのは私の悪いくせで。
　ぐ、とお皿を持つ手に力を入れてピーマンと向き合う。
　見るからに苦そう。
　ダメだ、口に入れる気になんてなれない、けれど。
「食べなきゃ……」
　だって、せっかくみんなが焼いてくれて。
　せっかく浅野くんが私によそってくれたのに。
　残したりしたら申し訳ないよね……。

それに、さすがのピーマンだって可哀想だよ。
　……うん、頑張って食べよう。
　そしてまたもや、ピーマンと睨めっこ。
　そんなことを延々と繰り返して。
「はぁ……」
　思わずため息がこぼれた。
　でも、いつまでもウジウジしていても仕方ないよね。
　よし、目をつむって３つ数えたら一気に口に入れよう!!
　そう決心して、ぎゅ、とまぶたを閉じた。
　３、２、１、とカウントダウンをして。
「ほぇ……？」
　まぶたを開いて箸を構えた私の口から、間の抜けた声がこぼれた。
　それも仕方ないと思う。
　だって、お皿の上から跡形もなくピーマンが消えていたんだから。
　もしかして、落としちゃった……？
　慌ててまわりの地面を見回すも、何も落ちてなんかいなくて。
　ふと気配を感じて視線を上げると、
「みっくん？　……それ！」
　少し前から、私からちょっと離れた場所にあるイスに座って休憩していたみっくん。
　……のはずなのに、いつの間にかすぐ隣にいて。
　しかも、そんなみっくんが持つ箸の先には、かじりかけ

のピーマン。
　もしかして、と半ば確信しながら口を開いた。
「それって、私のピーマン……？」
　そんな私の言葉に、みっくんはバツの悪そうな表情を浮かべる。
　……図星なんだ。
「みっくん、あ──」
「別に」
　ありがとう、と言う前にみっくんが言葉を重ねてきた。
「おまえのためじゃねーし。自分のことを嫌ってるヤツに食われるピーマンが可哀想だっただけ」
　すっと視線を逸らしたみっくんの、冷たくて、素っ気なくて、ブラックコーヒーみたいな態度はいつもどおりの通常運転。
　だけど、わかるよ。
　私にはわかるよ。
　みっくんは、『自意識過剰』って言って鼻で笑うかもしれないけど。
　……私のため、だよね。
　だって、みっくん嫌というほど知ってるもんね。
　私が苦いものを食べられないことなんて。
　だけど、代わりに私も知ってるよ。
　みっくんが、うそをつくとき視線を逸らすくせがあるってことくらい。
　私のことを誤魔化そうだなんて100年早いんだから。

心の中で、みっくんにそう言った。
　──みっくんって、すごくずるい。
『嫌い』
　私にそう告げるとき、いつだってまっすぐに私を見据えてくるから、みっくんは私のことが本当に嫌いなんだと思う。
　……だけどそんなことを言いながらも、いざというときは優しくて。
　パーカーを貸してくれたり、ピーマンを食べてくれたり。
　昔とは比べ物にならないくらい素っ気ないのに、優しいところはまるで変わらない。
　──本当にずるいよ。
　みっくんは簡単に私を嫌いになったくせに、私にはみっくんを嫌いにさせてはくれないなんて。
　会話は終わりだ、と言わんばかりにそっぽを向いたみっくんの横顔を見上げる。
　私が見上げたからといって、もちろん、こっちを振り向いてくれることなんてないけれど。
　みっくんのいくつもの優しさを思い出して、きゅう、と胸の奥が甘く甘く疼いた。
　みっくんのことを考えれば考えるほど、
『好き』
『大好き』
　って、結局はそこに行きついてしまうんだ。
　──浅野くんに優しくしてもらったときは、こんな気持

ちにはならなかったなぁ、なんてふとそんなことを考えた。
　……幼なじみだから、特別なのかな。
　そう自分の中で結論づけて、みっくんのおかげで空になったお皿を片づけるためにその場を離れた。

「みっくん」
　呼びかけた私に、驚いたように目を見開いたみっくん。
「は？　なんでこんなとこに……」
　バーベキューが終わり、午後からの行程も終わり、夕日が鮮やかに照り映えるころ。
　水着から服に着替えを終えた私は、男子更衣室の前でみっくんを待ち伏せしていた。
「これ、返しに来たの」
　その目的は、みっくんに借りていたパーカーを返すこと。
「そう」
　と、素っ気ない返事を返したみっくんは、私からパーカーを受け取った。
「じゃ」
　そのまま、立ち去ろうとしたみっくん。
　思わずシャツの裾をぐい、と引っ張ってその場に引き止める。
「……何？」
　とくに何か用があったわけじゃない。
　衝動的に引き止めてしまっただけで。
　……でも、この際だから言いそびれたことを言えるチャ

ンスなのかも。
　そう思って口を開く。
「みっくん、ありがとう」
　私の言葉に、きょとん、とした様子のみっくん。
「パーカー、貸してくれてありがとう。それからピーマンも食べてくれてありがとう」
「ああ、別に」
「……みっくんとね、久しぶりに話せてうれしかったよ」
　いつもより、みっくんのまとう空気が柔らかくて。
　言うはずのなかったことまで口から滑り落ちた。
「優しいところも全然変わってなくて、うれしかった。今日、とっても楽しかったよ。ありがとう」
　そう言いながらみっくんを見つめると、みっくんは少し眉を寄せて自分の耳たぶに指で触れる。
　――久しぶりに見た。
　みっくんが耳たぶに触れるのは照れたときのくせ。
　懐かしい仕草に、私はみるみる胸がいっぱいになって。
「やっぱり私、みっくんのこと、すごく好き」
　今まで何度も伝えてきた。
　言いたくなったときに言ってきた。
　みっくんのことが、大好き。
　だって、みっくんは私のいちばんの幼なじみだから。
「俺は、嫌いだけどな」
　それだけ言って、みっくんは私に背中を向けた。
『嫌い』

はっきりとそう言われたはずなのに、どうしてだろう、今日は悲しくない。
　みっくんが私の言葉を聞いてくれて、それでちゃんと返事をしてくれた。
　それだけのことでこんなにも幸せだって思えるの。
「ひまり？　用事は済んだ？」
　更衣室の角から夏奈ちゃんがひょこ、と顔をのぞかせる。
　夏奈ちゃんには『みっくんのところに行ってくる！』と言ってから来たんだけれど、迎えに来てくれたんだ。
「うん！」
「ひまり、なんかさっきより元気？」
　そうかな……？
　だとしたら、みっくんのおかげ、かも。
「夏奈ちゃん、今日すごくいい日だった！」
　満面の笑みを浮かべながら、小走りして夏奈ちゃんの隣に並ぶ。
「よかったね」
　すると、夏奈ちゃんもうれしそうに微笑んでくれて。
　夕日に染まる海を眺めながら、今日は本当にいい日だったなぁ、なんてのんきなことを考えた。

砂糖菓子は甘すぎる＊光希side

　右肩が重い。
　——その原因はわかりきっているけれど。
「おい、そろそろ起きろ」
　俺の肩に寄りかかって眠るクラスメイトを揺さぶった。
「んー、光希ぃ……」
　控えめに言って気持ち悪い。
　なんて心の中で毒づいて、
「起きろ」
　一段と低くした声で告げた。
「……ん？　光希？　……おはよう？」
　やっと目を覚ましたそいつを一瞥して、はぁ、とため息をつく。
　よく寝られるよな、こんなところで。
　そんな俺に、
「光希って、寝ても覚めても冷たいよな……。まぁ、そんな光希もいいんだけどさ！」
　まぶたをこすりながらそんなことを言ってきた。
　そんなこいつは桜井利樹。
　バスケ部に所属していて、クラスメイトの中ではなんだかんだ一緒にいることが多いヤツ。
　俺は、高校では勉強に集中しようと思ってバスケは続けなかったんだけど。

どういうわけか結局、バスケ部のヤツらに囲まれる日々を送っている。
　それで、昨日のバーベキューもバスケ部のメンバーに混じることになったというわけ。
　今日は臨海の３日目。
　すべての日程を終えた俺たちは、帰りのバスの中にいる最中だ。

　しばらくすると、学校に到着。
　ガタンッ、と揺れて車体が停止した。
「利樹。置いてくぞ」
　バスが停まってクラスメイトがぞろぞろと降車していく中、いまだに寝ぼけている隣のそいつにそう言うと。
「っあ゛ー!!　俺も女に生まれたかった!!　そしたら光希にも優しくしてもらえんのに！」
　利樹は叫びながら立ち上がる。
　……うるさい。
『光希って仲よくなるほど塩対応になるよな』
　なんて、まわりのヤツらは似たようなことばかり言ってくるけれど。
　どうやら俺は、女には優しいんだという。
　……完全に無意識だけど。
　自分ではそんなつもりないのに、俺を取り巻くヤツらはみんな口を揃えてそう言うからきっとそうなんだろう。
　ただ、そうなった理由はなんとなく見当がつく。

たぶん、というか絶対母さんのせいだ。
　おせっかいな母さんは、昔から『女の子には優しくしなさい！』と口うるさかったから。
　ぼんやりとそんなことを考えていると、いつの間にかバスも利樹も去ってしまっていた。
　……まぁ、帰るか。
　そう思って歩きはじめようとしたときだった。
「光希！」
　後ろから呼び止められて、振り向く。
「……藤宮？」
　そこにいたのは、藤宮香音。
　たしか、あいつと同じクラス──８組、だったはず。
　８組のバスはもうとっくの前についていたはずなのに、どうして藤宮がここに……？
　なんて不思議に思ったのも束の間だった。
「あの……、光希にお願いがあって……」
　緊張した様子で瞬きを繰り返しながら藤宮が口ごもる。
「何？」
　利樹と喋っていたときより、心なしか優しい声になった。
　こういうところが"女に優しい"と言われる所以なんだろうか。
「えっと、８月24日って空いてる？」
　……24日？
　なんでまた、そんな先の話。
「別に、暇だけど」

予定が入っていないことはたしかだけど、藤宮の意図がわからなくて。
　どうして、と聞き返そうとしたけれど、わずかに頬を染めた藤宮に遮られた。
「あのっ！　もしよければ、なんだけどね」
　藤宮がじっと俺の瞳を見つめて。
「私と、夏祭り、一緒に行ってくれないかなっ？」
　あぁ、24日って。夏祭り……か。
　ふと去年までのそれを思い出して、苦い気分になる。
　……思い出すんじゃなかった。
　黙り込んだ俺に不安そうな表情を見せる藤宮。
　そんな彼女に、何か答えないと、と思って。
「いいよ、行こう」
　一瞬、考えを巡らせたのちに肯定の返事をする。
「ほんとっ!?」
　その瞬間、ぱあっとうれしそうに微笑んだ藤宮。
「うん」
　だって断る必要もない。
　それで藤宮が喜んでくれるんなら……なんて、本当は俺がずるいだけ。
「光希って……優しいよね」
　本当にそう思ってくれているのか。
　はたまた呆れられているのか。
　どちらにもとれるような笑みを浮かべた藤宮に、俺は何も答えられなかった。

そんな俺に気づいたのか、気づかなかったのか。
「ありがとう。24日、楽しみにしてるねっ」
　ふわりと花のような微笑みを残して、藤宮は少し離れたところで待っていたらしい友達のもとへ駆けていった。
　『ありがとう』か。
　たしかに、俺がその言葉を女の口から聞く回数は少なくはないと思う。
　基本的に、女には優しいかもしれない。
　だけど。
『みっくん、私、わたあめとりんご飴食べたいっ！　あっ、でもベビーカステラも外せないな〜』
　──だけど、俺には、どうしたって優しくできないヤツが1人だけいる。

『みっくん！』
　──俺のことをそう呼ぶ、その声が嫌いだ。
　そんなことなどお構いなしに家の前の段差に座って俺を見上げる幼なじみに歩み寄った。
『あのね、みっくん、私、わたあめとりんご飴食べたいっ！　あっ、でもベビーカステラも外せないな〜』
　ひまりが発したその言葉にデジャヴを感じて。あぁ、これは去年の夏祭りだ、と思い当たった。
『全部自分で食えよ』
『ええーっ。みっくんも手伝ってよ！』
『おまえ、俺が甘いもん食えねぇってわかってんだろ』

『ふふっ、みっくんてば相変わらず甘いの苦手なんだね』
　わたあめなんて、ただの砂糖だろ。
　砂糖菓子は甘すぎるんだよ。
　……そういうおまえのほうこそ、まだ子供みたいに苦いものが食えねぇくせに。
　いつの間にか、俺がひまりのピーマンを食べる係になっているし。
　中学校での給食の光景を思い出す。
　泣きそうな顔してピーマンを見つめるあいつを、何度助けてやったことか。
『ね、早く行こっ！　花火はじまっちゃうよ？』
　俺の腕を引いて駆け出したひまり。
　そのスピードは俺が走るよりはるかに遅いけれど、いきなり腕を引かれた側としては体がついていかない。
　足がもつれそうになりながら、なんとかついていく。
『あ、ごめんみっくん。速かった？』
『全っ然。つうか、いきなり走んなよ、危ねえ』
　毒づきながら軽く睨むと、当のひまりはなぜかうれしそうにふにゃりと頬を緩めた。
　……ほんっと、おめでたいヤツ。
『で？』
『ほぇ……？』
　きょとん、と俺を見上げるひまりにため息をついた。
『だから、どこから行くんだっつってんの』
『あっ！　そう！　わたあめ！』

ぱああ、と満面の笑みになったひまりをその場に置いて、俺はスタスタと一足先に歩きはじめた。
『ちょっ……みっくん待って！』
　とっさに俺の服の裾を掴んだひまりを振り返って、
『さっきの仕返し』
　んべ、と舌を出してやった。
『ねぇねぇ、いつもの場所でいいよね？』
　右手にはわたあめ、左手にはりんご飴。
　どうやらベビーカステラは諦めたらしいけれど。
　とりあえず早く食えよ、甘い匂いが鬱陶しい……なんて心の中で呟きながら答える。
『そこでいいだろ』
『了解！　あそこ綺麗に見えるもんねっ』
　ふざけたように敬礼をキメてきたひまりをスルーして、先を歩いた。
　どうせあとから来るだろうし。
『……いつもの場所、か』
　祭りの喧騒から少し離れた、小さな神社の石段の真ん中。
　２人座って花火を見るのにちょうどいい。
　そのことに気づいたのはいつだったか。
　そこが"いつもの場所"になったのは、いつからだっただろうか。
　──そしてどうやら俺たちは、主語がなくても会話できるようにまでなってしまったらしい。
『はぁっ……。もー、速いよみっくん！』

息を切らしながら駆けてきた幼なじみに無言で座るよううながした。
　──ドンッ。
　ひまりが座ったとほぼ同時に、最初の花火が空に咲いた。
　弾ける火花をしばらく無言で眺める。
　いつもはうるさいひまりも黙っていて。
　クライマックスに近づいて、どんどん派手になってきたころに突然ひまりが口を開いた。
『みっくん、私ね、みっくんと同じ高校に行くっ!!』
『は？』
　唐突すぎる宣言に、開いた口がふさがらない。
　こんなにまぬけな声が漏れたのは、あとにも先にもこのときだけだろう。
　意味不明。理解不可能。
　俺の頭の中を駆け巡ったのはそんな言葉で。
『……近所の女子高に行くとか言ってなかった？』
　ついこの間、そこの制服がかわいいとかなんとか騒いでたじゃん。
『それは、やめにしたの！』
　きっぱりと否定する幼なじみに目眩がしそうになった。
　こいつ……ちゃんとわかってんの？
　いや、別にひまりのことをばか呼ばわりしているわけではないけれど。
　たしか成績は中の上くらいで、平均より少し上かそのあたりだったはずだ。

対して、俺が目指しているのはわりと偏差値の高い公立高校。
　俺でさえ部活を引退してからは、かなり気合いを入れて勉強をしているんだから、ひまりがそこを狙うのは正直あぶないと思う。
『……なんでまた、いきなり……』
　いつもはふわふわしているくせに、いきなり突拍子もないことを言って飛び出していくから。
　本当にちゃんと考えているのか、いちいち気にかけるのはこっちの仕事で。
　頭を抱えたくなりながら理由を求めた。
『だって、みっくんと離れたくないんだもん』
　すると、幼なじみはためらいもなく、そう言ってのけた。
　その次の瞬間、打ち上がったのは最後の大きな花火。
『みっくんが、だーいすきっ』
　甘ったるい言葉に眉をひそめた。
　……こいつの"好き"なんて聞き飽きた。
　他の女子と、こいつの"好き"は全然違う。
　幼いころから隙あらば、"好き"だなんて言い続けてきたこいつのそれはもはや挨拶も同然。
　そこには、特別な意味も、他の女子のような浮ついた感情も一切ない。
　まるで、シュガーポットの中の真っ白な砂糖のように純粋無垢で考えが甘すぎる、そんな幼なじみに苛立ちは募るばかりで。

大好き、なんて勝手に言ってくれるけど。その甘い笑顔も、声も、仕草も、紡ぐ言葉でさえも。
　──俺は、大嫌いなんだよ。

　はっ、と目を開くとそこは無機質な自分の部屋。
　なんだ、夢か……。
　夢の内容を思い出して、はぁ、とため息をついた。
　夢でさえイライラするなんて、あいつは俺を苛立たせる天才かよ。
　俺をこれだけ苛立たせられるのなんて、あいつぐらいだ。
　──まず鈍すぎて手に負えない。
　臨海のときだってそうだった。
　バーベキューのとき、みんなあいつの水着姿を下心丸出しで見てたっつーのに、当の本人は何一つ気づいていない。
　寄せられる興味にも、好意にも、まるで気づかないし。
　それから、危なっかしすぎる。
　気にしたくなんかないのに、いちいち気になるし。
　無防備すぎて、見てらんなくてパーカー貸してやったり。
　涙目のくせに、決して残そうとはしないピーマンを食ってやったり。
　そうやって、結局いちいち気にかけてしまう自分のことも気に食わない。
　あいつは生粋の甘党で、俺は逆に甘いもんは苦手だし、食べ物の好みだって正反対。
　俺が発する冷たい言葉の1つ1つに、素直に傷つく単純

なところも。
　『大嫌い』と告げるたびに、本気で悲しそうにするわりには、おまえの『好き』にはなんの意味もないくせに。
　遠くから見ているだけで苛立つ。
　だからといって、近くにいても余計に苛立つ。
　いつからこうなったかなんて、もう知らない。
　だけど、気づけばあいつといるときは常に負の感情をセーブしている自分がいた。
　……こんなの、嫌いっていうより他にない。
　そのことに気づいて、俺は、これから先もあいつと幼なじみとして上手く接していく自信なんてなくなった。
　だから、遠ざけようと思った。
　近くにいたって、あいつにはきっと優しくできない。
　むしろ、傷つけるだけで。
　あいつを遠ざけるために、彼女を作った。
『棚橋くんのこと、好き……なの』
　ちょうどいいタイミングで告白してきた藤宮を、俺は拒まなかった。
『俺、彼女できたから』
　やっと、あいつと縁が切れると思った。
『みっくんの彼女になりたい！』
　なのに、あいつ、変なところで粘り強いし。
　"彼女"なんて意味さえもわかってないくせに。
　そんなあいつに俺の苛立ちは増す一方で。
　早く離れたくて、諦めてほしくて、告白してくるあいつ

以外の女子は誰一人として拒まなかった。
　……いわゆる、来るもの拒まずってヤツ。
　自分でも最低だってわかってるんだ。
　だけど。それ以上に、もうあいつに振り回されるのはごめんだった。
　それにつけ加えて、拒む理由がなかった、っていうのもある。
　別に嫌いじゃねぇし、好意を向けられるのは普通にうれしいし。
　なんて、利樹に言ったことがあって。
『光希は本当の恋をしたほうがいいよ』
　そのときは、そう返された。
　……俺自身はあまりピンと来なくて、あいまいに頷いただけだったけれど。
『私と、夏祭り、一緒に行ってくれないかなっ？』
　俺はずるい。
　ちゃんと藤宮の気持ちに応えようと思うのに、頭の中では別のことを考えていた。
『これで、あいつに誘われても断る理由ができる』
　そんなことを思う俺は、どうしたって"花岡ひまり"が嫌いで仕方がないらしい。
　再び睡魔に襲われ、まどろむ意識の中で改めて自覚した。
　やっぱりあいつは、"甘すぎる"。
　──それは、甘いものが嫌いな俺にとって、最大級の敬遠の言葉。

塩味のわたあめは

「夏奈ちゃんっ！　ごめん、待った？」
　電柱に寄りかかってスマホを触っていた夏奈ちゃんに、慌てて声をかけた。
「んーん、集合時刻ぴったり！」
　ロック画面に表示された時刻を私に見せながら、にっこり微笑んだ夏奈ちゃん。
　仮に集合時刻ぴったりだとしても、待たせてしまったことには変わりない。
「ごめんね……」
「私も今来たところだって！　それよりさ、いいね、その浴衣」
　夏奈ちゃんに言われて、改めて自分の格好を見下ろした。
　夏休みも、もう終盤の８月24日。
　そんな今日、私は夏奈ちゃんと夏祭りに来ている。
　私が着ているのは、白地に桃色の花とリボンの柄が入った浴衣。
　一目惚れして、即決したものなんだ。
　そんなお気に入りの浴衣を褒められて、気分は上々。
「夏奈ちゃんは、すごく大人っぽい……」
　黒地の浴衣がこんなに似合う人っているの？っていうくらいさまになっている夏奈ちゃん。
　ビビッドカラーのモダン柄も、いい感じに夏奈ちゃんの

スタイルのよさを引き立てている。
　じつは浴衣を着てお祭りに来るのはこれが初めてで、すごく楽しみにしてたんだ。
「あっ、そうだ！」
　大切なことを思い出して、カバンの中からごそごそと取り出したのは。
「夏奈ちゃんっ、この前はお誕生日おめでとう！」
　お店でラッピングしてもらった、ピンク色の包みを夏奈ちゃんに手渡した。
　夏奈ちゃんの誕生日は、１週間ほど前だったの。
　お盆で県外のおばあちゃんの家に帰省中だった私は、当日は電話越しでしかお祝いできなくて。
　だから今日、準備していたプレゼントを持ってきたんだよね。
「えっ、めっちゃうれしい!!　開けていい？」
　驚きを隠せない様子で、包み紙を開ける夏奈ちゃん。
　中から現れたのは、ピーチピンクのリップとかわいいケースに入った同じ色のチーク。
「これ私にっ？　豪華すぎない!?」
　目を丸くする夏奈ちゃん。
　豪華って……そんなすごいものじゃないよ。
　私のお気に入りの、プチプラでかわいい学生向けのコスメブランドのもので。
　夏奈ちゃんに似合いそうだなって思ったんだ。
　──ということを伝えると。

「大切に使う！　ありがと、ひまり！」
「ううん、こちらこそいつもありがとうだよ」
　感謝したりないのは私のほうなのに。
　……でも、喜んでくれてよかったなぁ。
　なんだか満たされた気持ちに浸っていると。
「ひまり、行かないの？」
　夏奈ちゃんに呼びかけられて、慌てて意識を引き戻した。
「ううん、行くっ！」
「ふは、今日も元気だね」
　勢いよく返事した私に、夏奈ちゃんが吹き出して。
「だって、食べたいものいっぱいあるんだもんっ」
「例えば？」
「わたあめは絶対外せない!!　去年はりんご飴を食べたから今年はベビーカステラは確定だし、かき氷も！　そうそう、チョコバナナもあるし！」
　目を輝かせながら、指を折って数える。
「うわあ、甘いもののオンパレード……」
　胸焼けしそう、なんて呟いた夏奈ちゃん。
「夏奈ちゃんは何食べるの？」
「うーん、焼きそばとか？　……ひまりが甘いものばっか食べるんなら、塩っ気のあるのがいい」
　たしかに屋台の焼きそばはおいしいけれど。
　私的には、夏祭りに来てわたあめを食べないなんて考えられないなぁ、と心の中で呟いた。
「そういえば花火って何時からだっけ？」

夏奈ちゃんが首をかしげた。
　夏奈ちゃんは、この夏祭りに来るのは今回が初めてなんだって。
　同じ高校に通っているとはいえ、私と夏奈ちゃんでは住んでいる地域が少し違うからね。
「8時からだよ」
「じゃあ、そろそろ買うもの買っとかなきゃね」
　もう一度、スマホで時刻を確認した夏奈ちゃんがそう言う。
　6時半に待ち合わせしていたんだけど、なんだかんだしている間にもうすぐ7時。
　たしかに、そろそろ屋台のほうへ行かないと花火に間に合わなくなっちゃうかも。
「じゃあ、私が案内するね！」
　手を挙げながらそう言うと、
「任せた」
　そんな私に夏奈ちゃんはくすっと笑った。

　左手には念願のベビーカステラの紙袋、右手にはこれまた念願のチョコバナナ。
　あれからしばらくして、すっかりお祭りモードに染まった私。
　そんな私の頭上にはうさぎのお面。
　この、愛くるしい顔をした白いうさぎさんのお面は夏奈ちゃんが買ってくれたの。

すっごくかわいくてお気に入りになっちゃった。
　それから夏奈ちゃんの頭の上には、くまさんのお面が。
　これは、私が買ったもの。
　くりくりのおめめのくまさんが、夏奈ちゃんっぽくて。
　"２人でお互いに買いっこしよう"っていうことで、お互いのお面を選んだんだよ。
　甘いものばかり手にしている私とは対照的に、夏奈ちゃんは私の隣で焼きそばを頬張っている。
　ソースのいい香りがするけれど、さっきピーマンが入ってるのを見つけちゃったからなぁ。
　食べたいなぁ、とまでは思わない。
「うわっ、結構時間たってた……！」
　焼きそばを食べ終えた夏奈ちゃんが声を上げた。
「今どれくらいなの？」
「７時40分！　あと20分で花火だね」
「えっ！」
「どうしたの？」
　おろおろする私に、夏奈ちゃんが不思議そうに首をかしげる。
「ど、どーしよ夏奈ちゃんっ！」
　これは、大ピンチだ。
「まだ、わたあめとかき氷食べてないのに！　あと20分じゃ２つも買いに行けないよ～っ」
　半泣きになりながら夏奈ちゃんに訴えた。
　だって、今日は絶対食べるんだって心に決めていたのに。

でも、花火はちゃんと特等席に座って見たい。
「なんだ、そんなこと？」
　私の話を聞いて、夏奈ちゃんは拍子抜けした様子。
「もっと深刻な何かかと思ったわ」
　夏奈ちゃんは呆れているみたいだけど、私にとっては十分深刻な問題なんだから。
　……でも、これは諦めたほうがいいよね。
　私1人のために、夏奈ちゃんを振り回すなんて勝手なことはできないし。
　がっくりと肩を落としていると。
「はいはいわかったよ、わたあめ買ってきてあげるから、かき氷買ってくれば？」
　そんな私の様子を見て、提案した夏奈ちゃん。
「えっ……いや、そんなことさせられないよ。気にしないで？」
　ぶんぶんと首を横に振って断った。
　いくら優しい夏奈ちゃんでも、さすがにそんなこと頼めない。
　——そう思ったのに。
「ちょうど私も唐揚げ食べたくなってきたし？　唐揚げとわたあめの屋台、隣なんだからついでに買ってきてあげるって！」
「じゃ、じゃあ……ありがとう、お願いっ!!」
　夏奈ちゃんがそこまで言ってくれるから、素直にその優しさに甘えることにした。

きっと、"唐揚げが食べたい"なんてとっさに考えた口から出まかせで。
　だけど夏奈ちゃんは優しいから、私がここで何を言っても結局行ってくれるんだと思うから。
「じゃあ、お互い買い終わったら花火見るとこで集合でいいよね！」
「うん！」
　頷いた私に、夏奈ちゃんが。
「あ、そういえば花火ってどこで見るつもりなの？」
「い――」
「い？」
　反射的に"いつものところ"と答えそうになって、慌てて言い直した。
「えっと、近くにちっちゃな神社があるんだけどね、そこの石段の真ん中あたりがベストポジションなの」
　……そっか。
　考えてみればあたりまえのことだけど、"いつものところ"で通じるのは、みっくんだけなんだ。
　みっくんとは、何回あの場所で花火を見たんだろう。
　みっくんが隣にいた夏祭りを思い出して頬が緩んだ。
　楽しかったなぁ。
　なんだかんだ、みっくんはいつも私のペースに合わせてくれたし。
　なんだかんだ、毎年恒例になってたよね。
　――もう、一緒には行けないのかな。

ううん、今年はダメだったけど、来年こそは！
　そして来年は、みっくんに浴衣を着せて、私も浴衣を着よう。
　きっと、似合うんだろうな。
　みっくんはなんでも着こなしてしまうから。
　２人で浴衣を着てお祭りを回る様子を思い浮かべる。
　……あれ、それってなんだか少女マンガでよくある浴衣デートみたい？
　心臓がドキンッと跳ねる。
　自分の想像に、１人頬を熱くさせていると、夏奈ちゃんが顔を覗き込んできた。
　そして、私の頬をつんつんとつついて、
「ひまり？　顔赤いけど、大丈夫？」
「だっ、大丈夫！」
「それならいいけど……って、そろそろ行かなきゃ本格的にやばいよね。じゃ、８時までに神社のとこで！」
　ひらひら、と手を振りながら、夏奈ちゃんはわたあめの屋台のほうへ行ってしまった。
　私もかき氷買いに行かなきゃ。
　なぜか熱の残る頬を、ぱたぱたと手で扇いで冷ましながら、夏奈ちゃんとは反対の方向へ足を動かした。

　うーん、何味にしよう……。
　やっぱり、イチゴに練乳でイチゴミルクかな？
　――花火の時間が近づいてきているからか、かき氷の屋

台に並ぶ列は思ったよりも短くて。
　もう列の前から数えて2番目。
　次は自分の番だ。
　よし、イチゴミルクにしよう!!
　優柔不断な私がやっと決意したところで、前の人がかき氷を受け取って、順番が回ってきた。
「イチゴミルクで！」
「はーい、200円ねー」
　準備しておいた、100円玉2枚を手渡して、かき氷を受け取る。
　イチゴシロップの赤と、その上からたっぷりとかけられた練乳の白の組み合わせが堪(たま)らない。
　おいしそう……！
　自分でも目を輝かせている自覚があるほど。
　夏奈ちゃんには感謝しなきゃ。
　かき氷を諦めずに済んでよかった。
　早く食べたいのを我慢しながら、心なしか早足で歩く。
　かき氷が溶けちゃう前に、神社のところに行かないと。
　そしたら、夏奈ちゃんにお礼の気持ちを込めてかき氷を一口あげよう。
　──そんなことで頭がいっぱいで足元を見ていなかったから。
「ひゃっ…！」
　地面の小石に気づかず、つまずいてしまった。
　幸い、転ばずに済んだけれど。

かき氷も無事だったし、よかった。
　何事もなかったことにほっとして、ちゃんと足元に気をつけて歩かなきゃ、と思いながら足元に向けていた顔を上げると。
「……っ、みっくん……？」
　頭で認識するより先に、ほぼ無意識的に呟いた名前。
　それは、今日は出会うはずのなかった大好きな幼なじみのもの。
　そんな自分自身の声で、上げた視線の先にいた人の姿に気づいた。
　──たしかに、みっくんだった。
　全然、近くない。
　むしろずっと離れた向こうに見える人影だけど、私が見間違えるはずがなかった。
　シャツにジーンズ、なんてラフな格好のあれは絶対にみっくんで、その隣にいる浴衣姿の女の子は──。
　一瞬考えて、そして思い当たる。
「香音、ちゃん……」
　ぽつりと呟いたその名前に、どうしてか胸の奥がきりりと痛んだ。
　ふと、臨海学校のときのことを思い出した。
　あのとき言ってたもんね。
　みっくんのこと、誘うって。
　"みっくんはきっと断らない"。
　私の読みは当たっていたみたい。

あの日、夏奈ちゃんを誘った私は、やっぱりそれで正解だったんだ。
香音ちゃんの希望が叶ってよかった。
――って、きっとそれだけでいいはずなのに。
私には、関係のないことのはずなのに。
早く夏奈ちゃんのところに戻ろうって思う……のに。
まるで、２人に吸い寄せられるように、私の足はゆっくりとみっくんたちのいるほうへ近づいていく。
ある程度近づいて、２人の姿がはっきり見えるぎりぎりの位置で、街路樹の影に隠れた。
どうして私、こんなことしてるんだろう。
こそこそと盗み見なんかせずに、普通に声をかければいいのに。
でもなぜか、それはできなかった。
木陰から顔だけ少し出して、２人の様子をうかがう。
それにしても、香音ちゃんかわいいなぁ。
みっくんとのデートとあって相当気合いが入っているのか、くるくるに巻いてアップにしている髪。
遠くからじゃわからなかったけれど、ピンクのグロスが重ねられた唇。
普段からかわいいけれど、今日はいつもに増してかわいい。
みっくんだって、きっとかわいいって思ったよね。
そう思うと胸のあたりがモヤッとして。
あれ……これじゃまるで、"みっくんに香音ちゃんのこ

とをかわいいって思ってほしくない"みたいな——。
「……え？」
　無意識に声が漏れて、慌てて口元を両手で押さえる。
　だって。
　自分で考えたことが、あまりにもすとんと素直に胸に落ちてきてびっくりした。
　"みっくんに香音ちゃんのことをかわいいって思ってほしくない"——頭の中をぐるぐる巡る、その言葉が妙にしっくりくる。
　そのことに自分でも戸惑いを隠せない。
　……どうして。
　私、本気で思ってるんだよ。
　みっくんと香音ちゃんが上手くいけばいいって。
　——だけど、心の中で思うそれは、どう頑張っても言い訳としか思えないほど薄っぺらくて。
　自分で自分がわからなくなる。
　でも、いくら考えたって埒があかなくて、考えるのをいったんやめることにした。
　視線の先では、まだ、みっくんと香音ちゃんが立ち止まったまま仲よさげに話している。
　こうして見ていると、本当のカップルみたい——って、そりゃそうだよね。
　2人は正真正銘の恋人同士なんだもん。
　なんだか、今日の私、へんかもしれない。
　考えなくてもいいようなことにばっかり頭がいくし、

さっきからずっと胸のあたりがモヤモヤしているし……。
　この位置からじゃ２人の声は聞こえないけれど、私の視線の先にいる２人はすごくいい雰囲気で。
　みっくんが何かを言って、香音ちゃんが頬を上気させながらうれしそうに頷いた。
　それにつられるように、みっくんも目を細めて口角を上げる。
「うそ……」
　思わず目を疑った。
　みっくんが、笑ってる……？
　あの、たまにしか笑わないみっくんが。
　私にはもう向けてくれなくなった、くしゃりとしたあの笑顔で。
　ぱちん、と私の中で泡に似た何かが弾ける音がした。
　悲しい、というより苦しい。
　どっと押し寄せてくる感情の波に飲まれて、溺れて、息が上手くできなくて──。
　みっくんが。
　他の女の子をかわいいって思うのがやだ。
　他の女の子に笑顔を向けるのがやだ。
　優しくするのもやだ。
　話すのもやだ。
　──他の女の子と一緒にいるのも、やだよ。
　何がスイッチだったのか、わからない。
　わからないのに、きっとずっと胸の奥の奥にしまって

あった想いが、溢れて、溢れて、とまらない。
　みっくんの指先は、香音ちゃんの手のひらに触れて。
　２人は自然に手を繋いで。
　私がいるほうとは反対に歩きはじめた。
「……行か、ないで」
　思わずぽつりと呟いた声は、誰にも伝わらないまま地面に落ちた。
　香音ちゃんが、背伸びをしてみっくんの耳元で何か言う。
　すると、みっくんが自分の耳たぶに触れて——。
「……ぅ……っ」
　昔からよく知るくせを目にして、息苦しくなる。
　苦しくてどうしようもないのに、みっくんたちが向こうの角を曲がるまで、その背中から目が離せなかった。
『みっくん！』
　って名前を呼ぶことができたら、そのシャツの裾を引っ張って、
『行かないで』
　って引き止められたら、よかったのに。
　肝心なところで強気になれない私は、みっくんに振り払われるのが怖くて手を伸ばせなかった。
「……っ、ふ……」
　みっくんの姿が見えなくなって。
　ぽたり、と頬を伝う涙。
　それが合図かのように、堪えていた涙がどっと溢れて粒になって、ぼたぼたと落ちていく。

「う……ぁ……っ」
　声を押し殺して、次々と地面を濡らしていくしずくを目で追った。
　ねぇ、置いていかないで。
　私の中の、もう1人の私が、みっくんの背中に呼びかける。
　お願い、置いていかないで。
　他の子に、"照れたときのくせ"なんて見せないで。
　"いつものところ"に他の子と行かないで。
　私、私──。
　みっくんの隣にいるのは、ずっと私だけがいい。
「……ふ、ぇ……」
　私って、こんなにわがままだったっけ。
　みっくんをひとりじめしたい、なんて、そんなこと。
　思ってしまうほどわがままだった──？

　涙を流したままその場に立ち尽くす私の鼓膜を揺らしたのは、スマホの着信音だった。
　アップテンポの最近話題のかわいい曲。
　慌ててスマホを取り出すと、画面には"夏奈ちゃん"の文字。
　ハッとして、すぐに電話に出る。
『もしもしっ、ひまり!?　今どこ、何してるの!?』
「夏奈、ちゃん……？」
　電話越しに聞こえる夏奈ちゃんの声は、人目も憚（はばか）らない

ほどのボリュームで、しかも焦っているようで。
『ほんっと、心配したんだから‼ いつまでたっても来ないし、何回電話かけても出ないし……っ』

　何回も……？
　夏奈ちゃんの言葉に目を丸くした。
　着信音が鳴っていることになんて、全然気づかなかった。
「……ごめんね、……心配かけちゃって」
『ひまり？』
　大好きな夏奈ちゃんの声に、なんと言えばいいのかわからなくなって、ぐっと息が詰まる。
『ねぇ、何かあったの？ どうした？』
　私の様子がおかしいことに気づいた夏奈ちゃんが、急に優しい口調に変わって。
　それは、少しだけ落ちついたはずだった私の涙腺を緩める引き金になる。
「夏奈ちゃん……っ、ふ、ぅ……」
『ひまり、まさか泣いてる？』
「ふ、ぇ……っ、わたしっ……もうどうしたらいいかわかんなくて」
　わからないの、何も。
　自分の気持ちすら見失って、迷子になってしまった。
『……すぐそっち行くから。だから、ひまりは大人しく待ってて』
「夏奈ちゃん？」
『電話越しに聞かされたってわかんないんだから。話くら

い聞いてあげるってこと!」
　強めの口調だけど優しさに溢れた言葉に、私の目から、また涙の粒がこぼれた。
「ありがとう……」
　そう言った私に、夏奈ちゃんは『それで今どこにいるの』と聞いて。
　答えた私に、『待っててね』と告げて電話はプツンと切れた。
　――夏奈ちゃんにはいくら感謝してもし足りない。
　きっと、1人だったらいつまでもこの場を離れられなかった。
　夏奈ちゃんの声を聞いたことで、さっきより少し落ちついている自分に気づいて、ほっとした。

　――数分後。
「ひまりっ!!」
　さっきまで電話越しに聞いていたその声に振り向くと、息を切らしながら膝に片手をついて、私に向かって右手を挙げた夏奈ちゃんがいた。
「夏奈ちゃん……っ」
　予想していたよりもずっと早い夏奈ちゃんの登場。
　息を切らしている夏奈ちゃんは、きっとここまで走ってきてくれたんだろう。
　駆け寄ってきて、それから私の目を見た夏奈ちゃんは、「あーあ、こんなに泣いちゃって。……ひまり、何があっ

たの？」
　柔らかい笑顔と心配そうな声色。
　そんな夏奈ちゃんを目の前にして、やっと心の底から安心して。
「夏奈ちゃん……っ!!　ふぇっ……」
　夏奈ちゃんにガバッと勢いよく抱きついた。
　そんな私を、少しよろけながらも受け止めてくれた夏奈ちゃん。
　そして、よしよし、と言うように頭を撫でてくれる。
「……あのね……」
　そうしているうちに自然と口が開いて。
　気づけば全部、夏奈ちゃんに話していた。
　かき氷を買って、神社に向かおうとして。
　そしたら、みっくんを見かけたこと。
　みっくんは香音ちゃんといたこと。
　なぜかモヤモヤしたこと。
　それから見たこと、思ったこと全部。
　上手く言葉にできない気持ちも全部、次から次へとほろほろ落ちていく。
「私、きっとものすごくわがままなの」
「わがまま？」
「……だって、さっきからずっと、みっくんをひとりじめしたい、なんてこと考えて、止まんなくて」
　でも、そんなのできっこないって頭ではちゃんとわかってるのに。

「もう、自分で自分がわからなくなっちゃった……っ」
　全部吐き出して、また湧き出てきた涙を目の縁に溜める。
　そんな私を見た夏奈ちゃんが、少し間をあけてからゆっくりと口を開いた。
「ひまり」
「……？」
　首をかしげた私に、夏奈ちゃんが真剣なトーンで。
「それって、棚橋くんのことが"好き"ってことじゃないの？」
「……え……？」
　耳に入ってきた言葉の意味を、必死に噛み砕いて。
　みっくんのこと好きって、そんなの。
「もちろん、みっくんのことは大好きだよ？」
　そんなの、昔から１ミリも変わらない。
　みっくんのことが大好きなのは、今にはじまったことじゃない。
　そう、でしょ……？
　そんな私に、夏奈ちゃんは困ったように微笑んで。
「私が言ってるのはそういうことじゃないよ」
「……ほぇ？」
　どういう、こと……？
　なんて、わからないふりしてるけど本当は。
　本当は心のどこかで薄々気づいていて、それでも今まで大切にしてきたものを壊したくなくて、だから認めたくなかった。

胸の奥で、ずっと鍵をかけてきたその気持ちの名前はきっと。
「ひまりが棚橋くんに"恋"してるんじゃないかってこと」
　もうずっと前から、恋だった。
「ふ……うぇ……っ」
　好き。
　みっくんのことが、好きだよ。
　それは今までとは全然違う好き。
　はっきりと自覚した瞬間に、頭の中がその気持ちだけで埋め尽くされた。
　……でも。
「……もう今さらだよね」
　気づくのが遅すぎた。
　今さらみっくんへの恋を自覚したって、もう手遅れ。
　だって、みっくんには彼女がいて、私はみっくんに嫌われていて——。
「恋に今さらなんてないよ」
　沈んでいく気持ちをすくい上げたのは、夏奈ちゃんの凛とした声。
「人を想う気持ちに手遅れなんてない。そんなの今から頑張ればいいじゃない」
　それから夏奈ちゃんは少し遠い目をして。
「それに、いつかこういう日が来るんじゃないかなって思ってたよ」
「え……？」

優しく目を細めた夏奈ちゃん。
「高校で最初に出会ったとき、ひまりは棚橋くんのこと好きなのかなって思ってた。そのときひまりはまだ、恋にうとかったから、その予想ははずれたんだけど。でも、いつか、いつか絶対棚橋くんのことが好きだってことに気づくんだろうなって、私はずっと思ってたんだよ」
　私は思わず息をのんだ。
「だって、ひまり、棚橋くんの話するとき、いっつも恋する乙女みたいな表情するんだもん」
「うそ……」
　私、そんな顔、してたの？
　うろたえる私に少し笑ってから、夏奈ちゃんは言葉を続けた。
「私、ひまりのこと応援するよ」
「……！」
　夏奈ちゃんが、あまりにもまっすぐな笑顔を私に向けるから。
　誰よりも背中を押してくれるから。
　じわり、とまた涙が込み上げてきて。
　いったい、今日は何回泣けば気が済むんだろう。
「ひっく……、みっくんのことがっ……好きで好きで苦しいよ……っ」
　しゃくり上げた私の背中を、夏奈ちゃんがとんとんとあやすように叩いてくれる。
「ひまりならきっと大丈夫だよ」

目を閉じて、そっとみっくんの姿を思い浮かべた。
　そっか……あのとき、なんだかモヤモヤしたのも、香音ちゃんと一緒にいてほしくないって思ったのも、全部。
　……私のやきもち、だったんだね。
　腑に落ちて、それから胸が苦しくなった。
　きっと今、みっくんは香音ちゃんのそばで笑っているんだろうなって、想像してしまったから。
　ぽたり、と涙が一粒アスファルトに溶けたのと同時に、花火が夜空に咲いた。
「綺麗だね」
「……うん」
　散りゆく色とりどりの火花は綺麗で、どうしようもなく、切ない。

　——私ね。
　もし"恋"に味があるのなら、それは絶対に甘いんだって思っていた。
　大好きなお菓子たちと同じで、甘くてふわふわでとびきり幸せなものなんだって。
　だけど、今私が抱えている、この気持ちは全然違う。
　いつまでもしゃくり上げる私にしびれを切らして、夏奈ちゃんが口を開いた。
「もう、まだ失恋したわけじゃないんだからさっさと元気出しなよ！　ほら涙を拭いて。……って、ああっ、かき氷溶けちゃってるし！」

ハンカチを私に貸してくれた夏奈ちゃんは、私の持っているカップの中のかき氷を見て驚いた。
　真夏にかき氷を放置していたら、こうなるのもあたりまえだよね。
　まるでジュースのようになってしまったかき氷に苦笑する。
「そうだ、これ、渡すの忘れてた」
　そう言って夏奈ちゃんが私に手渡したのは、
「わたあめ……」
　夏奈ちゃんが買いに行ってくれていた、ふわふわのわたあめ。
「涙を拭いて、それ食べなよ」
「ありがと……」
　ごしごし、とハンカチで目を擦って。
　クライマックスに近づく花火を遠くに眺めながら、わたあめをちぎって口の中に含んだ。

　涙で塩味のわたあめは、甘いというより、しょっぱいというより、なんだかすごく、苦かった。
　気づいたみっくんへの恋心も途方もなく苦くて、まるでこのわたあめみたいだと思った──。

第2章
"甘さ"は"苦さ"を溶かすほど

恋は盲目

「夏奈ちゃんっ。久しぶり！」
　夏休みも終わり、2学期がはじまった。
　夏奈ちゃんと会うのは夏祭り以来、1週間ぶり。
　本当はその間も会いたくて仕方なかったんだけど、夏休みの課題がなかなか終わらなくて。
「で、課題は終わったの？」
　夏祭りの前に、とっくに終わらせていた夏奈ちゃんが私に尋ねる。
「もっちろん！　バッチリだよ」
　ピースサインをしてみせると、
「よかったね」
　と、夏奈ちゃんが言ってくれる。
「ホームルームはじめるぞー。席つけー」
　そこで担任の先生が教室に入ってきて、夏奈ちゃんとの会話はいったん途切れた。

「今月末には体育祭が行われる。それで、委員長の浅野を中心に各自の出場種目、それからクラスの練習日程を決めてほしいんだ」
　ひととおりの連絡のあと。
　先生が発した"体育祭"の言葉に、教室内がザワザワと騒がしくなった。

それは、私と夏奈ちゃんも例外ではなく。
「もう体育祭の時期か〜！」
「夏奈ちゃん、運動得意だもんね」
　そんな夏奈ちゃんは大活躍間違いなし。
　一方の私は……。
「ひまりは体育祭、どうなの？」
「楽しみだよ！……運動はからっきしダメだけどね」
　そう。運動は苦手中の苦手。
　足も遅いし、すぐに何かにつまずくし。
　速さで勝負できないから、と障害物競走に出場したこともあるけれど、全障害物に引っかかるという黒歴史を作ってしまっただけだった。
　だけど、たとえ体育祭だとしても学校の行事ってなんだか特別な感じがしてわくわくするから好きなんだよね。
　クラス得点に貢献はできないかもしれないけれど、応援は誰にも負けないくらい全力で頑張ろうって思ってるし！
「ひまりのそういうとこ、好きだな」
　夏奈ちゃんの言葉にきょとん、とすると。
「苦手とか関係なしに楽しめるってすごいと思うよ」
　夏奈ちゃんの純粋な褒め言葉に、照れ笑いを浮かべた。
　でも、楽しみなのは本当のことなんだよね。
「で、どの種目に出るつもりなの？」
「借り人競走とかが無難かなぁって思ってるところかな」
　足の速さが結果にあまり関係しないから、いいかなって。
　人見知りなのが難ありだけど。

「そうなんだ？　ひまりはてっきり、パン食い競走だとばかり……パン好きでしょ？」
「好きだけど！」
　パン食い競争に使われるパンって、なぜか菓子パンが多いもんね。
　もちろんのこと、大好物。
「じゃあ、なんで？」
「そんなの、身長が足りないからに決まってるよ……」
　私の返答に吹き出した夏奈ちゃんに、私はむっと唇を尖らせた。
　夏奈ちゃんには到底縁がない悩みかもしれないけれど、私にとってこれは切実な問題なんだから。
「そういう夏奈ちゃんは何に出るの？」
「えっとね、短距離走１種目とリレー系どれかに出られたらなーって考えてる」
「さっすが……」
　私とはレベルが違いすぎて感嘆のため息しか出てこない。
「まぁ、お互い希望の種目に出られたらいいよね」
　夏奈ちゃんの言葉にうんうん、と頷いた。

　──その日の放課後。
　夕日がオレンジに染めるグラウンドの上で、私は途方に暮れていた。
「まあ、そんなに気張らずに頑張れるだけ頑張ったらいいって！」

いまだに、どよんと負のオーラを漂わせている私を夏奈ちゃんは明るい声で励ましてくれるけれど。
「だって、リレーだよ？　荷が重すぎる……」
　そう、あのあとの種目決めで事件は起こった。
　希望どおり借り人競走に出場できることになった私は、安心して夏奈ちゃんと喋っていたんだけれど。
『女子リレー、もう希望者いない？　推薦でもいいから誰か……』
　浅野くんが困ったようにみんなに問いかけて。
　——というのも、女子４×100ｍリレーのメンバーが１人だけ足りなかったから。
『もう運動部みんなリレー決まってるし、クジとかでいいんじゃない？』
　私たちの学校の体育祭では、リレー系種目は１人につき１回しか出られないことになっている。
　私たちのクラスは文化部と帰宅部が多くて、リレー枠が埋まるほどの運動部員がいなかったの。
　陸上部の女の子が出した"クジ案"に誰も異論はなくて、すでにリレーメンバーに決まっている子以外の女の子全員がクジを引くことになったんだ。
　……まさか、そのクジで自分が選ばれるとは思ってもいなかった。
　順番が回ってきて、紙を切って畳んだだけの簡易なクジを引いて。
　開くと、赤いペンで丸が書かれていた。

見間違いかな、なんて現実逃避しようとするも、すぐにクラスのみんなに取り囲まれてしまって。
『ひまりちゃんが当たり引いたーっ！』
『マジ？』
『花岡ちゃんありがと～っ』
『頑張って！』
　あれよあれよと話が進んで、気がつけばリレーメンバーになってしまっていた。
　どうしてこんなことになっちゃったんだろう。
　いくらなんでも、引きが悪すぎるよ……。
　呆然としたまま時間だけがすぎ、今に至る。
「じゃ、今日はリレーメンバーはリレー、それ以外は個人種目の練習ってことで！」
　浅野くんが声をかけ、クラスのみんながそれぞれに動きはじめて。
　さっそく今日から体育祭の練習をはじめることにした私たちのクラスの練習初回がはじまった。
「じゃあ、私行くけど……ひまり、大丈夫？」
　心配そうな夏奈ちゃんに、無理やり口角を上げて笑顔を見せる。
「私なら大丈夫！　いってらっしゃい！」
　そう言ってひらひらと手を振ると、夏奈ちゃんはグラウンドの真ん中のトラックのところへ駆けていった。
　夏奈ちゃんは、男女混合のスウェーデンリレーのメンバーで。

男の子に混じって走るから、女の子が勝敗のカギになるんだって。
　でも、夏奈ちゃんなら安心だよね。
　大丈夫じゃないのは、むしろ私のほうだ。
　夏奈ちゃんには大丈夫、なんて強がってみたけれど本当は不安で仕方がない。
「ひまりちゃん！　こっちで練習しよーっ！」
「あっ、うん！」
　テニス部の女の子が手招きしてくれて、慌てて駆け寄った。
　……ウジウジしていたって、どうしようもないよね。
　もう決まったことなんだもん。
　人見知りで緊張していたって、運動神経が悪くたって、頑張らなきゃ。
　だって私には頑張ることしかできないんだから。
「じゃあ、とりあえずバトンパスから練習しよっか！」
　よし、と心の中で呟いて。
　気合い十分に練習がはじまった。

　練習開始からおよそ１時間。
　ついさっき自販機で買った、麦茶のペットボトルに口をつける。
　ひんやり冷えた麦茶が、ここまでおいしく感じたのは初めてかもしれない、なんて思った。
　今は水分補給を兼ねた休憩時間の真っ最中。

この休憩を挟んでまた練習を再開する予定なんだけど、正直私はもうへとへとで。
　——というのも、全然上手くいかなくて、私のバトンパスの練習を何度も何度も繰り返してしたから。
　バトンを渡すのも受け取るのもできないなんて、ほんと情けないよね。
　私のせいでみんなの練習時間を割いてしまっていて、申し訳ない気持ちでいっぱいになる。
　はぁ、とため息をついて何気なくフェンスの向こうを眺めると。
「みっくん……っ！」
　思わず叫んでしまって、慌てて口元を手で覆った。
　——フェンスの向こう、ちょうど運動部が外周に使っているところでみっくんが走っているのを見つけた。
　練習用のバトンを持っているということは、みっくんもリレーメンバーなのかな。
　でも、それは何も不思議なことじゃない。
　だって、みっくんは運動神経抜群。
　中学生のときも毎年リレーメンバーに選ばれていたほどで、ようするに、私とは正反対なんだ。
　フェンスの向こうにいるみっくんを、食い入るように見つめる。
　真剣な表情で走るみっくんは、なんていうか、すごくかっこいい。
「……っ」

胸がきゅっと疼いた。
　どうしよう、かっこよくて困る。
　とうとう私、おかしくなっちゃったのかも。
　だってみっくんがキラキラ輝いて見える。
　今までだって、かっこいいなって思う瞬間は何度もあったけれど、こんなのは初めてだ。
　——みっくんしか、見えない。
　フェンスの向こうには、みっくんのクラスメイトだってたくさんいるはずなのに。
　私の目には、みっくんしか映らなくて。
　……"恋は盲目"ってこういうことを言うのかな。
　あぁ、もう。
「好き、だなぁ……」
　心の声が無意識のうちに音になっていた。
　夏祭りの日、自覚したのが何かのスイッチだったのか、あれからみっくんへの想いが溢れて止まらない。
　好きで、好きで、どうしようもなくて。
　そう思うたび、私って本当にみっくんに恋してるんだって実感する。
「——い、おーい、ひまりちゃーん？」
「はっ！　ご、ごめんなさいっ」
　ハッとして振り向くと、リレーメンバーのみんなが私を待っていた。
　どうやら、いつのまにか休憩時間は終わっていたみたい。
「ひまりちゃんってば、どこ見てたの？　何度呼んでも気

づかなかったんだよ」
　女の子の１人がくすくす、とおかしそうに笑う。
「えっ、ううん、ぼーっとしてただけだよ」
「ええ、ほんと？」
　だって、"みっくんを見てました"なんて言えないよ。
　──っていうか、そんなに何度も呼ばれていたのに、私、気づかなかったの？
　どれほど自分がみっくんしか見えていなかったのかを思い知らされて、頬が熱くなる。
　そんな私に、ますますチームメイトのみんなは不思議そうに首をかしげた。

　それから数日後の放課後。
　今日も今日とて体育祭の練習で。
　どうしてもバトンパスが上手くいかない私は、グラウンドの隅で個人練習をしていた。
「ひまりちゃん！　今からちょっと休憩タイムにしよう」
　１人で練習していた私のもとへ、休憩だと伝えに来てくれて。
　手に持っていた練習用バトンをいったん置いて、私も休憩をとることに。
「喉渇いたな……」
　水分補給しようと、ベンチに置いていたお茶のペットボトルに手を伸ばしたけれど。
　もしかして空……？

どうやらさっき、飲みきってしまっていたらしい。
　空っぽになったペットボトルを見つめて、1つため息をついた。
　自販機はすぐそこにあるけれど、今手元にお金もないし。
　——まあ、いっか。
　お茶なんかより、こっちのほうが何倍も元気になれるってことに気づいたから。
　フェンスのほうに駆け寄って、ここのところ毎日の楽しみにしていること——みっくんの走っている姿を眺めることに専念する。
　ただ、見つめているだけでいいんだ。
　遠くから見ているだけで、きゅんとして、元気が出て、頑張れる。
　頑張っているみっくんの姿を見れば、私だって頑張ろうって思えるんだよ。
　今日も相変わらず綺麗なフォームで走るみっくんを眺めていると。
「花岡、なに見てんの？」
「ひゃっ!?」
　突然後ろからぽん、と肩を叩かれて、驚きのあまり変な声が出てしまった。
「あ、浅野くん……？」
　びっくりしてまだドキドキしている心臓を落ちつかせながら、私の肩を叩いた張本人の浅野くんと目を合わせる。
「どうしたの？」

と私が首をかしげると、
「あー、これ。花岡、お茶もうないんだろ？」
　差し出されたのは冷たいペットボトルのお茶。
「えっ？　そんなのいいよ！　大丈夫だよ」
　慌てて首を横に振った。
　たしかに喉は渇いているけれど、さすがに浅野くんからもらうわけにはいかない。
「遠慮とかいいから。秋とはいえまだまだ暑いんだし、水分摂らなきゃ倒れるって」
「でも、浅野くんに悪い……」
　渋る私に、浅野くんが困ったように笑う。
「俺は、花岡が倒れるほうが心配。だからもらってくれない？」
　と、しまいには懇願するように言われてしまい。
「う……ほんとにいいの？　ありがとう」
　優しさに甘えることにした私がそう言うと、浅野くんは笑顔でお茶を手渡してくれた。
　汗がにじんで火照った手のひらが、ペットボトルに触れているところからひんやりとして気持ちいい。
　……今気づいたけれど、このお茶、開栓前だ。
　ふと思い当たる。
　もしかして、私のお茶がなくなったことに気づいて、自販機までわざわざ買いに行ってくれた、とか？
　ないない、と一度は心の中で首を振りつつも、いや浅野くんならありえるかもしれない、とも思えてきて。

だって、浅野くんは優しさのかたまりのような人だから。
　そんな浅野くんに感謝しながら、もらったお茶のペットボトルを開け、口をつけたとき。
「ところで花岡、さっき何見てたの？」
　ちらり、とフェンスのほうに目を向けながら何気ない調子で尋ねてきた浅野くん。
　その"何気ない"質問に、私は思わずお茶を吹き出しそうになった。
「……っ!?」
　まさか正直に答えられるわけもなく、慌てる私。
　だって、ここで"みっくんを見ていた"なんて答えたら、私がみっくんのことを好きだって公開告白しているようなもの。
　あわあわと挙動不審な私に、浅野くんが吹き出した。
「な、なんで笑うの……」
「慌ててる花岡がかわいくて、つい。つーか、そんな反応されると余計気になるんだけど？」
　首をかしげた浅野くんから逃げるように目を逸らす。
「ほんとに、なんでもないの」
「ふぅん？」
　興味なさげな返事のわりに、浅野くんは私のほうに歩み寄ってきて。
　思わずじりじりとあとずさった。
「教えてくれたっていいのに」
「え、と……や、です」

にじり寄ってくる浅野くんに、首を振れば。
「まぁ、誰かのこと見てたんだろうけど」
　　浅野くんは、少し考えるようなそぶりをする。
　　……どうしてそんなに私のことを気にするんだろう。
「女の子？」
「それとも男？」
　　浅野くんが男、と口にした瞬間、肩がびく、と揺れて。
　　わかりやすすぎる反応をしてしまったことに、あとから気づく。
　　そんな私の反応に、浅野くんがまとう空気の温度が急に下がったような気がした。
「男？」
　　でも、気のせいではなかったらしい。
　　浅野くんの声が急に冷たくなった。
　　私の背筋もぴきりと凍る。
「誰」
「へ……？」
　　きょとんとした私に、浅野くんがもう一度尋ねた。
「誰のこと、見てたの？」
　　まるで問い詰めるような口調。
　　そんな浅野くんの珍しい姿に、私は思わず声に出していた。
「みっくんの、こと……」
「……みっくん？」
　　浅野くんがさっきまでの声色とは打って変わって、きょ

とんとしたまま私の言葉を繰り返す。
　そこで、はっ、と気づいたときにはもう遅くて。
　……言ってしまった。
　言わないでおこうって決めていたのに、こんなにもあっさりと口に出してしまうなんて。
　でも、口に出してしまった以上、もう引き返せないし。
　よし、と覚悟を決めて、まだきょとんとしている浅野くんに説明をする。
「みっくんは……えっと、棚橋光希くんのことで」
「光希？」
　浅野くんがぱっと反応する。
　そっか、そういえば、みっくんとはバスケ繋がりでまあまあ仲がいいって臨海のときに言ってたよね。
　私はこくん、と大きく頷いた。
「光希のこと、見てたんだ」
　確認するように言った浅野くんに、もう一度、今度は小さく頷く。
　すると、浅野くんは眉をひそめて。
「……前から思ってたんだけどさ。花岡と光希ってなんなの？　どういう繋がり？」
　わけがわからない、と言うように首をかしげた。
　私たちの関係が気になるのも不思議なことじゃない。
　だって、高校に入ってから、私とみっくんに接点があるように見える機会なんてほとんどなかっただろうから。
「私とみっくんは、幼なじみなの」

言ってしまってから、あっと口元を覆う。
　これって言っちゃダメな約束なんだったっけ。
　この短時間で、私は何度口を滑らせているんだろう。
「えっと、これ、誰にも言っちゃダメだよ！　秘密ねっ？」
　慌ててつけ加えた。
　浅野くんがそういうことを言いふらすような人じゃないっていうのはわかっているけど、一応、ね。
　それより。
　……幼なじみ、かぁ。
　心の中で自嘲気味に笑った。
　ほんとは、そんなひとことで片づけられるような関係じゃないのにね。
　よくも悪くも、幼なじみ。
　今まではそれだけでも十分だった。
　だけど、私はいつしか欲張りになっていて。
　"幼なじみ"なんて、ただ生まれ育った場所が近かっただけの距離と時間に頼る関係だけじゃ、物足りなくなっちゃって。
　——私とみっくんの関係は、複雑だ。
　みっくんは、私のことが顔も見たくないほど大嫌いで、一方の私は、まわりも見えなくなるほど、みっくんに恋焦がれているなんて。
　複雑で、ちぐはぐで、おかしい。
「幼なじみ……ね」
　ひとり言のように呟いたのは、浅野くんだった。

「だから、か」
　納得したように息をついた浅野くんに首をかしげる。
「臨海のときから、不思議だった。なんの接点もないのに、なんで花岡と早坂が光希のことを知ってたんだろうって」
　それから少し間を開けて浅野くんが尋ねた。
「2人は、仲いいの？」
　一瞬、浅野くんの言う"2人"が誰と誰のことを指しているのかがわからなくて戸惑う。
「花岡と、光希」
　浅野くんがつけ加えてくれて、意味を理解した私はとっさに口走ってしまった。
「まさか！」
「まさか……？」
　怪訝な顔をした浅野くん。
　そうだ、今は"普通の幼なじみ"という設定なんだった。
　そのことを思い出して、慌ててつけ加えた。
「ま、まさか、普通だよ！」
「普通？」
「うん、普通っ」
　"普通"を強調するように言うと、浅野くんの表情がほっとしたように緩んだ。
「そっか、よかった」
　よかったって……どういうことだろう。
　浅野くんの言うことは、たびたび私の理解の範疇を超えてくる。

「じゃあさ、1つお願いしていい?」
「……?」
「俺のことも、名前で呼んでよ」
　浅野くんのことを、名前で……?
　突然の提案にきょとんとする私に、
「だって光希のこと下の名前で呼んでるでしょ。だったら俺のことも……って、ダメかな」
　みっくんのことを下の名前で呼んでいる、なんて言うけれど。
　たしかに、"みっくん"は下の名前から取った呼び名。
　だけど、私の中では、最初からみっくんは"みっくん"だったから。
　みっくんが"棚橋光希"だということを知ったことのほうが、ずっとずっと遅い。
「ううん、ダメじゃないよ」
　だからって浅野くんのお願いを断る理由もなく、笑顔で頷いた。
　すると、浅野くんが私の顔を覗き込む。
　その表情は、いつもどおりの爽やかな笑顔。
「試しに、今呼んでみてよ」
「今……?」
「うん」
　えっと、浅野くんの下の名前ってたしか。
「翔太くん……?」
　浅野くんの顔を見上げながら彼の名前を口にすると、浅

野くんはボッと火が出そうな勢いで顔を真っ赤に染め上げて、腕で顔を覆ってしまった。
　もしかして、名前間違えちゃった？
　なんて、一抹の不安が頭をよぎったけれど。
「やばい、今、めっちゃうれしい、かも」
　途切れ途切れの浅野くんのはにかみながらの言葉は、どこかうれしそうで。
「っそれは、よかったです……」
　どうやら、私の不安は杞憂にすぎなかったみたいだ。
　ほっと胸を撫で下ろしていると、浅野くん——翔太くんがこてん、と首をかしげながら口を開いた。
「俺も花岡のこと、名前で呼んでもいい？」
「もちろん！」
　だって、私だけ名前で呼んでるっていうのも、ちょっとおかしいし。
「じゃあ、ひまりちゃん……？」
　翔太くんに呼ばれた自分の名前は、なんだかくすぐったくて、えへへ、と照れ笑いを浮かべた。
「ひまりちゃーん、休憩時間終わりねっ！」
　そんなとき、遠くからそう聞こえて。
　休憩時間がちょうど終わったみたい。
「じゃあ、またね」
「うん！　あ、お茶、ありがとうねっ」
　そう言って手を振ると、翔太くんはくるりと背を向けて自分の練習に戻っていった。

よし、また気合いを入れて練習を頑張ろう。
　ぐっと伸びをして、私も個人練習に戻った。

　それからさらに、１週間と少したった日の放課後。
「いよいよ明日だね」
　待ちきれない、といった様子で腕まくりをしているのは夏奈ちゃんだ。
　放課後の練習がはじまって、早２週間。
　九月も下旬の今日は、もう体育祭の前日で。
　グラウンドにはテントやアーチが設置され、ホームルームではクラスカラーのハチマキも配られて、いよいよという感じ。
「ひまりもだいぶ頑張ってるよね」
「えへへ。あとは、今日の練習次第って感じかなぁ」
　毎日の練習の成果か、足は速くならなくとも、ちゃんとリレーが繋がるようにはなってきた。
　まだまだ私が足を引っ張ってしまっているのは否めないけれど……。
　あとは残された今からの練習で、できるだけ頑張りたいな。
　リレーは得点も高いから、少しでも順位を上げられるようにしなきゃ。
「じゃあ、お互い頑張ろーねっ」
「うん！」
　またあとで、と手を振ってお互いの練習場所に向かう。

そういえば、夏奈ちゃんが出場しているスウェーデンリレーも楽しみだな。
　明日は夏奈ちゃんがバッチリ見える場所で応援しようっと！

　——なんて意気込んでいたはずなのに。
　はぁ、とため息をついた。
「私、本当に大丈夫かな……」
　フェンスに寄りかかると、自然と口からほろりとこぼれた弱音。
　今さら、弱気になったって仕方ないのに。
　もう前日なんだから、なんとしてでもやりきらなきゃいけないのに。
　さっきまでの練習を思い返しては、またため息。
　——ウォーミングアップの準備体操のあと、トラックで２回、本番と同じように走ったんだ。
　なのに、２回とも私のせいで上手くいかなかった。
　１回目は、受け取ったバトンを取り落としてしまって、２回目はバトンを渡す手の左右を間違えてしまって。
　みんなは優しいから、それ以上何も言わずにドンマイって励ましてくれたけれど、十中八九、足を引っ張ってしまっているのはたしかで。
　私以外は、みんな運動部の子で足も速い。
　だから、私はせめて失敗だけはしないようにって思うのに……私ってどうしてこんなに不器用なんだろう。

明日、失敗したらきっと私のせいだ。
　全部、私のせいなのに、落ち込んでいる私に気づいたのか、いつもより早く休憩にしてくれたのも申し訳なくて。
　三度目のため息をつきながら、いつものくせで何気なくフェンスの向こうに目をやった。
　どうしても、キラキラしているほうに目が引きつけられる。
　そして、いつだってその先にいるのはみっくんなんだ。
「……っ、いいなぁ」
　いいなぁ、私もあんなふうになりたい。
　みっくんは私と違ってキラキラしていて、かっこよくて。
　グラウンドの隅で、1人うつむいている私とは正反対だ。
　こんな私……みっくんとは、不釣り合いだよね。
　ふとそんなことを考えて、自分で考えたことなのに、自分でいちばんショックを受けた。
　そんなことを考えながら、目を離せずみっくんをじーっと見つめていると。
「……！」
　こちらを向いたみっくんと、ぱちり、と目が合った。
　しっかりと視線が絡んでドギマギしたのも一瞬、次の瞬間には、なぜかみっくんがこちらに向かってまっすぐ歩いてきていて。
　これは、まずい。
　そう、直感的に思った。
　それでも、みっくんは近づいてきて。

みっくんが触れて、フェンスがカシャンと音を立てた。
　フェンス越しに、向かい合わせ。
「俺のこと見てた？」
　ほら、まずい。
　ずっと見つめていたことがバレてしまった。
「なんでわかったの？」
「視線がうざったいんだよ。わかりやすい」
　みっくんと、近い距離で目が合う。
「迷惑だから」
「集中できねーんだよ」
「おまえが見てると」
　次々と浴びせられるみっくんからの言葉は、たしかに私を非難しているのに、もう私、末期かもしれない。
　みっくんと目を合わせているだけで、言葉を交わしているだけで――うれしくて。
「ねぇ、みっくんはなんの競技に出るの？」
「は？　なんでそんなこと今……」
　唐突すぎる私の質問に、みっくんが怪訝な表情を見せた。
「聞いちゃ、ダメ？」
　下から懇願するように問うと、
「……っ、ほんと、なんなのおまえ……」
　みっくんが苛立ったように、くしゃりと自分の髪に触れた。
「俺は、おまえのこと嫌いだよ」
「……知ってるよ」

そんなの、もう十分わかっている。
　だけど、これほどまでに"嫌い"が胸に突き刺さったことはなかった。
　好きな人に"嫌い"って言われることがこんなにも苦しいなんて。
「なのにさ、確信犯なの？」
「へ……？」
「俺、昔から弱いんだよ――おまえの泣き顔とか、"お願い"だとか」
　吐き捨てるように言った言葉なのに、なぜか。
「放っておけなくなる。だから嫌なんだ」
　そのセリフの所々に、みっくんの温かい優しさが秘められているような気がした。
　だけど、ひとり言のようなみっくんの言葉に、なんと答えたらいいのかわからず黙っていると、はぁ、とみっくんがため息をつく音が聞こえた。
　そして、みっくんは口を開いて。
「……100m走と、男子リレー」
「っ！」
　答えてくれた。
　じわりと胸の奥のほうが温かくにじむ。
　100mとリレーかぁ。
　どっちもかっこいいんだろうな、なんて想像する。
「……おまえは」
「……？」

「おまえは、なに出んの」
　まさか、みっくんが聞き返してくるなんて思わなかったから一瞬驚いて。
「借り人競走と女子リレーだよ」
　そう答えた私に、
「は？　リレー？　おまえが？」
　目を見開いたみっくん。
　みっくんは私が運動オンチなことをよく知っているから、驚くのも無理はない。
　と同時に、ありありと蘇（よみがえ）ってくるさっきの練習の記憶。
　どうしよう、本当に失敗したら──なんて、どんどん不安になってきて。
「クジで当たっちゃったんだよ」
「さすがツイてねーな」
　みっくんが呆れたように鼻で笑う。
　そんなみっくんに、落ち込んでいく一方の気持ちを悟られないように、
「えへへ、ほんと、引き悪すぎだよねっ」
　笑顔で明るい声を絞り出した、のに。
「……なあ、なんかあった？」
　すると、急に和らいだみっくんの口調。
　それはひどく懐かしい口調で。
　高校生になってからは一度も聞いていなかった、落ち込んだ私をいつも慰めてくれた、優しい声だった。
　中学生のときは、その声に何度も背中を押してもらった

んだ。
「何もないよ」
「何もないヤツがそんな顔しねーよ」
　私は、ぎこちなく目を逸らした。
　何もない……なんてうそだけど、だって、キラキラしているみっくんには知られたくない。
　弱い自分なんて、見せたくなかった。
「リレー、不安？」
　なのに、あんまり優しい声できくから、涙腺がかすかに緩む。
　それでも無言をつらぬく私に。
「ひまり、こっち見ろ」
　……っ、そんなのってずるい。
　いちばん卑怯なタイミングで、名前呼ぶのなんて反則だよ。
　操られるがままに、みっくんともう一度目が合った。
「心配すんなよ。そんなに気負う必要ないって」
「だけど、私のせいで上手くいかなかったら──」
　どうしようって、怖くなる。
　リレーに出ること自体は、練習を重ねていくうちにそんなに嫌じゃなくなった。
　だけど、せっかく一緒に頑張ってくれたみんなの足を引っ張りたくない。
「今まで練習頑張ってきたんだろ。なら大丈夫だって。練習は裏切らねーし、それに、心配したって誰も文句なんか

言わねーよ」
　昔から、不安ばかりが先走る私をなだめるのはいつだってみっくんの役目だった。
　そう、今だって――。
「ほんと……？」
「ほんとだよ」
　みっくんの言葉ってどうしてこんなに素直に心に入ってくるんだろう。
　不安で押しつぶされそうだった気持ちが、少し軽くなって溶けていく。
　フェンスの隙間から、みっくんの指先が私の額を軽く小突いた。
「まぁ……頑張れば？」
「っ」
「頑張れば、応援してやらないこともないけど」
　なんて回りくどい言い方だけど。
　……私のこと嫌いなくせに、応援なんてしてくれるの？
　そんなの、
「じゃあ頑張るっ」
　頑張るしかなくなっちゃうじゃん。
　そんな単純な私に、みっくんが、ふっ、と口元を緩めたように見えたのも一瞬。
「光希ーっ！　練習するぞ！」
　クラスメイトに呼ばれたみっくんは、何事もなかったかのようにくるりと背中を向けて戻っていった。

一方の私はというと、しばらくそこから動けなくて。
　みっくんに触れられた額が、熱い。
『ほんと……？』
『ほんとだよ』
　好き。
　みっくんが大好き。
　優しい声に、仕草に、いちいちときめいて胸が苦しくなる。
　そして、気づけばさっきより少し元気になっている自分がいて。
「みっくんパワーおそるべし……」
　みっくんがさすがなのか、私が単純なのか、落ち込んでいた気持ちなんていつの間にか消えてなくなっていた。
「ひまりちゃん、そろそろ練習再開してもいい？」
　心配そうに声をかけてくれたチームメイトの女の子。
　そんな彼女に、私は笑顔でOKサインを出して。
「うんっ！　さっきはごめんね、もう大丈夫だよ」
『頑張れば、応援してやらないこともないけど』
　みっくんの声を思い出しては、ふふ、と頬が緩む。
　絶対絶対、頑張れるよ。

　明日は、体育祭当日。
　──なんだか楽しみになってきた。

波乱の体育祭

　雲１つなく、清々しいほどの青空。
　絶好の体育祭日和。
「わーん、100m走見たかったよ～っ」
「仕方ないでしょ、ひまりの種目の直前なんだもん」
　吹奏楽部のファンファーレで幕開けた体育祭は、ついさっき開会式を終えたところ。
　今から最初の競技、100m走がはじまるんだけど……。
「ほら、ひまりも行かなきゃでしょ？　私ももう行かないと」
「うぅ……」
　夏奈ちゃんにたしなめられるも、やっぱり諦められない。
　だって100m走、見られないなんて聞いてないもん。
　──そう、観客席で応援する気満々だったのに、どうやら私は都合上、100m走を見ることができないらしい。
　というのも、私の出場する競技──借り人競争は100m走が終わったすぐあとだから、今から出場メンバーの確認のために、グラウンドから少し離れた集合場所に行かなきゃいけないんだ。
「まぁまぁ、元気出してよ」
　ズーンと肩を落とす私を、夏奈ちゃんは呆れ笑いを浮かべながら慰める。
「愛しの棚橋くんの姿が見れないからってそんなに落ち込

まないの〜」
「……っ!?」
　夏奈ちゃんの冷やかしに、ボッと顔から火が出そうになった。
「ちっ、違うもんっ!!　……や、違くはないけど、夏奈ちゃんだって出るからっ!」
　慌てて反論を試みるけれど、墓穴を掘ってしまっただけだった。
　でも、100m走には夏奈ちゃんとみっくんが出場する。
　だから、絶対にトラックの間近で応援しようって思ってたのになぁ。
「じゃ、私そろそろ競技はじまっちゃうから行くね」
　そう言った夏奈ちゃんに、私は精いっぱいのエールを送った。
「頑張ってね！」
「ありがと。ひまりも頑張って！　借り人競走、バッチリ見とくから」
　ず、ずるい。
　私は見ることができないのに、夏奈ちゃんは私の競技を見られるなんて。
　そんなことを考えている間に、夏奈ちゃんは、じゃあまたあとでね、と言って歩きはじめていた。
　よし、私もそろそろ集合場所に行かないと。

　──行事の日は時間の流れが早く感じる。

あれよあれよという間に100m走が終わったらしく、気づけば入場してグラウンドの真ん中にいた。
「⋯⋯なんだか、緊張してきた、かも」
　ぽつり、と心の声が声になって漏れた。
　運動は苦手だけど、楽しいとは思っている。
　だけど、元から人に注目されるのが苦手で。
　得意とか不得意の前に緊張であがってしまうんだ。
　なんて考える間にも緊張がじわじわと侵食してきて。
　せめて、頭が真っ白にならないように、ルールを頭の中で反芻した。
　借り人競走のルールはいたって簡単。
《ピストルの音でスタート。10mほど走った先にある箱からお題が書かれたカードを引く。観客席からそのお題に当てはまる人を見つけて、手を繋いで走ってゴール》
　いたって普通のシンプルなルールを頭の中で繰り返し確認する。
　そんな私の耳に、後ろに並んでいる他クラスの女の子の話し声が入ってきた。
「やばっ、もーすぐうちらの番じゃん！」
「何？　あんたまさか緊張してんの？」
「や、それはない！　けどさ、センパイから聞いたんだけど、うちの学校の借り人競走ってさ⋯⋯」
「あー、あるらしいね」
「各学年につき１枚、"当たり"が」
「えっ」

えっ、と思わず素(す)っ頓狂(とんきょう)な声を上げたのは私。

慌てて口元を押さえて、何もなかったかのように振る舞った。

盗み聞きしてごめんなさい、と心の中で謝罪する。

それより、気になるのは会話の中に出てきた、"当たり"のことで。

そんなの初耳。

その正体を探ろうとするも、ピストルが鳴ってスタートしたのは私の1つ前の組だった。

もう次は私の番……？

こうなったら、"当たり"の正体を突き止めるのは諦めて、目の前のことだけを考えよう。

考えすぎはよくないもんね。

うんうん、と自分に言い聞かせつつぼんやりしている間に、スタートラインに立つようにうながされて。

「位置について、よーい！」

パンッ。

ピストルの乾いた銃声が頭上で弾けて、一斉にスタートを切った。

うわっ……みんな速い。

スタートダッシュで置いていかれて、お題のカードのところにたどりついたのは私がぶっちぎりの最後。

もう残りは1枚だった。

だから、迷うこともなくカードを手に取って、お題を確認しようとカードをひっくり返して。

「……え……」
　カードに書かれた文字に釘づけになった私は、その場に硬直する。
　戸惑いを隠せない私の耳に、放送部の実況アナウンスが飛び込んできた。
〈──おおっと!?　ここで、１年８組の花岡さんが"当たり"を引き当てたようです……！　さぁ、ひそかに美少女だとウワサされている彼女はいったい誰のもとへ──！?〉
　そのアナウンスに、理解力の乏しい私でも、さすがに理解した。
　あの女の子たちが言っていた"当たり"ってこれのことなのか、と。
　手にしたカードにもう一度視線を落とした。
　そこに書かれていたお題は──。

"好きな人"

　大きく書かれたその文字を見たときに、とっさに頭の中で思い描いたのはたった１人の姿で。
　迷う必要なんてないはず、だけど。
「……っ、ど、どうしよ」
　競技なんだから、あんまり立ち止まってもいられない。
　だからって……。
　だからって、みっくんがいるところまで走っていけっていうの……っ？

でも、それってつまりは公開告白ってことで。
　みっくんの元へ走る自分を一瞬想像した。
「無理、だよ……」
　ぽつりと呟く。
　私がみっくんの元に走っていったとしても、きっと。
　みっくんは、私と一緒に走ることなんて拒むと思う。
　そして、私の気持ちさえも。
　だって、みっくんは私のことが嫌いなんだもの。
　考えただけで、ぎしっと胸がきしんだ。
　どうしよう、と頭を抱える。
　みっくん以外となると、それはそれで難しくて。
〈完全に立ち止まってしまったようです！　これはどうしたのでしょうか——〉
　実況アナウンスの明るい声に、文句の１つや２つ言いたくなった。
　こんなの当たりなんかじゃなくてはずれだよ、とため息をついたとき、またもやアナウンスが入る。
〈……おおっと！　予想外の展開です！　立ち止まってしまった彼女のもとへ誰かが駆け寄っていきました！　あれは——〉
　……ほぇ？
　きょとんとしたのも一瞬。
　誰かの気配に気づいて、後ろを振り向いた私は思わず目を見張った。
「……っ、翔太くん!?」

「ひまりちゃん、行こ」
「へっ!?」
　なぜか走ってきた翔太くんは、私の名前を呼ぶなり私の右手をぐい、と掴んだ。
　思ったよりも熱く火照っていた翔太くんの手のひらにドキリとしたのも、わずか一瞬で。
　次の瞬間には、腕を引かれながら走り出していた。
「……っ！」
「ごめん、スピード上げるよ」
　ぐいっと引かれるがままに足を動かすと、いつの間にか今まで感じたこともないスピードで走っていて。
　まさに風を切って走ってるって感じがする。
　たしか翔太くんって、とっても足が速かったはず。
　そういえば、クラスの男子リレーのアンカーも任されてたっけ。
　そんなめちゃめちゃに速い翔太くんに、足がもつれそうになりながらついていく。
　……きっと、これでもスピードを抑えてくれているんだろうけど。
　──そして、あっという間にゴールテープが見えて。
　見えたと思ったら、なだれ込むようにゴールテープを切っていた。
　しばらく呆然としていたけれど、
〈な、なんと８組の花岡さんが１位でゴールです!!〉
　驚きを隠せていないアナウンスの声でじわじわと実感が

湧いてきて。
　はぁはぁ、と走った反動で乱れた息を整えながら、頭の中に次々と湧いてくる気持ちや疑問を整理した。
　たしか、私はみっくんのところへ行くかどうかで迷っていたはず。
　なのに、なぜか翔太くんが私のもとへ走ってきて。
　……どうして私、翔太くんと走ることになったんだろう。
「あ……」
　ふと、翔太くんに繋がれた右手がそのままだったことに気づいた。
　熱い体温と、脈拍が繋いだ手から流れ込んでくる。
　そんな私の様子に、翔太くんはハッとして。
「あ、ごめん。手繋いだままだった」
　パッと手が離れた。
　申し訳なさそうな顔をする翔太くん。
　そんな謝らなくてもいいのに。
　それより私には、もっと気になることがいっぱいあって。
「あの……」
「ごめん、俺と走るの嫌だったよね」
　私が聞く前に、翔太くんがガバッと頭を下げる。
　そんな翔太くんに私は慌てて首を横に振った。
「ううん、謝らないで。あの、私、ちゃんとわかってるから！ 私のこと、助けてくれたんだよねっ？」
「え……」
　だって翔太くんが駆けつけてくれた理由なんて、それく

らいしか考えられないもん。
　ほら、翔太くんってすっごく優しいし。
「俺、そんなにいいヤツじゃないよ」
「……？　でも、うれしかったよ？」
　なぜかうつむいた翔太くん。
　そんな翔太くんに、私は首をかしげた。
　私はありがとうって思っているのに。
「頭真っ白になっちゃった私のもとに駆けつけてくれた翔太くん、すごくかっこよかったよ」
　あのとき、観客席から甲高い声が聞こえてきたのはきっと気のせいじゃないもん。
「それに、生まれて初めてゴールテープ切れて、すっごくうれしかった！」
　今でも夢みたいだ。
　万年最下位争いをしていた私が、１位でゴールできるなんて。
「翔太くんのおかげだよ！　ありがとうっ」
　そう言って翔太くんの顔を見上げると、さっきまでの暗い顔はどこへやら、翔太くんの顔はうっすらと赤く染まっていた。
「……なら、よかった」
「うんっ！」
　ふ、と笑みをこぼした翔太くんに大きく縦に首を振る。
　そして、少しの沈黙のあと。
「ひまりちゃん、本当に"好きな人"いないの？」

唐突に投げかけられた翔太くんからの質問に、ぎくりと背筋が固まった。
「い、いないよ……」
　いない、なんてうそをついて。
　後ろめたい気持ちを隠しながら翔太くんの言葉を待った。
「それならいいけど……。たぶん、迷惑かけるから」
「……迷惑？」
　ピンとこない私が首をかしげると。
「借り人競走のお題、"好きな人"だったから。たぶん、誤解されてると思うし、変なウワサされるかも」
　翔太くんの言葉になるほど、と納得する。
　でも、それを言うなら。
「そんなの、翔太くんこそ助けてくれたのに、私なんかとウワサされるなんていい迷惑だよね……。ごめんね」
「俺は別にいいけど」
「……？」
「俺はひまりちゃんとなら、ウワサされたっていいよ」
　まっすぐに私の目を見つめて、そう言った翔太くん。
　"謝らなくても大丈夫だよ"ってことだよね。
　翔太くんって心まで広いんだな。
　優しい上に心も広い、なんて翔太くんはよくできた人だ。
　尊敬の眼差(まなざ)しを翔太くんに向けていると、彼は呆れたように笑った。
「なんか……また勘違いしてるみたいだけど。ま、いっか」

きょとん、とした私の頭の上に、ぽん、と翔太くんの手のひらが乗せられた。
「もし、俺が一緒に走ったこと"ありがとう"って思ってくれるなら、男子リレー応援してくれたらうれしいかも」
　少しはにかみながらそう言った翔太くんに、私は大きく頷いた。
「する！　絶対応援する！」
　そんな私に、翔太くんは優しく目を細めて。
「じゃ、そろそろみんなのところに戻ろっか」
　翔太くんの言葉に頷いて、2人でクラスの応援席のほうへ向かった。

　クラスのみんなと合流すると、それはもうすごい質問攻めにあって。
「ひまりちゃんて、浅野が好きだったの！？」
「ほんとびっくりしたよっ」
「2人っていつから、そーゆー関係に？」
　矢継ぎ早に飛び交う質問に、最初はひとつひとつ『あれは、翔太くんが助けてくれただけで……』と否定していたんだけれど、それを何度も繰り返しているうちに、いちいち説明することに疲れてきちゃって。
「浅野もなかなかやり手ねー、ただのヘタレかと思ってたんだけどな」
　夏奈ちゃんのところへ逃げてきた、という次第だ。
　そんな夏奈ちゃんは、どうやら翔太くんに感心している

様子。
「優しいよね、翔太くん。あんなに注目されている中、助けに来てくれるなんてすごいな～っ」
　私がそう言うと。
「……ひまりって鈍すぎるっていうか、ほんとのんきだよね……。ちょっと浅野に同情するわ」
　なぜか、夏奈ちゃんは呆れたように肩をすくめた。
「でもね、ほんとは……」
　私が翔太くんが走ってきてくれた瞬間を思い出しながら話を続けようとしたとき──。
「あ～っ、ひまりちゃん！　ここにいたんだ！」
　かわいらしい声に遮られて。
「香音ちゃん！」
　ぱたぱたと小走りに駆け寄ってきたのは、香音ちゃんだった。
　香音ちゃんの髪型はいつもかわいいけれど、今日は体育祭だからか普段はしない高めのツインテール姿で。
　いつにも増してかわいい。
　そんなキラキラした香音ちゃんが、さらに目を輝かせながら私に向かって尋ねた。
「ね！　ひまりちゃん！　浅野くんのことが好きってほんと!?」
　香音ちゃんまで、みんなと同じ質問をするなんて。
　慌てて首を横に振った。
「ううん、あれは、そういうわけじゃなくて。私がほんと

に好きなのは……」
　ハッとして口をつぐんだ。
　今、ものすごい勢いで口を滑らせるところだった。
　だけど、鋭い香音ちゃんは……。
「ほんとに好きなのは？」
　疑うような視線を私に向けながら、首をかしげる。
　──そして、このタイミングで思い出してしまった。
「ううん、なんでもない！　好きな人なんて、まだよくわかんないよ」
　香音ちゃんも、みっくんが好きだってこと。
　香音ちゃんは私とは違って、みっくんの彼女だっていうこと。
　そして、ずっと前に香音ちゃんとみっくんのことを"応援する"って約束したこと──。
　そんな香音ちゃんに、『私もみっくんが好き』なんて言えなかった。
　ついてしまったうそに、罪悪感で胸がキリキリと痛む。
「じゃあ、これは本当？」
　香音ちゃんがこてん、と首をかわいらしくかしげた。
　"これ"が何なのかわからなくて戸惑う私に、香音ちゃんがつけ足す。
「ひまりちゃんと光希が、幼なじみって」
　ドクンと心臓が嫌な音を立てた。
　疑問を口にせずにはいられない。
「どうしてそれ……」

「ごめんね？　この前ひまりちゃんと浅野くんの会話、たまたま聞こえちゃって」

　聞いちゃダメだったよね、と申し訳なさそうな表情の香音ちゃん。

　じわり、とまた罪悪感が押し寄せてきた。

「あの、こちらこそ黙っててごめんなさい！　みっくんと幼なじみっていうのは間違ってなくて……」

　私、この続きになんて言うつもりだったんだろう。

『でも、香音ちゃんが心配するようなことはないから』って……？

　そんな自分自身に戸惑って、黙り込んだ私に香音ちゃんがふわりと微笑んだ。

「大丈夫だよ、私、口は堅いから!!」

「え……」

「これ、秘密の話なんでしょ？」

「あ……うん、ありがとう」

　私がぎこちなくお礼を言うと、香音ちゃんはひらひらと手を振って。

「うん、じゃあ、それだけ！　今日は頑張ろうねっ」

　慌ただしく、くるりと背を向けてどこかへ走り出した。

　私は、その後ろ姿を呆然と見つめることしかできなくて。

　そんな私の耳には、

「──"みっくん"、かぁ」

　香音ちゃんが思案げに呟いた声は届かなかった。

「ひまり、生きてる？」
　しばらくの間ぼんやりとしていた私は、夏奈ちゃんに肩を叩かれてやっと我に返った。
「……ていうか、幼なじみって言っちゃってよかったの？」
　夏奈ちゃんは眉を寄せるけど、
「だって、香音ちゃんはみっくんの彼女だから……ずっと隠しておけるわけじゃないし」
　"香音ちゃんはみっくんの彼女"──。
　おかしいよね。
　自分で言った言葉に自分でやきもち妬いてる、なんて。
　臨海のときに香音ちゃんが切なげに言っていた言葉の意味も、今ならよくわかる。
　みっくんのたった１人の彼女になりたい。
　……それは甘くて、苦しくて、わがままな気持ちで。
「あ、そういえば。香音が来る前、何か言いかけてなかった？」
　夏奈ちゃんの言葉に、言いかけていたことを思い出した。
『でもね、ほんとは』の先に続く言葉。
「……あのね、絶対誰にも内緒だよ」
　翔太くんにも、香音ちゃんにも、みっくんにも、たぶん、きっと言えない。
　夏奈ちゃんが頷いたのを確認してから、そっと自分の想いを言葉にした。
「ほんとはね、あのとき」
　借り人競走のとき、翔太くんが走ってきてくれた瞬間。

「一瞬だけだけど、私ね……みっくんが走ってきてくれたらよかったのにって」
　私のところへ人目も憚らず駆けつけてくれたその影が、みっくんならって思ってしまったの。
「夏奈ちゃんにだけの、秘密の話だよ」
　ふふ、と頬を緩めて笑うと、夏奈ちゃんがガバッと抱きついてきた。
「か、夏奈ちゃん……？」
「ひまり、かーわーいーいーっ！」
　そのまま夏奈ちゃんの気が済むまで抱きしめられたり撫でられたり、しばらく好きなようにされていた。

　午前中の競技はそれから何事もなく終わり、お昼休憩を挟んで午後の競技も着々と進んで。
　ついさっき、私が今日いちばんに懸念していた女子クラス対抗４×100mリレーが終わった。
　その結果はというと──。
「わぁっ!?」
　足元に集中していたからか、前から歩いてくる人影に気づかなくて、いきなり誰かに肩をぐいっと掴まれてよろめいた。
「ちゃんと前向いて歩けよ」
「え……」
　ぼそりと呟くような声に、ばっと顔を上げると。
「みっくん!?」

びっくりした。
　しかも、みっくんのほうから呼び止めてくれるなんて。
「えっと、どうしたの？」
　ドキドキする胸を隠しながら、呼び止められた理由を尋ねた。
　すると、
「……まぁ、おまえにしてはよく頑張ったんじゃねーの」
「ほぇ……？」
　みっくんのセリフには大事なワードがごっそり抜けていて、思わず首をかしげた。
「リレーだよ。一応見てた」
　あ……。
　ついさっき終わったばかりのリレー。
　結果からいうと、やっぱり私の足の速さじゃ運動部で固めてきているクラスには敵（かな）わなかった。
　でも、今日は1つもミスをせずに走りきれて。
　そんな私をチームのみんなは笑顔で労ってくれ、『ありがとう』なんてもったいない言葉までもらっちゃって。
　リレー走ってよかったなぁ、って今では思っている。
　──だけど。
「今日頑張れたのは、みっくんのおかげだよ」
「は、俺？」
　私の言葉に、とぼけた顔のみっくん。
　……もう、全然わかってないんだから。
「昨日、くじけそうな私に『頑張れば』って励ましてくれ

たから」
　だから、頑張れたんだ。
　走る直前、緊張のボルテージが極限まで上がって、やっぱり無理かも……、と心が折れそうになったとき、たしかに聞こえたんだ。
『まぁ……頑張れば？』
『頑張れば、応援してやらないこともないけど』
　昨日、みっくんがくれた言葉が。
「だから、全部みっくんのおかげ。ありがとう」
「……あっそ」
　そっけなく答えたみっくんに、ふと疑問が湧いてくる。
「ねぇ、もしかしてそれだけ言うために呼び止めてくれたの？」
「ばか、ちげーよ」
　どうやら本題は他にあったらしい。
「本題は、こっち」
　みっくんが手に持った何かを振る。
　その正体は、消毒液と絆創膏で。
「おまえ、コケたろ」
　そう、そのとおり。
　──リレーの"最中"は何一つミスしなかった。
　それは次の子にバトンを手渡したあとに起こったことで。
　走りきった安心感からか、トラックの中へ戻ろうとしたときに、何もない場所につまずいて……。

あれはなかなか恥ずかしかった。
　幸い、みんなリレーに夢中で、私がコケたことなんて気づいてなかった——のに。
　みっくんは、ほんとにずるい。
　何気ないところまで、ちゃんと見てくれていて、こうやってしれっと助けてくれて。
　だけど、言葉にしたってみっくんは否定するだけだろうから心の中に秘めておいた。
「消毒するから足出せ」
　みっくんにそう言われて、擦りむいたほうの膝を素直に出す。
　そんな私に、みっくんは無遠慮に消毒液を振りかけた。
「っ〜‼」
　い、痛いっ！
　それに、染みる……っ。
　思わず涙目になった私に、
「そんなに痛いなら掴まってれば」
　ごく自然な動作で、みっくんの片手が私の右手に触れた、けれど。
「やっ……」
　差し出されたその手を、思わず振り払ってしまった。
　だって手なんて繋いだら、消毒どころか、ドキドキして倒れちゃいそうなんだもん。
　好きな人に一瞬触れただけで、こんなにドキドキするなんて知らなかった。

みっくんの手を払い除けた私に、みっくんは一瞬驚いたような表情になって、それから素っ気なく、
「あっそ、……ならいいけど」
と少し不機嫌そうに呟いた。
長年一緒に過ごしてきた幼なじみだけど、みっくんの不機嫌スイッチがどこにあるのかは、いまだわからずにいる。
消毒が終わると、みっくんはぺたりと絆創膏を貼ってくれた。
「はい終了」
みっくんがそう言って立ち上がって。
「あの……っ、ありがとう!!」
いつ言おう、とタイミングを計っていたお礼の言葉を口にする。
みっくんは、私の言葉には答えずに。
「そういえば」
「……?」
「借り人競走、浅野と走ったんだって?」
唐突な質問を投げかけてきて。
「そう、だけど」
私が頷くと、みっくんは少し黙り込む。
どうしてこんな……凍ったような空気が流れているんだろうか。
なんて、考えているとみっくんが口を開いて。
「おまえが浅野のところに走ったわけ?」
「や、ちが」

「おまえさ……」

　翔太くんが助けてくれただけなのって、説明しようとした言葉はみっくんに遮られて。

　だけど、みっくんはハッと我に返ったように口をつぐんだ。

「やっぱいい。なんでもない」

　『なんでもない』ふうには見えなかったけれど。

　だからといって聞き返す勇気もなくて、自分の膝に視線を落とした。

　するとみっくんが貼ってくれた絆創膏が目に入って、胸がいっぱいになって、思わず口を開いていた。

「みっくんって……私のこと、嫌い、なんだよね」

　嫌いだって、みっくんの口から何度も聞かされてきた。

　そのたびに打ちのめされてきたはずなのに。

「なのに……どうして、私に優しくするの？」

　嫌いって言うわりに、いつだってヒーローみたいに助けてくれて、そんなんだから、私はばかみたいに期待して。

　それでも、みっくんは私のことを嫌いって言う。

　だったら……いっそのこと突き放してくれたらいいのに。そしたら私だって期待なんかせずにいられるのに。

　じっとまっすぐに見つめる私から、みっくんは少し目を逸らしながら言った。

「さぁ……なんでなんだろうな」

　それは、はぐらかされた、というよりは、みっくんの本心のように聞こえて。

「俺だって、おまえのことなんか放っておきたいって思ってる、けど」
　顔を少し苦しげに歪めながら、みっくんが言葉を繋いでいく。
「なんか、おまえは……おまえだけは、放っておけねーんだよ」
「だから」
　みっくんは、逸らしていた視線を私のほうに向けた。
「嫌いなんだ、おまえのことは」
　向けられた言葉はどこまでもまっすぐで。
　嫌いだって言われて傷つかないほど私は強くないけれど、でも、今日はちゃんと本音を隠さずに話してくれてるんだと感じて、それはうれしかった。
「じゃあ、俺そろそろ行くから」
　みっくんがそう告げる。
　あ……そっか。
　私は女子リレーが終わって、出場する種目が全部終わったけれど、みっくんはまだだよね。
　男子リレーは体育祭の大目玉で、いちばん最後の種目。
　その前に、男女混合のスウェーデンリレーがあるんだけど……って。
　そうだ、私も応援席に戻らないと。
　なんてったって、スウェーデンリレーは夏奈ちゃんも走るんだから。
　私がそんなことを考えているうちに、みっくんは背中を

向けて歩きはじめていた。
「みっくん!!」
　離れていく背中が寂しくて、思わず呼び止めてしまって。
　みっくんはこちらは振り向かずに、でも、その場で立ち止まってくれた。
　えっと、何か言わなきゃ。
　一瞬のうちにいろいろ考えて、口をついて出たのは。
「リレー頑張ってねっ」
　みっくんのこと、わかりたいだとか、ちゃんと話してくれてありがとうだとか、本当は言葉にしたいことなんて山ほどあるけれど。
　ありったけの思いを全部、シンプルな応援の言葉に詰め込んだ。
　届いたのか、届かなかったのか——。
　ううん、きっと、込めた思いの全部は届いてないだろうけど。
　——みっくんが、そのまま片手を上げて、聞こえてるよ、のサインをした。
　それからすぐに、みっくんはまた歩きはじめて私の視界から消えたけれど。
　消えるその瞬間まで、いや、見えなくなってからもしばらく、みっくんの背中を目で追っていた。
　気づけば、擦りむいていた膝の痛みも気にならなくなっていて——。
　みっくんパワーってやっぱり最強かもしれない、なんて。

「……、よしっ!」
 体育祭も残り2種目。
 まずは夏奈ちゃんが出場するスウェーデンリレー。
 それから、男子リレー。
 自分の種目もすべて終わって、ここからはやっと落ちついて応援できる。
 そう思うとなんだかワクワクしてきて、足早にクラスの応援席へと戻った。

 体育祭も終盤とあって、わあわあと盛り上がるクラスの応援席。
 ううん、きっと理由はそれだけじゃないと思う。
「夏奈ちゃん、もうほんとにかっこよかったよ!! 惚れちゃった!!」
 興奮気味に夏奈ちゃんに声をかける私。
 一方の夏奈ちゃんは今応援席に戻ってきたばかりで、火照った頬をぱたぱたと扇いで冷ましている。
「久々に全力で走ったけど、意外といけたし楽しかった〜」
「意外といけたっていうか、すごすぎたよ!」
 そう、クラスがこんなに沸いている大きな理由は、ついさっき終わったばかりのスウェーデンリレーに違いない。
 もうなんか、みんなの足が速すぎて、応援するというより、もはや唖然(あぜん)としながら眺めていた。
 夏奈ちゃんの走る姿なんてあまり見たことがなかったけれど、風のように速くて本当にかっこよかったんだよ。

そんな夏奈ちゃんの活躍もあって、私たちのクラスは余裕の１着だったんだ。
「そういえば、棚橋くんは次に出るんだっけ？」
　そう言った夏奈ちゃんに、こくりと頷いた。
　次は体育祭最後の種目のクラス対抗男子４×100mリレー。
　みっくんは４組のアンカーとして出場するみたい。
「そういえば、さっき小耳に挟んだんだけど今年は大混戦らしいよ」
「大混戦？」
　私が首をかしげると。
「なんかね、うちのクラスと４組が優勝争いみたいなんだけど。それが、かなり接戦で、次の男子リレーの結果で優勝クラスが決まるっぽいんだよね～」
「ええっ！　そうなの？」
　初耳で驚く私に、夏奈ちゃんはニヤリと笑って。
「だから、棚橋くんのこと応援しちゃいたい気持ちはわかるけど、ひまりも８組を応援してよね？」
「……っ、そんなのわかってるもん!!」
　そんなの、自分のクラスを応援するに決まってるよ！
　それに、午前中に浅野くんとも約束したから。
　"助けてくれた代わりに応援する"って。
「それにしても、浅野も棚橋くんも、アンカーなんてね」
　たしかに、２人が並んで走る様子は見応えがありそう。
　だって２人とも学年でも上から数えたほうが断然早いほ

ど足が速いんだもの。
「なんだか面白くなりそう」
　にやにやしながらそう言って、私とグラウンドを見比べる夏奈ちゃん。
「面白くなりそう？」
「んーん、こっちの話。あ、もうリレーはじまるっぽい!!」
　夏奈ちゃんにははぐらかされてしまって、仕方なくグラウンドに視線を向けると。
　男子リレーに出場する人たちが入場しはじめていて。
　たしかに、もうすぐはじまりそう。
　私の視線は自然と、第４走者──つまり、アンカーのほうに引き寄せられた。
　ここからはよく見えないけれど、みっくんと翔太くんは何か話し込んでいるようで。
　だって２人は友達同士だもんね。
　翔太くんいいなぁ、なんて勝手に羨ましがっていると、隣で同じようにみっくんたちのほうを見ていた夏奈ちゃんが声を張り上げた。
「浅野──っ!!　絶対勝てよ──!!」
　すると、そんな夏奈ちゃんに反応して、翔太くんがこちらを向いた。
　そして、手を振って応援する夏奈ちゃんに気づいて、翔太くんも手を振って。
　そんな翔太くんの視線が横にスライドして……。
　隣にいた私と、パチリと視線が絡んだ。

翔太くんが私にも手を振ってくれる。
　私も返さなきゃ、と思って焦って顔の近くで小さく手を振った。
　すると、翔太くんは満足そうに所定の位置に戻っていく。
「うわ、あれはやる気満々だね、浅野って単純」
　一部始終を隣で見ていた夏奈ちゃんは、そんなことを言うけれど。
「え、そうなの？」
　私にはさっぱりわからず、首をかしげた。
　そんな私を小突いた夏奈ちゃんは、呆れたようにため息をつく。
「この小悪魔め〜」
「えぇっ？」
　戸惑う私を見て、夏奈ちゃんはおかしそうに、ふはっと吹き出した。
　そんなに笑わないでよ、と頬を膨らませていると。
「はいはい拗ねるのもいいけど、ちゃんと応援しないと！」
　夏奈ちゃんにたしなめられて、素直にグラウンドに視線を戻した。
　スターターの手に握られたピストルの銃口が、空をまっすぐに指している。
　第1走者の人たちが、クラウチングの姿勢をとって。
　グラウンド中が息をのんだ瞬間。
　――パンッ。
　戦いの火蓋が切って落とされた。

スタートダッシュで誰よりも先に飛び出したのは、私たちのクラスの男の子。
　たしか陸上部……だったっけ。
　その実力は確かで、1人だけ明らかに前に抜き出ている。
　そんな彼に応援席のクラスメイトから歓声が起こった。
　そのあとに続くのは、2組……そして4組。
　もちろん、1位じゃないからといって遅いわけでは決してなく、むしろ速い。
　じりじりと距離を詰めていく様子は、見ているだけで手に汗を握るほど。
　順位の変動はないまま、第2走者にバトンが渡った。
「わっ、4組のヤツめちゃくちゃ速い……！」
　夏奈ちゃんが小さく声を上げる。
　まったく同じことを私も思った。
　3位につけていた4組だけど、第2走者の男の子は目を見張るほど速くて、瞬く間に2組を抜いて2位に躍り出た。
　私たちのクラス、8組は、まだ先頭を突っ走っている。
　だけど、あまりに速い4組の走者に、距離をじりじりと詰められているのは明らかで。
「頑張れ！　逃げろ！」
「いけ——っ!!」
　みんなの応援も段々とヒートアップしてきた。
　隣の夏奈ちゃんは、食い入るようにランナーに視線を向けている。
　声は発していないけれど、熱烈に応援しているってこと

はよくわかる。
　そんな中、第3走者にバトンが渡った。
　先ほどの4組の男の子の活躍により、8組と4組はほとんど同時に第3走者に移った。
　わずかに私たちのクラス、8組が早かったけれど、きっとコンマ数秒ほどしかその差はない。
　固唾をのんで見守るクラスメイト。
　そんなクラスの期待を背負って走る、第3走者はサッカー部の男の子。
　一方の4組とも速さは互角といったところで、抜きつ抜かれつほとんど同じペースで走っている。
　残りのクラスもあとを追うんだけれど、8組と4組が明らかに1歩——どころか3歩ほどリードしていて。
「これはもう8組対4組って感じだな」
　クラスメイトの誰かが呟いた言葉に、私も内心で頷いた。
　あと少しでアンカーにバトンタッチだ。
　誰もが8組と4組のバトンはほぼ同時に渡り、アンカー勝負になるだろう、と思っていたはず。
　だった、のに。
「——きゃ……っ!!」
　4組のほうから、悲鳴のような叫び声が上がった。
　何事かと思ってグラウンドに目を凝らすと。
「……っ」
　4組の第3走者の男の子が、何かにつまずいたのか転んでいて。

慌てて立ち上がろうとするその瞬間だった。
　不運だった、としか言いようがない。
　お互いの足が速いからこそ、転んだロスもそれ相応のもので。
　転んですぐに立ち上がったとはいえ、私たちのクラスとの差は容易に埋められないほどには広がっていた。
　4組の応援席からは諦めのムードが漂ってきているけれど、8組だって複雑な空気でざわめく。
　こういう勝負って、全力を出しきって勝ち抜いてこそ気持ちのいいものであって、相手の不運で勝つのは──勝ちは勝ちでもやっぱり手放しには喜べないだろうから。
　戸惑いと同情がその場にいる全員を包む中、8組のバトンはアンカーの翔太くんに手渡った。
　練習段階から知っていたけれど、やっぱり速い。
　改めて、朝の借り人競争で一緒に走ったときはかなり私のペースに合わせてくれていたんだなぁと実感した。
　こんな状況でも翔太くんは手を抜かずに、自分の全速力で走っている。
　そういうところが翔太くんが学級委員たる所以であって、人気でもある理由なんだと思う。
　そんな中、私は4組のバトンの行方を追っていた。
　8組がアンカーに切り替わった数秒後、やっぱり開いた差は縮まらないまま──。
　アンカー、みっくんにバトンが受け渡された。
　その次の瞬間。

「……えっ?」
　私の口から、まぬけな声がこぼれた。
　目を疑うってこういうことを言うんだって思った。
　私の視線の先にいるみっくんは、
「ちょっ、棚橋くん速すぎじゃない!?」
　黙って見ることに集中していた夏奈ちゃんも思わず私に話しかけるほど、
「うそだろ、すげーなあいつ……」
「あれって、4組の棚橋?」
　みんなが興奮気味に口を開くほど、圧倒的なスピードと加速を一瞬のうちに見せつけていた。
　見惚れるほどの綺麗なフォームで、まるで吹き抜ける爽やかな風のよう。
　そんなみっくんの姿に湧いたのは、もちろん私たちだけではない。
「うぉーーっ!　いいぞ光希〜!」
「これ、まだ望みあんじゃねーの?」
　沈んでいた4組の応援席が、歓声を上げはじめた。
　それもそのはず。
　走り出したみっくんは、先を走る翔太くんとの間にできた、誰もが埋まらないと思った差をどんどん縮めていくのだから。
「……」
　私はというと、ぽかんと開いた口がふさがらず、ただただみっくんから目が離せなくて。

このとき、初めてわかった。
　今までみっくんが学校行事で走る姿なんて何度も見てきたけれど、そのどれもが全力を尽くしきった姿じゃなかったんだって。
　余力を残していたんだって。
　それでも十二分に速くて、いつも１等賞だったから気づかなかった。
　だって、こんなみっくんの姿なんて知らない。
　離れていても伝わってくる。
　さっきのアクシデントや、クラスメイトの期待とか、声援だとか、いろんなものを背負って走るその姿が、これが、みっくんの本気なんだって。
「ちょ……っ、逆にやばいって！　うちら追いつかれてるよ!?」
「うそでしょっ!?」
　ゴールまであと20mといったところ。
　ついに、みっくんが翔太くんのすぐ後ろまで追いついた。
　それに気づいた翔太くんが、少しスピードを上げるけれど、みっくんも負けじと食らいついていく。
「いいぞ光希ー!!」
「浅野、負けるな——っ!!」
　どちらのクラスの応援も、いっそう白熱して。
「これ、めっちゃいい勝負じゃん!?」
「どっちもかっこよすぎるんだけど！」
　関係のないクラスの女の子たちも、きゃあきゃあと声を

上げはじめる。
　みっくんがスピードをぐっと上げて、翔太くんをわずかに抜いた。
　だけど、翔太くんも粘り強い。
　そんなみっくんに臆することなく、ペースを上げて抜き返す。
「浅野――‼　負けたらしばくからね――っ！」
　夏奈ちゃんが、堪えきれないといったふうに声を上げた。
　そんな夏奈ちゃんの声援に応えるように、翔太くんはまた少しペースを上げて、みっくんを引き離す。
　ゴールまで、あと10mほど。
　このまま逃げきれば、翔太くんが勝って――。
「あーさーのっ、あーさーの‼」
　クラスメイトが"浅野コール"をはじめる中、私はまるでスローモーションを見ているような気分で競り合う2人を見つめていた。
　2人を目で追う私の視界にも、ゴールテープが飛び込んでくる。
　ゴールまで、本当に残りわずか。
　まだ翔太くんが、ほんの少しみっくんの前に出ている。
　堪らなくなって、ぎゅっと目を閉じた。
　――きっと、上手くいけば私たちのクラスが優勝で、それでいい。
　だけど、だけど、私は……。
「――っ、頑張ってっ‼」

気づけば、叫んだあとだった。
　そして、視界の端でゴールテープがたなびく。
　ふたつの影が、勢いよくテープを切った反動で。
　あたりがざわめいた。
　なぜなら、あまりに僅差すぎてどちらが先にゴールしたのか、応援席からはわからなかったから。
　私にもわからない。
　とっさに発した"頑張って"はいったい──。
　翔太くんと、みっくん──どちらに向けたものだったんだろう。
〈……えー、ただいまの結果──〉
　アナウンスがグラウンドに響き渡る。
　結果が気になるからか、ざわめいていた人々もみんな一斉に静まった。
　そして、その結果は──。

　体育祭は、あっという間に幕を閉じた。
　夕焼けに染まるグラウンドは、ついさっきまであんなに盛り上がっていたのに、今はテントなどの片づけをする生徒会の人と先生だけ。
　私は校舎の廊下の窓からその様子を眺めていた。
「……なんで、おまえここにいるわけ」
「みっくん！」
　後ろから声をかけられて、ぱっと振り向いた。
「なんでって……みっくんのこと、待ってた」

ここはみっくんの教室の前。
　たしかに、普通、私が来るはずもない場所だけど。
「へぇ」
　みっくんが素っ気なく返事して、でも私の頬はへらりと緩むばかり。
「みっくんから声かけてくれて、うれしい」
　えへへ、と笑いながら言うと、みっくんは睨むように目を細めた。
「……別に、どうだっていいだろ」
「どうだってよくないよ、私はうれしいんだもん」
　はぁ、とみっくんがため息をついた。
　違う、こんなことを言いに来たわけじゃなくて。
　本当の用件は他にあるんだ。
「あのですね！」
　勢いよく切り出した。
「何」
「リレー、おめでとう！　かっこよかったよ、って言いたくて……」
　そう、リレーの結果は4組の勝利だった。
《ただいまの結果、1位4組──》
　あの瞬間、今日イチの歓声が上がった。
　優勝が決まった4組だけじゃない、他のクラスも学年も、さらには競い合っていた私たちのクラスまで。
　みんながみんな、清々しい顔をしていて。
　唯一、翔太くんだけは、

『あいつの本気舐めてたかも』

　なんて言って悔しそうにペロリと舌を出していたけれど。

「別に大したことじゃねーだろ、そんなの」

　とはいえ、当のみっくんは冷静すぎる。

　私はむっと唇を尖らせて。

「私はすごいって思ったの!!　みっくんのこといちばんに応援したいって思ったんだから」

　そう口にして、ようやく気づいた。

　とっさに口から出てきた『頑張って』は他の誰でもなく、みっくんに向けたものだったってことに。

　いちばんに応援したい。

　今日だけじゃなくて、それは、これからもずっと。

　声が届く距離で――。

　そんなことを考えたせいか、心の声が思わず口からほろっとこぼれた。

「みっくんのことが、好きなの」

　声に出して告白してしまったことにあとから気づいて、あわあわと焦る私。

　だけど、その心配は無用だった。

「……っ、口を開けばそればっかだな、おまえ」

　今までも何度も同じようなことを言ってきたからか、呆れたような表情のみっくん。

　ほっとして胸を撫で下ろしたけれど。

　だけどね、違うよ、みっくんは何もわかってない。

今までのとは全然違うんだから。
　私、本気の本気で、みっくんのこと好きなんだから。
　私の気持ちも知らないで、みっくんは呆れたようにため息をついて。
「そんなに好き好き言ってて飽きねーの？」
「飽きないよっ」
　飽きないよ、飽きるわけない。
　だって。
　だって、誰よりもみっくんのことが好きだから。
　──いつか、いつかみっくんに伝えたい。
　秘めた想いを全部。
　みっくんに恋に落ちたんだよって。
　こんなにも好きなんだよって。
　でも、それは今じゃなくて。
　みっくんがちゃんと私の言葉に耳を貸してくれるようになって、それで自分に自信を持ててからがいい。
「あっそ」
　やっぱり素っ気ないみっくんの相槌。
　だけど、私は思わず、ふふっ、と笑いそうになった。
　だって、みっくんの右手の指先が耳たぶに触れたから。
　照れてるだけなんだって、わかっちゃった。
　私を見下ろして、みっくんは口を開く。
「俺は相変わらず、おまえなんて嫌いだけどな」
　相も変わらず、苦い苦いみっくん。
　そんなみっくんには、甘さ強めで勝負に出たほうがいい

のかもしれない。
　私はにこっと口角を上げながら、みっくんを見上げて。
「絶対、みっくんにも好きって言わせてみせるもんねっ」
「ははっ、どっから出てくんだよその自信」
　まだ頑張ってみてもいいよね。
　いつかみっくんの隣にいられる日を夢見て。
「じゃあまず、今日一緒に帰ろう!!」
「断固拒否」
　しゅん、と肩を落とした私を見てみっくんが笑う。
　笑ってくれるのは純粋にうれしいって思っちゃうんだから複雑だなぁ、なんて。
「じゃあ、ばいばいまたねっ」
　名残惜しい気持ちを抑えながら、みっくんに背を向けて昇降口に向かった。

　帰り道、1日を振り返りながら、なんだか今日は、いっぱいみっくんと話せたなぁ、なんて考えて幸せな気持ちに浸る。
　――そんなこんなで、波乱の体育祭は幕を下ろした。

認めたくないけれど＊光希side

　たぶん、おかしい。
　最近の俺は、ちょっと変だと自分でも思っていた。
「なんか、光希、体育祭終わったあたりから妙にイライラしてね？」
　移動教室の途中、利樹にそう言われて、自分では自覚していなかったものの、納得した。
「……そーかも」
　頷いた俺に、利樹は怪訝な目を向ける。
「やっぱりおまえ、変だよ。体育祭の日、なんかあったわけ？」
　すでに体育祭から、1週間ほどがたっていた。
　利樹が言うには、体育祭の日以来、俺の様子がおかしいらしい。
　言われてみれば、たしかに少し気が立っていたような気もする。
　だからといって、『何かあった？』なんて聞かれたところで、何もないんだから答えようもないし。
「別に……なんもねーけど」
「それならいいけど、おまえ自分のことに鈍そうだし、いろいろ溜め込まないように気をつけたほうがいいぞ？」
　情に厚いというか、おせっかいというか。
　利樹にまるで親のようなことを言われた俺は、ふっ、と

鼻で笑った。
　そんな俺に、利樹はカチンと来たのかさっきまでの優しさはどこへやら、睨みつけてきたけれど。
　始業のチャイムが鳴り、廊下にいた俺たちは慌てて講義室に飛び込んだ。
　なんとか滑り込みセーフ。
「今日は欠席なしか。じゃ、授業はじめるぞ。この前の続きで、教科書98ページ──」
　席について、頬杖をつきながら。
　俺は授業を進める先生の声を聞き流しながら、利樹に言われたことを考えていた。
　自分のことには鈍い、か。
　たしかにそうかもしれない。
　……まぁ、でも。
　──自分で自覚していないほどの感情なんか、ないに等しい。
　いちいち考え込むほどのものでもないと思う。
　はぁ、と一息ついて、いつの間にか進んでいた教科書のページをめくった。
　ひとまず今は、授業に集中しようと決めて。

　４限目の終わりを告げるチャイム。
　同時に、昼休みのはじまりをも告げるそれを合図に教室がざわざわと騒がしくなる。
「おい」

そんな中、俺は机に伏せて寝ている利樹に声をかけた。
　授業中からずっと寝てるし、いい加減起きろよ。
　言ったところでこいつは何も変わらねーだろうし、口には出さないけど。
「んぁー？　光希？」
　寝ぼけたような声を出して目を擦っている利樹を一瞥し、簡潔に用件だけを伝える。
「今日、俺も食堂行くから」
「えっ！　光希も食堂!?　珍し～」
「そうだっつってんだろ」
　一気に覚醒した利樹に呆れながら肯定の返事をした。
　いつもは持ってきた弁当を教室で食べてるんだけど、今日は母さんが忙しそうで。
　弁当を作る余裕がなかったらしい。
　それなら、たまには食堂でラーメンでも食べようか、というわけだ。
　それで、せっかくだから毎日食堂に通っている利樹とたまには昼飯を一緒にしてもいいかもな、なんて気まぐれに思っただけ。
「え、やった！　光希と昼飯じゃん！」
「早く立たねーと置いてくぞ」
　俺の言葉に、慌てたようにガタガタンッと大きな音を立てる利樹。
　そういう反応がいちいち面白いから、冷たい言葉をかけてしまうんだってこいつは気づいてないけれど。

１年の教室から食堂までは少し距離がある。
　ぼんやりとしながら、１人で廊下を歩く。
　……利樹はどうしたかって？
『俺トイレ行ってくるから先に行って待ってて！』
　あのあとすぐトイレに駆け込んだ利樹なんて、置いてきた。
　どうせすぐ来るだろ。
　それにしても腹減ったな、なんて思いながら歩いていると、どうしようもなく耳障りな声が聞こえて足を止めた。
　８組の教室の前で。
「ねーっ、ひまりちゃんもそう思わない!?」
「え……っ？　たしかに、お似合いだとは思うけど……」
　俺が耳を傾ける必要もない、ころころと話題を変える、よくあるガールズトーク。
　なのに、なぜか心に引っかかる。
　"なぜか"なんて、その理由は、話を振られて戸惑ったようにぱちぱちと瞬きを繰り返しているあいつに決まってるけれど。
「だよねっ、やっぱりあの２人絶対なんかあるよね～っ」
「う、うん……？」
「ひまり、絶対何もわかってないよね」
　俺が率直に思ったことと、まったく同じことを早坂が口にする。
「え!?　そんなことないよっ」
　頬を膨らませて抗議する、そいつ。

やっぱり、ばかすぎて手に負えない。
　隣にいる早坂の気持ちが手に取るようにわかって、ふ、と口角が上がった。
「あ、ねぇっ、夏奈ちゃん！　今日ね、駅前のパン屋さんの新作買ってきたの！」
　あいつに見つかったら面倒だから、半分閉まった窓の影で身を隠しながら聞いている。
　だから、あいつの顔はよく見えねーけど……。
　声色と口調から表情は容易に想像がついた。
「どんなの？」
「クレームブリュレデニッシュ‼」
「うっわ胸焼けしそう……」
　俺も早坂と同感。
「ええっ、絶対おいしいよ〜っ」
　ふわふわして掴みどころのない、甘ったるい声。
　もう、こいつの体、砂糖でできてんじゃねーの？
　なんて、そんな思考に走りかけたとき、
「あっれ、光希まだこんなところにいたわけ？」
　利樹の声が背中越しに聞こえた。
「８組？　なに見てんの？」
　興味津々、といったように近づいてくる利樹からふい、と目をそむけた。
　だいたい、利樹はタイミングが悪い。
「別になんもねーし……」
　口ごもった俺を怪しいと思ったのか、窓から８組の教室

をひょい、と利樹が覗き込んだ。
「うわ、あれひまりちゃんじゃんっ！」
　利樹が驚いたように声を上げる。
　つーか、なんで名前知ってんの？
　利樹とあいつって別に接点なんて……。
「ぜってーおまえ、あの子のこと見てただろ！」
　にやにやしながら俺のことを肘でつついてくる利樹。
「あいつ、そんなに有名なわけ？」
　俺が首をかしげると、
「は!?　おまえ、まさか知らねーの？　8組の花岡ひまり。学年でいちばんかわいいっていうウワサで、ちまたでは付き合いたい女子ナンバーワンだとか言われてんだぜ？」
　は？　そんなの初めて聞いた。
　あいつのこと、そういう目で見たことなんてねーし。
　第一……。
「俺は興味ねー」
「は!?」
　俺が何気なくこぼした言葉に、利樹は目を見開いた。
「おまえ、ほんとに男なわけ？　理想が高すぎるとか？」
「うっせー行くぞ」
　面倒なことになった、なんて思いながら本来の目的地だった食堂へと歩を進めた。
「ちょっおい！　待てよっ！」
　利樹が慌てて追いかけてくる。
「あー、やっぱいな」

追いついた利樹がいきなりそんなことを言うから、何事かと思ったけれど。
「ひまりちゃん！　初めて近くで見たけどあれはかわいすぎでしょ」
　想像以上にくだらない。
「あんな子が彼女だったら癒(いや)しの極みだよなっ！　なんせ、ひまりちゃんって性格もほわほわしててかわいいって聞いたし？　声もかわいいかったし！」
「……」
「身長ちっちゃいし、そこもかわいいんだよな〜」
「……」
「光希が興味ないんだったら、俺アタックしてみよっかな。まずは友達からってさ！」
　くだらない、心底。
　俺は別にあいつなんかどうでもいいし、勝手にやってれば？って思ってる。
　思ってるはず、なのに。
「てか、光希、なんでまたさっきからイライラしてるわけ？」
「は？」
「すっげーブラックオーラ出てたけど、どうかした？」
「……っ」
　利樹にまた、指摘されて。
　はっ、とした。
　なんでこんな気持ちになるんだ。
　だって俺は、別にあいつのことなんて。

……興味もない。

　——くそ、飲み物買ってくるの忘れた。
　最悪、と心の中で呟く。
　数日後の昼休み。
　コンビニで弁当を買ったついでにコーヒーも買ったと思い込んでいたけれど、本当に思い込みだったらしい。
　ガサリと開けたビニール袋の中には唐揚げ弁当だけで。
　何せ、うちの学校は自販機が遠い。
　ここからいちばん近くてもピロティまで行かなければならなくて、食堂に行くのと距離はそう変わらない。
　煩わしいと思いながらも飲み物なしで唐揚げ弁当はキツいし、と立ち上がる。
　さっさと買って戻ってこよう。

　——ピロティの自販機には先客がいた。
「あの……っ、ほんとに大丈夫！」
　しかも、よりによってひまりだなんて。
　ひまりが絡むと、俺はいつだって平常心じゃいられない。
　数日前、利樹と食堂に行ったときだって、あいつの顔を見たからイライラしたんだと思う。
「や、いいって。俺が好きでやってるんだし、受け取ってもらったほうがうれしい」
　ただし、今ここにいるのはひまり1人ではないらしい。
　隣には、浅野の姿。

「ほんっとーに、ごめん！　翔太くん！」
　ひまりが口にしたその名前にハッとする。
　体育祭の日にも思ったけれど。
　浅野といつから、名前で呼ぶほど仲よく──？
「別にいいよ。さすがに、お茶も財布も忘れたからって1日なんにも飲まないのは厳しいでしょ」
　浅野のその一言で、状況をだいたい把握した。
　どうやら、俺とまったく同じことをやらかしたらしい。
　財布まで忘れたというのなら俺よりひどい。
　だけど。
　だからってなんで浅野が……？
　別に、早坂とか他のヤツがいくらでもいるだろ。
「あのっ、ちゃんといつかお返しするから！」
「ん、ひまりちゃんの役に立てて光栄だよ」
　浅野の手が、ひまりの頭の上に自然に乗って。
　そんな些細なことに、なぜか心が波立って──。
「光希？　おまえ、こんなとこで立ち止まって……」
　名前を呼ばれて振り返ると、なぜかそこには利樹がいた。
　その利樹はというと、何かに気づいてハッと口をつぐむ。
　視線の先にいるのは、もちろん浅野とあいつなわけで。
「もういいだろ」
　自分の口から出た声が、想像していた以上に尖っていて驚いた。
　利樹の腕を強引に引いて、教室に戻ろうとする。
　すると、ある程度離れたところで利樹がぴたりと足を止

めた。
「ウワサって本当だったんだな!!」
「は？」
　利樹の発言は、いつも唐突すぎる。
　俺が怪訝な顔をすると、聞いてもいないのに、利樹はべらべらと喋りはじめた。
「ひまりちゃんと浅野だよ、体育祭のときからウワサになってんじゃん」
「ウワサ……？」
「光希って、ほんとそういうの鈍いのな。だから、ひまりちゃんと浅野がデキてるっていう話！」
　一瞬考えて、それから口を開いた。
「んなのあるわけ……」
「それが、あるんだよ！」
　利樹の勢いに俺の反論も蹴落とされる。
「や、俺も浅野のほうはよくわかんねーけどさ！　ひまりちゃん、体育祭の借り人競走で"好きな人"ってお題引いて浅野のとこ走ったんだってよ!!」
「……っ」
　浅野と走ったってことは、俺だって知ってる、けど。
「俺も半信半疑だったんだけどさ。今一緒にいるの見て確信したわ」
　あー俺がアプローチするターンもなしかー、なんて残念がるふうでもなく言う利樹。
　だけど俺は、苛立つ一方で。

なんで？
　あいつの顔を見たから？
　あいつの話をしてるから？
　こじつけようとしてはみるものの、そのわけは何か他の大事なところに落としてきたような気がする。
　それを誤魔化そうとして、口を開いた。
「たぶん浅野のほうが、あいつに気があるんだと思う」
　なるべく何気なく。
　そうじゃないと、何かが決壊してしまいそうだった。
「まじか!!　じゃあ、２人って本当に両想いじゃん！　やべ〜、美男美女かよ〜」
　利樹が興奮しつつ言った言葉が、やけに刺さる。
　痛い。
　どこがって……胸のあたりが。
　それをひた隠しにするように、また口を開いて。
「どうでもいい」
　俺の声に利樹はハッと俺の顔を見て、それから眉間にシワを寄せて。
「どうでもいいって顔じゃねーけど？」
「っ」
「なぁ、光希。おまえ、ひまりちゃんと何かあるだろ？」
「別に……何も」
「誤魔化すんならもっと上手くやれよ。俺はバレバレの状態で放っておいてやれるほど気は長くない」
　柄にもなく真剣な顔つきの利樹に俺は思わず口を開いて

いた。
「あいつとは……ただの幼なじみだよ」
　自分で発した言葉にデジャヴを感じて、チカチカと頭の中でハレーションを起こしたのは体育祭の日のある一幕だった。
『浅野のほうが、あいつに気があるんだと思う』
　それは、俺がそのことに気づかされるに至ったいきさつ。

　体育祭の最終種目、男子４×100mリレー。
　別に自分から立候補したわけじゃないけれど、利樹をはじめとする大勢の推薦があって、アンカーを任されていた。
『光希、頑張れよ！』
『わかってるって』
　利樹に言われなくても、まぁクラスに貢献できる程度には頑張るつもりだった。
　そんな俺の頭の裏を駆け巡ったのは、
『みっくん!!　リレー頑張ってねっ!!』
　つい直前、ひまりに後ろから投げかけられた声援。
　ひまりのことは嫌いなはずなのに、応援の言葉はそんなに嫌じゃなかった。
　むしろ……いや、なんでもない。
　うれしかった、なんて死んでも言ってなんかやらねー。
　あー、うざ。
　ぶんぶん、と首を横に振って頭からあいつの影を消した。
　今、余計なことを考えてるヒマなんてない。

1つ前の種目のスウェーデンリレーが終わり、グラウンドに入場する。
　隣をふと見ると。
『あれ、光希じゃん？』
『浅野？』
　浅野がいた。
　俺の隣にいるってことは、8組のアンカーは浅野、ってことか。
　所定の位置について、足首を回したり、軽くウォームアップをしていると、浅野が声をかけてきた。
『なあ』
　俺の知るいつもの浅野の声より少し堅くて、違和感を覚えたのも束の間で。
『俺さ、ひまりちゃんのこと好きなんだけど』
　ここに来てまで聞くとは思っていなかった名前を浅野が口にして、思わず俺は肩を揺らした。
　だからって、何もないけれど。
『……なんでそれ、俺に言うわけ？』
　思ったままの疑問が口をついて出た。
『光希とひまりちゃんって幼なじみなんでしょ』
　浅野が俺をまっすぐに見つめて言ったのは、紛れもない事実だけど。
『なんでそれおまえが……』
　聞きかけて口をつぐむ。
　あぁ、あいつが言ったのか、と勘づいて。

そんな俺を一瞥して浅野は首を振った。
『ひまりちゃんから言ったんじゃないよ』
『は？』
『俺が、言わせた』
　いちいち俺の反応をうかがう浅野が、焦れったくてしょうがない。
『ひまりちゃんは言いたくなさそうだったし、秘密にしておきたそうだったけど。俺が詰め寄って揺さぶって言わせた』
　秘密にしておきたそう……か。
　だとしたら、ひまりはまだ俺が言ったことを律儀に守ってるわけで。
　――"幼なじみであることを口外しない"
　あんな昔の約束を、しかも、こんなに冷たくあたっている俺との約束を。
　ほんと、物好きだよな、あいつも。
　たまたま幼なじみだっただけの俺にそこまで従順になる必要なんてないのに。
　俺はそんなひまりに非情なことを言おうとしてる。
『……あいつと俺はただの幼なじみだよ』
　それは、浅野の言うとおりだ。
　だけど、俺の口は"非情な言葉"を続けた。
『俺は、あいつのことなんて嫌いだけど』
　心が乱されて、おかしくなる。
　イライラして、モヤモヤする。

それが嫌い以外のなんという言葉で表せるかなんて俺はまだ知らない。
　そんな俺を挑戦的に見つめて、浅野が真剣な口調で。
『じゃあいいよね。俺が、ひまりちゃんを狙って、告白して、付き合うことになっても』
　浅野と、ひまりが……？
　考えたこともなかったことを眼前に突きつけられて戸惑った。
　それに。
『んなの……』
　勝手にやってればいいだろ。
　俺にはなんの関係もない。
　浅野があいつのことを好きだろうがなんだろうがどうでもいい。
　そう思ったままに口に出そうとしたけれど、なぜか声にならなかった。
　浅野は、ため息をついて。
『光希は自分の気持ちに鈍そうだから。忠告しといてやってるんだよ』
　意味わかんねえよ。
　眉をひそめた俺の様子を見て浅野は苦笑した。そんな浅野はじゃあ、と俺に提案する。
『リレー。光希が勝ったら、今までどおりスローペースで頑張るけど俺が勝ったら、お構いなしにあの手この手を使ってひまりちゃんを強引にでも落としにいくから。いい

よね?』
『……挑む相手、間違ってんだろ』
　吐き捨てるように言ったのに、浅野はまるで聞かない。
『俺、本気出すよ』
『……好きにすれば』
　俺に勝ってもなんの意味もねーのに、面倒だ。
　なんて考えていると、さらに拍車をかけるように。
『浅野——っ‼　絶対勝てよ——‼』
　8組の応援席から早坂の声が聞こえた。
　浅野がそれに気づいて手を振って応えている。
　早坂がいるってことは——。
　ちらり、と視線を横にずらした。
　ほら、やっぱりいた。
　ひまりの存在に浅野も気づいたようで、柔らかい笑顔を浮かべながら手を振っている。
　そんな浅野に、あいつは照れたようにはにかみながら小さく手を振り返していた。
　浅野は満足気に自分のレーンに戻っていく。
『やべ、めっちゃ頑張れそうなんだけど』
　誰に聞かせるわけでもない浅野のひとり言が、やけに俺の耳に障る。
　俺は、はぁ、とため息をこぼして。
　——集中できねー……。
　無性に悶々とする気持ちを押し込めようと、まぶたを伏せた。

——パンッ。
　ピストルの音を合図に、第１走者が走り出す。
　こちらから見ているかぎりでは８組が速い。
　陸上部っぽい走り方だな、なんて冷静に分析してしまうのは、自分も元運動部である名残だろう。
　当の４組は、２組を挟んで３番手。
　でも、あえて第２走者に速いヤツを持ってきているから、いくらでも形勢逆転は可能なはずだ。
　俺の読みは正しくて、第２走者に渡った瞬間、４組は瞬く間に２組を抜いた。そのまま、先頭を走る８組にもじりじりと詰め寄っていく。
　そして、
『行っけぇ——!!』
『頑張れ!!』
　クラスの声援を背負ったバトンは、第３走者に渡った。
　この時点で、先頭２クラス——４組と８組は明らかに前に出ていて、優勝争いはこの２クラスだろうという空気があたりに漂っていた。
　８組も俺らも、速さはほぼ互角。
　さっきから、抜きつ抜かれつのデッドヒートを繰り返しながらこっちに向かってきている。
　足首を軽く回しながら、テイクオーバーゾーンで準備をする。
　おそらくアンカーへのバトンはほぼ同時に渡るはずだ。
　——と思った、そのときだった。

『――きゃ……っ!!』
　応援席から悲鳴のような声が上がる。
　不思議に思って、ハッと後ろを振り向くと。
『っ！』
　俺のクラスの第３走者のヤツが転んで、まさに立ち上がろうとするそのときで。
　見れば、ついさっきまで横並びだった８組の走者との間には大きな差が開いていた。
　クラスメイトの絶望、クラスメイト以外の同情をまとった声が応援席のほうからなだれ込んでくる。
　追い討ちをかけるように、８組のバトンはアンカーに渡って、浅野が弾かれるように走り出した。
　俺のもとにもバトンが近づいてくる。
　バトンを持つそいつの顔は、申し訳なさに溢れていて。
　パスを受け取るために少し助走をつけながら。
　――こうなったらやれるだけやるしかない、と思った。
　そしてバトンが受け渡されると、久しぶりに無我夢中で走った。
　走るというよりは、足を前へ動かす、という感覚で。
　喰らいつくように地面を足で蹴って、前へ前へ。
　そうしているうちに、浅野の背中が近づいてきた。
　まわりの声援も歓声も耳には入ってこない。
　ただただ、走り続けるだけ。
『……っ！』
　ゴールまであと20m、といったところ。

ようやく浅野のすぐ後ろに追いついた。
　ここからが勝負だ、と思ったとき──。
『くそっ』
　俺が距離を詰めたことに気づいた浅野が、ぐっと一段スピードを上げた。
　その瞬間、ふと頭をよぎったのは浅野の真剣なトーンの声で。
『じゃあいいよね。俺が、ひまりちゃんを狙って、告白して、付き合うことになっても』
『リレー。光希が勝ったら、今までどおりスローペースで頑張るけど俺が勝ったら、お構いなしにあの手この手を使ってひまりちゃんを強引にでも落としに行くから。いいよね？』
　浅野が、こんなに必死に走る理由がもしそうなら。
　いや、絶対それに決まってる。
　──それなら俺は。
『っ、気に食わねー……っ』
　どうしてそう思ったのかなんてわからない。
　俺にとっては心底どうでもいい話のはずなのに、でももしそうなれば、って想像すると気に食わない。
　浅野がいくらいいヤツだってわかっていても、どうしてか、ひまりが浅野の隣にいるのは癪に障る。
　自分の中に湧き上がってくる矛盾だらけの感情を自覚して。
『……っ』

足に力を入れ直して、浅野の背中を追った。
　──負けたくない。
　じわりとにじみ出る思いのままに足を動かす。
　浅野に追いついて、それから少しだけ浅野の前に出た。
　わずかに抜いたのもほんの一瞬で、浅野もすぐに抜き返してくる。
　ゴールまで、もう10mほどしかない。
　俺を抜いた浅野は、スピードをまた上げて引き離すように先を急いだ。
　……っ、速い。
　足に力を入れようにも、もうすでにかなり全力疾走をしてきたせいで、スピードを上げるほどの余裕は残っていなくて。
　ゴールは、もう目の前。
　このままなら浅野が先にゴールテープを切るのは確実だ。
　……もう、それでもいいか、なんて投げやりになったときだった。
　声援も歓声もシャットアウトしていたはずの俺の耳に、まっすぐに。
『──っ、頑張ってっ!!』
　飛び込んできたのは、あいつ──ひまりの声。
　きっと、それは同じクラスである浅野に向けられた声で。
　応えるべきなのは、先を走る浅野のほうで。
　だけど、奮い立たされたのは──。
『負けらんねー……っ!』

俺のほうだった。
　あんなに限界を感じていたのに、自分でも驚くほど力が出て。
　……知らない。
　ひまりが何を言おうが、しようが、俺は知らない。
　だけど。
『くそっ』
　浅野が小さく呟く。
　だけど、俺がひまりにいちいち振り回されてるのだって本当は否定しようもない事実なんだ。

　――ゴールテープを先に切ったのは、俺だった。
『あーあ、負けちゃった。"ただの幼なじみ"くんのくせに本気なんか出しやがって』
　浅野は、嫌味を言うように笑いながら、疲れたように伸びをして言う。
『……鬱陶しい』
　浅野も、ひまりも。
　好きにすればいいのに、俺まで巻き込んで、かき乱して。
　言いようもない気持ちが湧いてきて、それを握りつぶすように靴紐を結び直した。

「へぇ、それでまだ、"ただの幼なじみ"だなんて言うわけ？」
　利樹が問い詰めるような口調で俺に言う。
　結局、利樹にあれこれ聞かれるのも面倒で、体育祭のこ

とも、それからこれまでのことも、全部自分から話したところだ。
「は？　だからそう言ってん——」
「いや」
　俺の言葉に食い気味に利樹が重ねる。
「光希とひまりちゃんが幼なじみだったっつーのも、俺にとっては驚きだけどさ。だけど俺には、光希がひまりちゃんのことを本当に〝ただの幼なじみ〟だと思っているようには見えない」
「は？」
　怪訝そうな目を向けた俺に、利樹はニヤリと口角を上げながら口を開いた。
「俺、わかっちゃったかも」
　俺の心を見透かすように、利樹は言葉を繋いでいく。
「光希が最近やたら不機嫌な理由(わけ)」
　確信めいたように言う利樹に、俺は目を見開いた。
「んなわけ」
　ねーだろ、と続けようとした言葉は利樹にまたもや遮られて。
「光希の話を聞いて思ったんだよ」
　俺はごくりと唾を飲んだ。
「なぁ、光希が不機嫌になる原因ってさ、〝ひまりちゃんが好きだから〟じゃねーの？」
「は……」
　想像もしたことがなかったことを真正面からぶつけられ

て、口の中がカラカラに渇いた。
「好きだから、ひまりちゃんと"ただの幼なじみ"であることにモヤモヤして。それを"嫌い"だと勘違いしてさ。で、今、浅野がひまりちゃんに接近して嫉妬（しっと）で不機嫌マックス」
　すべて見透かすように俺を見つめてくる利樹。
「違う？」
　首をかしげた利樹への、返答が思いつかない。
　……だって、今までそんなこと1ミリも考えたことなんてなかったから。
「……っ、俺は――」
　口を開きかけた俺を利樹は静かに制して。
　俺の肩をぽん、と叩いて言う。
「まー、胸に手でも当ててさ。1回ちゃんと考えてみれば？」
　なんで利樹なんかに言われなきゃなんねーの、と文句の1つでも言ってやりたいのに。
　意に反して、俺の口からはなんの言葉も出てこない。
　利樹は、用は済んだ、とばかりにひらひらと手を振りながら教室へ戻っていく。
「あとから後悔しても遅いんだからさ」
　その途中で利樹が呟いた声は、俺には聞こえなかった。
　――結局、飲み物を買うという当初の目的はすっかり頭から抜け落ちて、そのまま教室に戻ったのだった。

　翌日の帰りのホームルームのあと。
　余計なことを考えていると気が散るから早く家に帰りた

くて、早々に教室を出る準備をする。
　余計なこととは──ようするに、昨日利樹に言われたことで。
　モヤモヤした気持ちを抱えながら、足早に教室を出ると。
「待って、みっくん‼」
「は……おまえ、なんで」
　教室のドアのそばに立っていたひまりが、俺を呼び止めた。
　だいたい、なんでこのタイミングなわけ。
　おまえの顔を見ると、嫌でも利樹に言われたことを思い出す。
　ついでに浅野の顔まで浮かんで、気分は最悪。
「あの、みっくんに用があって……」
　ひまりが自分のカバンから何かを探す。
「なに」
　俺が素っ気なく問えば、ひまりはふわりと笑った。
　ドキリ、と高鳴った胸には気づかないふりをする。
「あのね、体育祭の日にみっくんが絆創膏くれたでしょ？」
　だからこれ、とひまりが差し出したのは。
「……え」
　目が点になる。
　本気でばかじゃねーの、こいつ。
「あのときは、ありがとう、みっくん」
　柔らかい声が落ちてきて、まずい、と思った。
　ひまりが手渡してきたのは、箱に入った15枚入りの絆

創膏。
　ばかじゃねーの、と再度思う。
　俺があげたのは、たった１枚だけだったのに。
　箱に視線を落とせば、油性ペンで明らかにひまりの筆跡で、"みっくんありがとう!!"なんて書かれていて。
「っ……」
　──ばかかわいい。
　たった１枚あげたのを返すのに、箱で買うどこかずれた行動も。
　小学生みたいに手書きメッセージを添えてくるのも。
　それを全部、素でやってくるところも。
　──なあ、何かわいいことしてくれてるわけ？
　誰にでもするわけ？
　だよな、ひまりは浅野にだって、利樹にだって、きっと同じことをする。
　だから、おまえなんか、嫌いだったのに。
「なんなの、おまえ……」
　掠れた声で、ぽつりとこぼせば。
　ひまりは屈託のない笑顔を俺に向ける。
「みっくんのことが大好き、なんだよ」
「……っ」
　心臓にぐさりとくる。
　あぁ、もう、どうしようもない。
「……あ、えっと！　幼なじみとして！　ねっ！」
　──俺の完敗だ。

利樹にはしばらく顔向けできないな、これは。
　認めたくなかった。認めたくない。
　——認めたくないけれど、どうやら俺は、"幼なじみとして"と言われて不服なほどには、こいつのことが好きらしい。
「俺、もう帰るけど」
「えっ。そっか……じゃあ、またね？」
　ばいばい、と小さく手を振ったひまりは自覚した瞬間に、呆れるほどかわいくて。
　自分がどれほどまでに膨大な気持ちを隠してきたのかを思い知らされた。
　それを利樹に先に指摘されたのは、やっぱりどうにも納得いかないけれど。
　はぁ、とため息をついて高い空を見上げた。
「俺が、ひまりを、か……」
　答えはあまりにも単純で、今までどうして気づかなかったんだろうとため息をつく。
　ひまりのことが、誰よりもいちばん好きで、大切だったってこと。
　きっと、もうずっと前から、その恋ははじまっていたのに……。

惚れたほうの負け＊光希side

　秋もすっかり深まって、とうとう文化祭の準備がはじまった。
「おい、普通おまえが王子役だろ!?」
「普通ってなんなんだよ」
　耳元でうるさいのは、もちろん利樹。
　うちの高校の文化祭は、クジでクラスの出し物が決まる。
　といっても、細かく指定されるわけじゃなくて、舞台発表か、構内展示か、模擬店か……という大枠を振り分けられるだけだけど。
　俺ら、1年8組の出し物は舞台発表に決まり。
　それからホームルームでの多数決で劇をすることに。
　その後、演劇部の女子の提案で、演目はベタに白雪姫に決まった。
　白雪姫、とひとくちに言っても台本はオリジナルで、かなりパロディ要素も組み込んでいくことになっている。
　そして、つい先ほど配役が決定したんだけど――。
「俺なんか小人だし！」
「いいじゃん、似合ってるって」
　小人なんかやだ、なんて駄々をこねる利樹を、似合ってると一蹴する。
　すると利樹は、不服そうに口を開いた。
「まー、100歩？　いや1000歩ぐらい譲って俺が小人でも

いいとしてさ。なんで、おまえは出演者じゃねーわけ!?」
　きっ、と俺を睨みつける利樹。
　そう、俺は舞台には乗らない裏方だ。
　いわゆる大道具係ってやつ。
「別に俺、そーいうの好きじゃないし」
　あんま目立ちたくないし、衣装を着るのもごめんだ。
　だから、なぜか俺を王子役に推薦してきたクラスメイトを断って裏方に立候補したわけで。
「くっそ……。俺がおまえだったら絶対に王子役やってたのに」
「残念だったな」
　ばっさりと言いきると、利樹はジトッとした視線を俺によこす。
　すると、俺のスマホの着信音が鳴った。
　誰からかを確認して、タップして電話に出る。
　そして、ひとことふたこと話して──。
　電話を切ったばかりのスマホを片手に、利樹に言った。
「ごめん、ちょっと行ってくる」
「はいはい、また女泣かせの時間ですかー」
　利樹の言葉に肩をすくめて教室を出た。

　利樹の言葉はあながち間違ってはいない。
　人気の少ない、階段の踊り場。
　俺がついたとき、相手はすでにそこで待っていた。
「ごめん、待たせた?」

いろんな意味を込めて"ごめん"と前置いて、相手とちゃんと向き合う。
　ショートボブで、大人しそうな料理部の女子。
　俺が見境なく告白を受け入れて、付き合ってきた女子のうちの１人だ。
「ううん、そんなに待ってないよ！　っていうか、光希くんから呼び出すなんて珍しいね？」
　うれしそうに首をかしげる様子に、罪悪感が湧く。
　だけど、もう引き返せない。
「あのさ、話があるんだ」
　真剣で低めのトーンの俺の声に、相手はびくりと肩を揺らした。
「ごめん、もう終わりにしたい」
「……え……」
「別れてほしい」
　告げたのは、残酷な別れの言葉。
　きっと、その相手を傷つけるとわかっていても、俺が前に進むために必要だから。
　ただの自分勝手な宣言で。
「っな、なんで!?」
　涙を目に溜めて声を荒らげたその子に、俺にはもう、かけてあげられる優しい言葉は残っていない。
「なんで、いきなりそんなことっ……。光希くん、彼女なんていっぱいいるんでしょ!?」
　こうやって声を荒らげられるたびに、涙を見るたびに、

俺って本当に何もわかってなかったんだってことに気づかされて。
「ごめん。……みんな、全部、終わりにしたいと思ってる」
「……私、たった1人の特別な彼女になれなくても、それでも……」
　ほろりと涙の粒が落ちて。
「光希くんのこと、好きだったのに」
　――これで何人目だろう。
　ひまりへの想いを自覚してから俺は、けじめをつけるために中途半端に付き合ってきた、数々の女子との関係を終わらせているところで。
　そのたびに涙を見るのも、もう何度目かわからない。
　利樹の言う、"女泣かせ"はまさにその言葉のとおりで。
「ごめん」
「理由……教えてくれなきゃ、わからないよ」
　今まで知らなかった。
　告白されて、まんざらでもなくて、断る理由が見つからなかったから誰とでも同じように付き合ってきた。
　だけど、違ったんだって。
　彼女たちが伝えてきた"好き"は俺が思っていたよりも、ずっと大きくて重たい気持ちで、俺はずっと気づかないままに蔑ろにしてきた。
　ひまりのことが好きだと気づいて初めて知った。
　人を"好き"になる気持ちは、こんなに重くて大きいものだったんだと。

「……好きな人がいる」
 はっきりと、俺の口が紡いだ言葉。
「それって、そんなに大切な人？」
 聞き返されて、ふとひまりの姿を思い浮かべた。
「もう家族も同然で。だけど、俺のせいで疎遠になってて。……最近気づいたんだ。誰よりも大切で、誰にも渡したくなくて、そいつのことが好きだったってことに」
 流れるように言ってから、ハッと気づいて口を閉じた。
 やばい、絶対余計なこと言った。
 穴があったら入りたいほど恥ずかしいし、照れくさい。
「……そっか、光希くんがそんなに言うってことは、私なんかに勝ち目はないね」
 涙目で切なげに微笑んだ彼女は、
「今まで、ありがとう」
 頭を下げてそう言って。
 俺も頭を下げた。
 できるだけ深く。
「ごめん、ありがとう」
 俺がそう言うと、その子はくるりと後ろを向いて、手の甲で涙を拭いながら階段を駆け下りていった。
 正直、こうやって誰かを傷つけ続けるのは心苦しい——けれど。
 ひまりに惚れてしまったから。
 惚れたほうが負けなんだ。
 あいつに好きだと伝えるために、そして誰にも渡さない

ためには、まずは自分のことにけじめをつけなくちゃならなかった。

それくらいは、今までのばかだった自分への罰として、甘んじて受けようと思う。

――その日の放課後。

俺は、また待ち合わせをしていた。

今度は屋上。

吹き抜ける風が少し肌寒くて、季節の移り変わりを感じる。

「――みっくんっ」

「え？」

ぼんやりとしていると、突然耳元で呼ばれて心臓がドキリと跳ねた。

だって、そんな呼び方をするのは――。

でも、この声は、違う。

戸惑いつつ振り返ると。

「……藤宮？」

困惑気味に俺が声をかけたのは、ひまりじゃない。

自分で呼び出しておきながら、そんなふうに思うのはおかしいけれど。

それは間違いなく呼び方のせいだと思う。

「ごめん、ほんの出来心なの」

悪びれずに笑った藤宮に、ただただ戸惑うことしかできなくて。

「なんで……」
「光希とひまりちゃんって、幼なじみなんだよね」
　藤宮の言葉に、目を見開く。
　どこでそれを。
「浅野くんとひまりちゃんの会話、聞いちゃって。それで、ひまりちゃんにも直接聞いたの」
「そっか」
　俺は頷いて、でも、と口を開く。
「悪いけどさ、もうこれからその呼び方で呼ばないで」
　藤宮は目を丸くして。
「"みっくん"って呼ぶのはあいつ1人で十分」
　藤宮の姿をまっすぐに捉えて言葉を続ける。
「これから先、誰にも呼ばれる気はないし、呼ばせるつもりもないから」
　今まであいつ以外に"みっくん"と呼ばれたくなかった理由を自分が発した言葉で理解した。
　あいつに呼ばれるその呼び名を、知らず知らずのうちに"特別"にしていたんだと。
　そんな俺の言葉を受けて、
「ふふっ」
　藤宮はおかしそうに口元を緩めた。
「大丈夫だよ。ちょっとだけ、光希を試してみたかっただけだもの」
　藤宮は、どこか楽しそうに空を仰ぎ見ながら微笑んで。
「光希が、彼女にしてた女の子たちのことを立て続けに振っ

てるってウワサで聞いたからね、私はいつなんだろうって思ってたよ」
　藤宮の言葉を聞いて、あぁ、"楽しそう"は建て前だったんだということに気がついた。
「もしかしたら私が本命で、だから他の子たちを振ってくれてるのかなあ、なんてポジティブに考えてみたりもしたけどね」
「……」
「今日光希から、呼び出されて、やっぱり違ったんだーって、ショックだったな」
　藤宮が空から視線を下ろして、俺の目をじっと見つめる。
「ね、いつ気づいたの？　ひまりちゃんのこと、恋愛感情で好きだって」
　度肝を抜かれる、というべきか。
　さすが、というべきか。
　……藤宮、気づいてたのか。
「体育祭が終わって少ししたくらい。結構、最近」
　正直に答えると、藤宮は目を細めて、
「あれ、思ってたより遅かったね」
　なんて言う。
「私は最初からわかってたよ」
「最初からって……」
　藤宮が何を言い出そうとしているのか、皆目見当もつかずに呆然とする俺に、藤宮は諭すように話しはじめる。
「光希に出会ったころから気づいてたよ。光希って、ひま

りちゃんのこと好きなんじゃないかなって」
　藤宮は思い返すように目を伏せる。
「だって光希って、ひまりちゃんが絡むとすごく不機嫌になるでしょ？　それも、男の子絡みだったり、ひまりちゃんが光希くんの恋愛を応援したりしたとき」
「……っ」
「ひまりちゃんも光希も鈍感だからね。光希は、ひまりちゃんのこと"嫌い"だって勘違いしてたみたいだけど、私は薄々気づいてたんだ」
「光希の、ひまりちゃんに対するイライラや怒りは、ひまりちゃん自身に対するわけじゃなくて。ひまりちゃんの他の男の子たちに対する無防備さだったり、ひまりちゃんが光希の恋愛を無邪気に応援したり、恋愛感情があるわけじゃないのに『好き』なんて言ってくる無神経さに対してなんじゃないかなって」
　改めて指摘されて、そのとおりだと思った。
「さすがに、2人が幼なじみだとは知らなかったけど。だけど、光希がひまりちゃんを想ってるってことは最初の最初から筒抜けだったよ」
　藤宮は切なげに微笑んで。
「だからって、私も諦めたくなかったんだ。だから、光希に告白した。絶対振られるって思ってたのに、なぜか彼女になれちゃったし、もしかしてチャンスなんじゃないの？って思ったりもしたんだよ。……結局ダメだったけどね」

俺が口を開こうとすると、藤宮が遮る。
「光希が何を言おうとしてるか、わかるよ。だけど私だって好きな人に振られるのはつらいから」
　だから、
「私から、言わせてほしいな」
　俺は、こくりと頷いて。
　すると藤宮は、ふわりと微笑んだ。
「今までありがとう。もう、終わりにしよっか」
「……ありがとう」
　ごめん、と言いかけた言葉は飲み込んで。
　頭を下げた。
　数秒ほど沈黙が続いて。
　そのあとに。
「もうっ！　せっかく私から終わりにしてあげたんだから、顔上げて？」
　藤宮の明るい声につられて、顔を上げた。
「暗い顔は光希には似合わないよ」
　そう言われて、俺はやっと肩の力を抜いた。
　そんな俺を見て、藤宮はくす、と笑う。
「これからは、友達、ね！」
　そう言って手を差し出した藤宮の手を握って、友情のはじまりの握手を交わす。
「そういえば、光希って意外とわかりやすいよね」
「はぁ？」
　藤宮に首をかしげると。

第2章 "甘さ"は"苦さ"を溶かすほど ≫ 243

「みっくん、って呼ぶだけであんな顔するなんて思わなかった」
　くすくす、と笑われていたたまれなくなる。
　どんな顔してたんだか、俺。
「ほんとにひまりちゃんのこと好きなんだね」
　しまいにはそんなことまで言われてしまう。
　思わず顔をしかめると。
　藤宮が何かを企（たくら）むように口角を上げて、口を開いた。
「そういえば、文化祭。私たちのクラス、メイドカフェするんだよね」
　もちろんひまりちゃんもねっ、と耳打ちしてくる藤宮。
　思わずひまりのメイド姿を想像した俺に水を差すように藤宮はまたもや口を開いて。
「けじめをつけるのも大事だけど、あんまりもたもたしてたら他の男の子にかっ攫（さら）われちゃうよ〜？　例えば、浅野くんとか」
　ぐ、と息が詰まって思わずむせ返りそうになる。
　俺の導火線に、ちゃっかり着火だけして、藤宮は軽やかな足取りで屋上を去っていった。

　——それから少しして、文化祭まであと５日になった。
　校内もどんどんお祭りモードに染まってきている。
　放課後、教室では劇の練習が行われる中、俺を含め大道具係は廊下でセットの作成に取りかかっていた。
「ちょっ、光希、ダンボール足んねーんだけど！」

「なー、俺ら今忙しーから取ってきてくんね？」
　呼びかけられて、作業の様子を見回した。
　たしかに、他のヤツらは手が離せなさそうで。
　はぁ、とため息をついて腰を上げた。
「わかった、行ってくる」
　俺がそう言うと、
「サンキュ！」
「まじ助かる〜」
　素直にお礼の言葉が返ってきて。
　たまにはパシリも悪くないか、と思いながらダンボールなどが収納された倉庫へと向かった。
　しばらくしてついた倉庫の中には先客がいて。
　高い位置にあるダンボールを背伸びをして取ろうとしているんだけど、届きそうもない。
　……チビのくせに。
　心の中で呟いて、そいつに後ろから声をかけた。
「何してんの？」
　俺の声に、びく、と反応してこっちを振り向いて。
「えっ、みっくん？」
　ひまりは驚いた様子で、ぱちぱちと瞬きを繰り返している。
　そう、先客とはひまりのことで。
　ひまりは困ったように眉を下げて口を開いた。
「えっと、クラスの子たちにダンボール頼まれたんだけどね、いちばん上まで届かなくって……」

えへへ、と照れ笑いするひまり。
　どうせ、そんなことだろうと思った。
「ほんと、ちっせーよな昔から」
　思ったままに口にすると、ひまりはムッとして頬を膨らませて。
　別に、ばかにしてるわけじゃないのに。
　小柄なところも、そうやって頬を膨らませる仕草も、むしろかわいい……なんて言えるはずもないけれど。
「で、どれ？」
　そんな自分の甘ったるい感情を追い払うように、ひまりに首をかしげた。
「え？」
「だから、取ってやるっつってんの」
　ダンボールを指さしながらそう言うと、ひまりはうれしそうに顔を綻ばせた。
「えぇっとね、あのオレンジのと、その下の大きなスイカの絵が描いてあるのがいいな」
　ひまりが必死に背伸びしても届かない位置でも、俺なら余裕で届く。
　ひまりに言われたダンボールを取って、手渡した。
「助かった〜！　みっくん、ほんとにありがとうっ！」
　満面の笑みを向けられて、思わず俺は固まった。
　あー、うるさい。
　俺の心臓の音。
「っ、ばかじゃねーの」

誤魔化すように言ってから、気づく。
　あぁ、なんで俺、こんなことしか言えないんだろ。
　ひまりにはいっつも、冷たい言葉しかかけられない。
　——後悔したのも束の間。
「……みっくんは、クラスの劇、出るの？」
　遠慮がちに尋ねてきたひまり。
　……ひまりはたぶん、俺にだいぶ気を遣っているんだと思う。
　それは、きっと、俺が一度冷たく拒絶してしまったせいで。
　あまり自分から話しかけてこなくなった。
　それから最近は、以前あんなにぽんぽん投げかけられていた『好き』も聞いていない。
　それが寂しい、なんて俺には言う権利もないけれど。
　だって、そうしてしまったのは俺だから。
「出ないよ」
　関係を修復したい、と思うものの、勇気が出ないまま先延ばしにしている毎日で。
「そっかあ、残念」
　そう言って、じゃあね、と倉庫を出ようとしたひまりの腕をとっさに掴んだ。
「え……っと、みっくん？」
　きょとん、とするひまりの目を見つめる。
　きっと今、ドギマギしているのは俺だけで。
　きっとひまりは、何も思ってもいない。

「メイドカフェ、だっけ?」
「え……」
　言葉にしないでも、見つめた瞳から気持ちが伝わればいいのに。
　それで、おまえも同じ気持ちになってくれればいいのに、なんて思いながらひまりに言葉を投げかける。
「おまえのクラス」
「あ……うん、そうだよ?」
　不思議そうにしながら、ひまりが頷く。
「すんの?　メイドのかっこ、おまえも」
「えっ、や、うん……。女の子はみんなするから」
　ふぅん、と頷いて。
　それなら、と口を開く。
　──惚れたほうの負け。
　それならここで勝負を仕かけよう。
　ほら、"負けるが勝ち"って言うじゃん?
「俺、おまえのクラス行くから」
「えっ!?　なんでっ」
　戸惑うひまりをじっと見つめる。
「なんでもいいだろ」
「え、やだ、恥ずかしいから見せたくないのに……!!」
　身を引こうとするひまりを捕まえて。
「絶対、逃げんなよ」
　──俺の勝負は、ここからだ。

恋するメイドの文化祭

「ねぇっ、夏奈ちゃん、ほんとにこれ着るの……？」
「今さら何を言ってんのよ。似合ってるんだから早く着替えてきなって！」
　ぐいぐいと、更衣室に押し込まれ。
　もうあとに引けない状態に追いやられる。
　はぁ、とため息をついて、腕の中の衣装に目をやった。
「うっ……」
　フリルとレースがたっぷりあしらわれた、ハンドメイド部の子特製のメイド服。
　学校の規定ぎりぎりのミニスカートで、眺める分にはとってもかわいい。
　だからって……。これ、本当に着るの？
　そう首をかしげたくなるのも当然だと思う。
「あっ、もうすぐ時間だからね？　早く着替えてよ〜」
　カーテンの向こうから夏奈ちゃんの声がして。
　しぶしぶ着替えはじめる。
　せめて、夏奈ちゃんみたいに着こなせたらいいのに。
　憂鬱(ゆううつ)な気持ちを抱えながら、ひらひらの袖(そで)に腕を通した。

「やっぱり無理だよ〜っ」
「ほら、ひまり、早く教室入らなきゃ！　かわいいんだから自信持ちなって」

しぶしぶながら着替え終えた私は、夏奈ちゃんに引っ張られて教室の前まで来た。
　いつまでもぐずぐずしている私の背中を夏奈ちゃんがぽん、と押して。
　油断していた私は、その拍子に教室の中へと入ってしまった。
「うわああっ、ひまりちゃんかわいすぎ！」
「花岡、レベルたけーな……」
「これはやばいよね」
　待ち構えていたように、ざわめく教室。
　え、え。
　何がなんだかわからなくて、きょとんとしていることしかできないけれど……。
　そんな私のもとに、衣装を作ってくれた女の子が歩み寄ってきた。
　そして、私の頭に何かをつける。
「よしっ、これで完璧っ！」
「……ほんとに、コレ大丈夫なの？」
　私の怪訝な表情もお構いなく、その子はバッチリ、とでも言わんばかりに満面の笑みでＯＫサインをした。
　私の頭の上につけられたのは、ふわっふわの黒いネコ耳。
　そして、着たばかりのメイド服のスカートの後ろからはネコのしっぽが上へ伸びている。
　そう、我がクラスの模擬店は、ただのメイドカフェではなく"アニマルメイドカフェ"。

夏奈ちゃんは、クラスで最初にその案が出たときは、いかがわしい、と一蹴していたんだよね。
　だけど、準備が進んでいくうちにノリノリになってきて。
　今ではもう、実行委員ばりの力の入りようだ。
　そんな夏奈ちゃんの頭からは白ウサギの耳がぴょこん、と生えている。
　もともとスタイルがいい夏奈ちゃんはメイド服だってバッチリ着こなしているけれど、そんな夏奈ちゃんのうさ耳もギャップでこれまた大反響。
「……せめて、夏奈ちゃんみたいだったらなぁ」
　着替えるときにも思ったことを、ぽつり、と呟くと。
　夏奈ちゃんが私の肩をぽん、と叩いた。
「だから、自信持ちなって言ってるじゃん！　すっごくかわいいんだから！　……それに、棚橋くんも来てくれるんでしょ？」
　今日はもう、文化祭当日。
　──そう、じつは５日前。
『俺、おまえのクラス行くから』
　クラスの作業でダンボールを取りに行って、偶然そこに現れたみっくんに助けてもらったあと。
　なぜかみっくんに、うちのクラスの模擬店に来る宣言をされたんだ。
　たしかに、避けられるよりはずっといいかもしれないけど……。
「このかっこをしてるのを見られるなんて、恥ずかしすぎ

て倒れそう……！」
　へたりとその場にしゃがみ込む。
　ほんとにダメ。
　衣装がかわいいから余計に、似合ってないと思われると悲しい。
　……でも。
　最近、みっくんが優しくなったような気がする。
　優しくなったっていうか、昔みたいに戻ったって言うほうが正しいかな。
　少し前は私とは口さえもきいてくれなかったけれど、最近はみっくんから話しかけてくれたりする。
　それは、他の人にすれば大したことないかもしれないけれど、私にとってはすごくうれしいことなの。
「ひまりちゃーんっ!!　もうすぐはじまるから来て〜！」
　悶々としている私を、クラスメイトの女の子が呼んで。
　みっくんが来てくれることに、うれしい反面見られたくないという複雑な気持ちを抱えながら自分の持ち場へと向かった。

　教室に今日限定で特別に設置したミニ冷蔵庫の中を確認する。
　中にずらりと並んでいるのは、学校の近くにあるパティスリーの色とりどりのケーキ。
　じつは、私たちの模擬店では、コーヒーやパフェ、パンケーキはその場で準備するんだけど、ケーキはそのパティ

スリーと交渉して準備してもらうことになったの。
　ショートケーキに、つやつやのチョコレートタルト、紅茶のシフォンケーキ。
　冷蔵庫を覗き込みながら、思わずごくりと喉を鳴らした。
　おいしそう。食べちゃいたい。
　そんな誘惑を、頭を振って追いやる。
「ひまりちゃん、なに見てるの？」
　そう言って後ろから覗き込んできたのは、香音ちゃんだった。
　そんな香音ちゃんの頭からは、ヒツジの耳がぴょこんと生えている。
　……か、かわいい。
「えへへ、ケーキおいしそうだなーって」
「これ全部、ひまりちゃんのセレクトだもんね〜。たしかにおいしそう！」
　そう、ここに並んでいるケーキを選んだのは、何を隠そう私で。
　夏奈ちゃんの推薦で、その役目を任されることになったんだけど、スイーツ好きとしては願ったり叶ったりだった。
　——ふと冷蔵庫の隅のほうにある、コーヒー味のティラミスが目に入る。
　"いちばん苦い"のは、と店員さんに尋ねて取り入れたもの。
　甘ったるいのが好きな私とは無縁なケーキだけど。
　……本当はきっと、浮かれているのは私のほうだ。

みっくんの口に合いそうなメニューを準備して、喜んでくれたらいいな、なんて想像したりして。
　はやる気持ちを落ち着かせようと、ふーっと息をつきながら立ち上がれば、まだそこにいた香音ちゃんとばちり、と目が合った。
「あ……」
　夢から醒めるように、むくむくと湧いてきたのは香音ちゃんへの罪悪感。
　香音ちゃんは、みっくんが好きで、みっくんの彼女で。
　スタート地点に立った時点で、私のほうがはるかに遅れていたのに。
『応援する』なんて、言ったのに。
　——ずるいことをしている自覚はあるんだ。
　真っ先に諦めないといけないのは、私のほうで。
　それができないなら、真っ先に香音ちゃんに謝るべきだったんだ。
　だけど、せっかく仲よくなれた香音ちゃんに嫌われたらと思うと、怖くて言い出せずに逃げていた。
「……ひまりちゃん？」
　何も言わない私を不思議に思った香音ちゃんが首をかしげる。
　——ずるいから、ずっと黙ってた。
　でも、私、きっと、初めに思っていたよりずっとみっくんのことが好きで。
　想いは溢れるばかりで止まらなくて、もう幼なじみなん

かじゃ全然足りなくて。
　みっくんの彼女になりたい。
　みっくんのそばにいたい。
　いつの間にか、ずっと考えていた。
「香音ちゃん……あのね」
　そのたびちくりと胸を刺すのは香音ちゃんへの罪悪感で、『応援する』って言ってしまったから、ずっと香音ちゃんの前では堂々とできなかった。
　でも、私だって頑張りたいよ。そのためには、まず香音ちゃんと同じ位置に立ちたくて──。
「あのね、私も……私も、みっくんのことが好きなんだ」
「うん」
　香音ちゃんの目をまっすぐ見つめる。
「香音ちゃんはみっくんの彼女なのに、『応援する』って言ったのに、ごめんなさい。ずっと、黙っててごめんなさい！ だけど、私もみっくんの特別になりたくて、頑張りたいから……っ」
　頭を下げながら、一気に言い終えた。
　香音ちゃんはしばらく黙ったままで、その沈黙に不安に襲われる。
　やっぱり、こんなの許されないよね……と思ったとき、
「……んふふっ」
　香音ちゃんの小さく笑う声が頭上から降ってきて、反射的に顔を上げた。
　怒られても、嫌われても仕方ないって思っていたのに、

香音ちゃんの表情は優しい笑顔で。
　瞳をぱちくりとさせた私に、香音ちゃんが口を開く。
「頭なんか下げないで？　光希のこと好きになるな、なんて言わないよ。だって、誰かのことを好きになるなんて自由でしょ？」
「香音ちゃん……」
「私、なんとなくわかってたから。ひまりちゃんが、いつか光希のことを好きになるって」
　それには思わずぎょっとする。
　私ってそんなにわかりやすいかな？
　それに、と香音ちゃんが続けたのは、あまりにも衝撃的な事実で。
「私、もう光希の彼女じゃないよ。この前振られちゃった」
「えっ!?」
　さらっと告げられた事実に、思わず耳を疑う。
「……まぁ、まだ私は諦めきれてないんだけど。それでも、まあまあ吹っ切れてきたところなんだ」
「……っ」
　言葉が出てこない。
　振られちゃった……？
　あの、誰を振ったこともないみっくんが、香音ちゃんを？
　わけがわからなくて、目の前がチカチカとする。
「私はもうダメだけど……だから、ひまりちゃんのこと、少なからず応援したいなって思ってるよ」
「……っ」

「私のほうこそ、ごめんね。私のせいで、ひまりちゃんにいっぱい遠慮させちゃってたね」
「ううん、そんなことないよっ」
　優しすぎる香音ちゃんの言葉に、ぶんぶんと首を横に振れば、香音ちゃんはふっ、と口角を上げて。
　つられて私も微笑んだ。
「これからもよろしくねっ」
　香音ちゃんが右手を差し出して、私はその手をぎゅっと握った。

「ひまりちゃん指名入りました〜っ！」
「わっ!!　今行くねっ」
　文化祭が幕を開けて、数時間。
　私たちのクラスは予想を上回る大盛況で。
　他クラスや他校生のお客さんがひっきりなしに訪れてくれている。
「ひまり、大人気じゃん！」
「き、気のせいじゃないかな……？」
　夏奈ちゃんに冷やかされて慌てて首を振った。
　はじまる前は不安でいっぱいだったけど、こんな私でもさっきから立て続けにオーダーされていて。
　少し緊張もほぐれてきたところだった。
「でも気をつけなよ？」
「ほぇ？」
　夏奈ちゃんが心配そうに首をかしげたけれど、私にはな

んのことかわからなくて。
　そんな私の様子に夏奈ちゃんははぁ、とため息をこぼす。
「優しそうに見えても、じつは取って食おうとしてるヤツらもいるんだから気をつけてってこと！」
　ひまり鈍いから心配だわ、と夏奈ちゃんは肩をすくめた。
「う……うん？　心配してくれるのはうれしいけど、大丈夫だと思うよ」
　心配ないよ、と伝えたけれど。
　夏奈ちゃんはまだどこか不満げ。
「あっ、私呼ばれてるから行ってくるねっ！」
　とりあえず今は仕事に集中しなきゃ。
　オーダーをメモするためのバインダーを手に取って、呼ばれたほうへと駆け寄った。

　それからも模擬店は順調に回転していて。
　さらに数十分がたった。
　そう、さっきまではなんの問題もなく順調だった、はずなのに……。
「ね、今から俺と抜けていいことしない？」
「あ、あの……」
「遠慮しなくていーのに！　キミかわいいし、気に入っちゃったんだよね」
「今、当番なので……」
「それって、どれくらいまでなの？　俺、全然待つよ」
　ど、どうしよう。

困ったな……。
　コーヒーを運んで戻ろうとした私を引き止めたのは、明るい茶髪の知らない男の子。
　耳にはピアスをいくつかつけていて、チャラチャラした感じの人。
　見た目だけで、本当は悪い人じゃないのかもしれないけど、どうしても怯えてしまうし、体が竦む。
「あの、ごめんなさ――」
「ん？　いいよね、俺、離すつもりないよ」
　腕をガシッと掴まれて、びくんっと肩が揺れた。
　どうしよう、怖い。
　逃げようと身をよじっても、全然力が敵わなくて。
　誰か気づいて、とあたりを見回しても、みんな忙しそうで誰もこちらを見てはいない。
「ね、誰も見てないうちに抜け出そ？」
　耳元でささやかれて、ぞわぞわっと悪寒のような何かが背筋を這い上がってきた。
「やっ……！」
　思わず振り払うように腕を強く動かしたけれど、振り払えるわけもなく。
　むしろ余計に煽ってしまったようで。
「抵抗したって無駄だと思うけど？」
　私の腕を掴んでいるほうとは逆の手の指先が、フリルのスカートの裾にかかる。
　やだっ、怖い……っ！

じわりと涙がにじんで体がこわばって、なす術もなくぎゅっと目を閉じた。
　　恐怖心から足が震えた、そのとき。
「なあ、何してるの？」
　　氷のような声が、その場を制した。
　　おそるおそる、まぶたを持ち上げる。
「べ、別に……」
　　言いよどむ男の子と私の間に立ちふさがったのは、バトラーの服装をした翔太くんだった。
　　助けが来てくれたことに安心して、力がふっと抜ける。
「それ、普通に犯罪だからね？」
　　翔太くんが、私のスカートの裾にかけられた指を差して力強く言う。
「チッ……勝手に言ってろよバーカ!!」
　　男の子はパッと手を離したかと思えば、一瞬のうちに走り去っていった。
　　私はといえば、呆然と立ち尽くしていて。
　　そんな私の顔を翔太くんが覗き込む。
「ひまりちゃん、大丈夫？」
　　翔太くんが心配そうに目を細める。
　　本当はまだ全然大丈夫じゃない、けれど。
「大丈夫！　助けてくれて、ありがとう……」
　　そう言うと、翔太くんは困ったように微笑んで。
「全然大丈夫じゃないよね？　……ごめん、早く気づけなくて」

翔太くんのせいじゃないのに。
　だけど、なんと言ったらいいのかもわからなくて、沈黙が流れる。
　そんな私たちの沈黙を破ったのは、後ろから現れた香音ちゃんだった。
「あれ、２人ともどうしたの？　ひまりちゃん、なんだか顔色よくないし……」
　そんなふうに私たちを心配する香音ちゃんに、翔太くんが応える。
「藤宮、何か用だった？」
　翔太くんの問いに香音ちゃんはぽん、と手を打つ。
「そうそう！　浅野くんにお願いがあってねっ？」
　その言葉に、翔太くんも私も首をかしげた。
「ちょっとお客さんが減ってきたから呼び込み行ってほしいな〜って！　浅野くんが呼び込んでくれたら女の子いっぱい来てくれそうだし！」
　呼び込みかぁ。
　たしかに、人気者の翔太くんが声をかければたくさんのお客さんが集まってくれそうだ。
　納得して翔太くんを見送ろうとしたとき、香音ちゃんがふと思いついたように目を輝かせた。
「そうだ！　ひまりちゃんも一緒に行ってきたらどう？　息抜きにもなると思うし！」
　２人だと集客も倍になりそうだし！と満面の笑みで提案する香音ちゃん。

「えっ……、私もいいの？」
　たしかに、その提案は今の私にはありがたい。
　正直に言うと、さっきの一件で体力も気力も使い果たしてしまっていたから。
　だけど、私がついて回って迷惑じゃないかな……と翔太くんに遠慮する気持ちもあって。
　そんな私の心情を察知してか、翔太くんはふ、と口角を上げた。
「いいじゃん、一緒に行こーよ」
「い、いいの？」
　翔太くんって、神様か何かなのかな？
　助けてくれたり、こうやって優しくしてくれたり。
「ん、俺にとってもすげぇラッキーだし」
　屈託のない笑みを浮かべた翔太くんに香音ちゃんがはいっ、と手渡したのは、持ち歩いて宣伝する用の大きな看板。
　遠くからでも目立つように、派手すぎるくらいフリフリに作られたそれを、翔太くんが肩に担いで。
「じゃ、行こっか」
　教室を出ながら手招きする翔太くんにワンテンポ遅れてあとを追いかけた私は、走って隣に駆け寄った。

　わいわいと、にぎやかな声で溢れる廊下。
　模擬店と化した教室が並ぶそこには、おいしそうな匂いが立ち込めていて。

まさに非日常そのもの。
「ひゃーっ、浅野くんのバトラーとか目の保養すぎる！」
「写真撮りたい、毎日眺められる～っ」
　　そんな中、廊下のど真ん中を歩く私たちを取り囲む歓声も普段じゃ考えられないほど。
　　もちろん、すべて翔太くんに向けられたものだけどね。
　　次から次へと近づいてくる女の子たちへの、翔太くんの対応もさすがで。
「似合ってる？　ありがと。あ、よかったら8組のカフェ来てよ」
　　さらりとかわしつつ、自然な流れで宣伝しながら歩いていく。
「あ、花岡ちゃんじゃん？　メイド服かわいーっ！」
「あ、えっと、ありがとうございます……！　あの、よかったら8組で――」
　　見よう見まねで宣伝しようとしてみるも、もともと人見知りな私はなかなか上手くいかない。
　　近寄ってきた他クラスの男の子は、宣伝し終える前に去っていってしまった。
　　上手くいかなくて落ち込んだ気持ちを代弁するように、ふぅ、と唇から息が漏れる。
　　――とほぼ同時に、まわりを囲んでいた女の子たちから上手く逃げた翔太くんが私を振り返った。
「せっかくだしさ、何か食べていかない？」
「っ！」

我ながら単純。
　顔が、ぱあっと明るくなったのが自分でもわかった。
「食べたいものとかある？」
　翔太くんの質問に、少し考える。
　みっくんのクラスは模擬店じゃなくて劇だし、聞いた話によると、みっくんは出演しないみたいだし……。
　私にはこれといってお目当てのものがあるわけじゃなくて。
「うーん……とくに何も考えてなかったから、翔太くんにお任せしようかな」
　思案した末にそう言うと、翔太くんはじゃあ、と少し先の教室を指さした。
「クレープとかどう？　甘いの好きでしょ」
「好きっ!!」
　勢いよく言ったあとで、急に恥ずかしくなる。
　クレープは好きだけど、勢いよすぎたかな……と少し反省しながら翔太くんを見上げると、なぜか顔を真っ赤にさせて、手のひらでパタパタと扇いでいた。
「"好き"の破壊力、半端ねー……」
　翔太くんが何か呟いたようにも見えたけど、上手く聞き取れなくて。
「どうしたの？」
　と首をかしげたけれど、
「ううん、なんでもない。じゃ、クレープ食べよっか！」
　そう言って翔太くんは歩き出した。

クレープかぁ……。
　イチゴは絶対においしいし、チョコバナナも外せない。
　何味にしようかなぁ、なんてのんきなことを考えながら翔太くんのあとを追った。

「おいし？」
「おいしいっ、けど、本当によかったの？」
　私の手には、チョコバナナのクレープ。
　３年生のクラスなだけあって、模擬店とは思えないほどのハイクオリティ。
　頬張ったそれは、とってもおいしくてほっぺたが落ちそうなんだけど……。
　じつはこのクレープ、翔太くんが奢ってくれたんだよね。
　遠慮する隙さえないほど、さらっと２人分買ってくれて。
「気にしないで、これくらい男が払うよ」
　にこにこ、とうれしそうな翔太くん。
　そう言ってくれるなら……とお言葉に甘えて、とりあえずクレープを堪能することに。
　本当に幸せ。
　もちもちの生地に、ほどよい甘さのホイップ、バナナ、そしてチョコレートソース。
　甘いものって、食べているだけで幸せになれる。
　もぐもぐとひたすら味わっていると、翔太くんがくす、と笑った。
「……どうしたの？」

思わず聞くと、翔太くんはふわふわの柔らかい笑顔のままで。
「や、ほんとに幸せそうに食うなーって」
　うっ……。
　もしかして、がっつきすぎて幻滅されたのかな、なんて眉を寄せると。
「なに険しい顔してんの？　別に、悪いと思ってないし、むしろ……」
「むしろ……？」
　きょとん、とすると、翔太くんのどこか熱っぽい視線に捕らえられた。
　その視線にドキッとする。
　そんな私に、翔太くんがぼそりと呟いた。
「ほんと……かわいすぎ」
「え……」
　一瞬、空耳なんじゃないかと思った。
　だけど、翔太くんの表情とか、仕草とか──、そしてこの場に流れる空気がうそじゃないことを証明している。
　反応に困り唖然とする私に、ふっと甘ったるい表情を向けて。
　翔太くんが指先を私の口元に近づけて、それから優しく唇の端にとんっ、と触れた。
「……ついてる」
　離れた翔太くんの指には、私の口元についていたホイップクリームが。

ひぇ……っ、恥ずかしい。
　もっと恥ずかしいのは、そのクリームを翔太くんがぺろりと舐めて口に含んだこと。
　恥ずかしくて直視できない……！
　耐えきれなくて、思わず視線を逸らした私。
「ひまりちゃん、俺——」
　そんな私の耳に、翔太くんのいつもより数倍甘くて柔らかい声が入ってくる。
「っ！」
　逸らした視線を戻すと翔太くんとぱちりと視線が重なって、動揺する暇もなく翔太くんの顔が近づいてくる。
　まだ、どこかにクリームが残って……？
　でも、それにしても、
「あの、ちか……っ」
　ちょっと近すぎる気がする。
　それでも距離は近づいてくる一方で、もうあと少しで吐息さえかかるほどで。
　あまりの近さに、ぎゅっとまぶたを閉じて。
　少しでも動けば触れるほどの距離に気配を感じた、その瞬間。
「ひゃあっ……！」
　誰かに後ろ首を掴まれて、ぐいっと力強く引っ張られた。
　勢いあまって倒れそうになったのを、なんとか踏みとどまる。
　な、何が起こったの？

そう不思議に思ったのは束の間、
「何してたわけ？　……目障り」
　私と翔太くんとの間に割って入った、究極に不機嫌な声。
　それだけで、考えていたことも全部吹き飛んで、うれしいって思っちゃうのは。
　——それが、みっくんの声だからで。
「光希？」
　みっくんの背中のうしろに隠すように押しやられた私とみっくんとを見比べて、目を見開いた翔太くん。
　私はというと、唐突すぎるこの状況に目をぱちくりとさせることしかできなくて。
　そんな私をちらりと横目で見たみっくんは、ぐっと眉を寄せて翔太くんに向き直る。
　目を合わせた２人の間にバチッと火花が散ったような気がした。
　……のは、私の気のせいなのかもしれないけれど。
　なんて考えていたらみっくんが口を開いて、
「悪いけど、こいつのこと借りてくから」
　不機嫌なトーンのまま、翔太くんに告げた。
　一瞬意味がわからなかったけれど、みっくんに手を無造作に掴まれて勢いよく引かれて、そこで気づいた。
　"こいつ"って、もしかして私のこと……っ!?
　その間にもみっくんに腕をぐいぐいと引かれながら廊下を突き進んでいく。
「み、みっくん！」

思わず、名前を呼んだけれど、みっくんはこっちを振り向きもしないで、
「何？」
　の一言で。
　不機嫌すぎるその声に、びくっと体が震えた。
　そのまま、一般公開していない在校生以外立ち入り禁止の西校舎の階段を上っていく。
　みっくんの歩くスピードが速すぎて、私はもうほとんど小走り。
「っ、どこ行くの？」
　思わず尋ねた私に、みっくんは即答する。
「どこでもいいだろ」
　……答えになっていないけれど。
　でも、もうそんなの関係ない。
　関係ないって言うよりは、考えられなくて。
　みっくんと繋いだ手から流れてくる脈とか、体温とか、その全部に胸が苦しくなって。
　繋いでいるほうの手がじんじんと熱い。
　どうしてそんなに不機嫌なの、とかどこに行くの、とか聞きたいことはいっぱいあるけれど、もう全部どうでもよくなってきて。
　絡ませた指先に残ったのは、どうしようもなく好きだという想いだけ。
　永遠のように長く、一瞬のように短く感じた時間ののちに、みっくんが急に立ち止まった。

かと思えば、ガラガラッと荒っぽい音を立てて教室の扉を開けた。
　誰もいない、使っていない空き教室。
　戸惑う私の背中を押して、開いた扉の向こうに押し込んで。それからみっくんも入ってくる。
　みっくんが後ろ手に教室の扉を閉めた。
　──つまり、今ここにはみっくんと私の２人だけ。
　意識しはじめると、途端に緊張してきて。
　身を縮こめた私を見下ろして、みっくんが静かに口を開いた。
「……なあ、そのかっこ、何がしたいわけ？」
「……っ」
　みっくんの低い声に、びくりと体が震えた。
　みっくんから、殺気のようなものを感じる。
　どうしてそんなに怒ってるの……っ？
　みっくんの怒りオーラを全面に受けながら、上手く回らない頭で必死に考えた。
　"かっこ"？
　──そうだった。
　さっきから色々なことが立て続けに起こりすぎて、すっかり頭から抜け落ちていたけれど。
　そう、今私が身を包んでいるのは、ありえないほど露出が多いメイド服で。
　さらには、ネコ耳としっぽまで生やしているんだった。
　……絶対にみっくんには見られたくなかったのに。

「に、似合わないのはわかってるの!!　だから、あんまり見ないで……っ」
　あとずさりながらそう言った。
　恥ずかしくて、顔から火が出そう。
　そんな私の姿を頭の上からつま先まで、つっ……と視線でなぞったみっくんは、はぁ、とため息をこぼした。
　うっ……そんなに似合ってないかな。
　いや、似合ってないのは自分でもよくわかっている。
　それでも好きな人にはかわいく思われたいのが、女の子っていうもので。
　うつむいた私の耳に、やっぱり不機嫌な声が注がれる。
「……別に似合ってないとは言ってないし」
「え……」
　拗ねるようにささやいた言葉に、ドクン、と心臓が高鳴ったと同時にみっくんが、
「けど」
　と言葉を続けた。
「胸元開きすぎ、スカートの裾も短かすぎ。首筋全部見えてるし、太ももだって見えそう。おまけに、その耳としっぽ」
　苛立ったように言いながら、じりじりとにじり寄ってくるみっくん。
　いてもたってもいられなくなって、私も合わせてあとずさる。
　だけど、みっくんが言葉を止めたすぐあとに、トンッと

黒板に背中が当たった。
　もう、逃げられない。
「そんな格好で、上目づかいで見つめてさ……」
　みっくんの瞳に、ふっと切なげな光が宿る。
「まさか、襲われたいわけ？」
「っ!?　ち、ちが」
　慌てて否定するも、
「違くねーだろ」
　ばっさりと切り捨てられる。
　知らない。
　みっくんの、こんな表情。
　苦くて、甘くて、切なくて。
　他の女の子にも向けたことがあるの？
　なんて、そんなことを考えている場合じゃないのに、どうしても複雑な気持ちになってしまう。
　だけど、悶々とする私などお構いなしに、みっくんは私の瞳をまっすぐに見つめながら話し続ける。
「簡単に触らせてんじゃねーよ」
「へ……？」
「接客のとき、絡まれてただろ。俺が行くより先に浅野に行かれたけど。……挙句の果てに、浅野にまで触られそうになってるし」
　絡まれて困ってたの、気づいてくれてたの？
　もしかして、あのとき来てくれてた……？
「……ほんっとムカつく」

みっくんが物騒な言葉を口にする。
「もっと危機感持てよ。自分が思ってるよりもまわりの男を惹きつけること、いい加減自覚しろ」
　無防備すぎて気が気じゃない、とみっくん。
　もう何がなんだかわからないけれど、とりあえず私の行動がみっくんを不快にしたということだけは理解した。
「ご、ごめんなさ——」
「なあ」
　謝ろうとした言葉を遮られて。
「おまえは誰が好きなわけ？」
　真剣な瞳と声に捕らえられ、もう息すら上手く吸えない。
　——誰が好きなのって、どうしてそんなこと聞くの。
　私が誰のことを想っていようと、みっくんの胸は苦しくなったりなんかしないくせに。
　そう思うと悔しくて、きゅっと唇を結んだ。
　何も言わない私に、みっくんは質問を重ねる。
「最近、好きって言ってこないけど、俺のことなんてもうどうでもよくなった？」
「っ、ちが……!!」
　どうでもよくなった、なんてそんなわけない。
　むしろその真逆なのに。
「じゃあ好き？」
「……っ、好き、だよ」
　好きで好きでたまらなくて、みっくんをひとりじめしたくて、ずっと隣にいたくて。

この気持ちは、そんなひとりよがりな願いを全部閉じ込めた"好き"なんだよ。
　幼いころに告げてきた"好き"の何倍も、何百倍も重たくて、だから軽々しく言えるものじゃなくて。
　それで最近は簡単に言えないだけなの。
「……あっそ」
　素っ気ない返事は、さっきまでより少し柔らかい。
「じゃあ、浅野」
「へ……」
「浅野のことは？　……好き？」
　首をかしげるみっくんに、私は一瞬考えた。
　翔太くんのこと？
「翔太くんのことも、好きだよ……？」
　友達として、と心の中でつけ加えた。
　"好き"にも種類がある、っていつか夏奈ちゃんが言っていた。
　そのときはピンとこなかったけれど、今ならよくわかる。
　みっくんへの"好き"と翔太くんへのそれは、まったく違う。
　翔太くんのことも友達として好きだけど、ドキドキしたり苦しくなったりはしない。
　……あれ、みっくんが静か？
　ふと、我に返った。
　私の答えにみっくんは何も返さない。
　どうしたのかな、と不思議に思いながらみっくんを見上

げると。
「……っ」
　——そこには尋常じゃないほど黒いオーラを放つみっくんがいた。
　目で見てわかるほど殺気立っている。
　ど、どうして……？
　私、何か気に障るようなことしたっけ。
　不安になって目を逸らそうとした瞬間、ダンッと派手な音を立てて、みっくんが黒板に片手をついた。
　私の顔のすぐ横に。
「ひゃっ……！？」
　思わず声を上げると、みっくんが苦しげに瞳を揺らしながら私を見つめる。
　近すぎるみっくんの香りにくらくらする。
　みっくんへの気持ちが膨れ上がって、息が詰まる。
「……おまえは」
　そんな私とは正反対に、みっくんは不機嫌一色。
　私のせい、だと思う。
　だって、今ここにいるのは私だけで。
　だけど何が引き金だったのかなんて、わからない。
　みっくんは悩ましげに口を開いて、低い声で苛立ちまじりに呟いた。
「おまえは、俺だけ見てればいいのに」
「へ……」
　もう、くらくらして、何も考えられない。

「なあ、頼むから」
　不機嫌なその声は、懇願するように私に告げる。
「俺だけが好きって言えよ」
「……っ」
　"だけ"をやけに強調して。
　命令口調なのに、どこか弱々しくて。
　苦しげに告げられた言葉に私の胸まできゅう、と苦しくなる。
　みっくんの、わからずや。
　私はもうずっと前から、みっくんだけが好きなのに。
　みっくんだけが好きで好きで、もうおかしくなってしまいそうなのに。
　……何もわかってないよ。
　ほんとは今すぐ大好きだよって伝えたくて、でもまだ潔く振られる勇気なんて出てこなくて。
　伝えたくても伝えられない気持ちが次から次へと湧いてくる。
　心のダムは決壊して、もう洪水状態だ。
「……ばか」
　みっくんのばか。
　聞こえないように小さく呟いたと同時に、封じきれなかった想いは涙になってほろりとこぼれた。
　どうしたら伝わるんだろう、誰よりも大切に思ってるんだってこと。
　伝えたいのに、全然伝わらない。

ほろり、ともう１粒涙の粒が落ちたとき、みっくんがそれに気づいた。
　はっ、としたように顔色を変えて。
「っごめん。──俺、戻る」
　短く告げて、そのまま空き教室を立ち去ってしまった。
　みっくんの背中が視界から消えて、やっと解放された私は、力が抜けてへたりとしゃがみ込んだ。
「……みっくんはずるいよ」
　聞きたいことだけ聞いて、言いたいことだけ言って、いつも私を置き去りにする。
　……今のはなんだったの？
　私をここに連れてきたのは、みっくんなのに。
　勝手に連れてきて勝手に出ていってしまう。
　胸が甘く締めつけられて、苦しい。
　みっくんのことが好きすぎて苦しいよ。

　しばらくたってから空き教室を出て、みんなのもとへ戻った。
　昼からもクラスの仕事をしたり、その後は夏奈ちゃんといろんな模擬店や展示を回ったりして。
　──苦くて甘い、燻った気持ちを残して、文化祭という１日限りのお祭りは幕を閉じた。

重なる影と茜色

　文化祭が終われば、秋はあっという間に過ぎ去って。
「今からテスト返しするぞー」
　そしてテスト期間に突入したかと思えば、嵐のように期末考査が終わった。
　今から英語のテスト返しなんだけど、残念ながら、あんまり自信はなくて。
　英語は苦手っていうわけではないんだけど、文法がややこしくて、いつも理解するのに時間がかかっちゃう。
　今回のテストはとくに、文化祭が終わってからもみっくんのことをあれこれ考えていたせいで勉強も手につかなくて。
　──なんて、言いわけしても仕方ないんだけどね。
　はぁ、とため息をついた。
　憂鬱だなぁ。
「えー次、花岡一」
　自分の名前が呼ばれて、席を立って教卓のほうへ向かう。
　40点以下──つまり赤点だったら補習が確定する。
　今まで赤点をとったことなんてないから実際には知らないけれど、ウワサによると補習はなかなか大変らしい。
　山のようなプリントをさせられるとか。
　どうか、逃れられてますように……！
　心の中で祈りながら先生から用紙を受け取った。

そして、おそるおそる開こうとすると、その前に。
「花岡にしては珍しいな。まあ、たまにはそんなこともあるだろうけど、しっかり勉強しろよ？」
　先生の言葉にハッとする。
　この言い方って、まさか——。
　ちらりと開いたテスト用紙の端に書かれた数字を確認して、思わず声を上げそうになった。
「今日から１週間みっちり補習だ。放課後、教室に残って待っているように」
「……っ、はい……」
　赤ペンで書かれた数字は38。
　それは、もちろん赤点で。
　——あと２点だったのになぁ、なんて負け惜しみみたいなことを考える。
「はい次、早坂——」
　先生の声を背中に聞きながら、自分の席に戻って。
　座った瞬間に、がっくりとうなだれた。
　悪いのは自分なんだけど、やっぱりショックだもん。
　涙目になりながら、はぁーっ、と大きくため息をつくと、ちょうど前から夏奈ちゃんが戻ってきて。
「あれ、ひまり珍しく落ち込んでるね？」
　私の様子を見て、驚いたように首をかしげた。
「夏奈ちゃん〜っ、今日から補習だって〜……」
　そう泣きつくと、夏奈ちゃんは目を丸くした。
「え!?　ひまり、入学してから初めての赤点じゃない？」

「うん……」
　そんなに成績はよくないけれど、いつもだいたい平均点くらいは取れていたから。
　だからこそ、この点数は気持ち的にこたえる。
　落ち込んだ気持ちを誤魔化すように、夏奈ちゃんのほうを向いてたずねた。
「夏奈ちゃんは？　どうだった？」
「えへへーっ、ひまりには申し訳ないけどギリギリ回避だよっ！」
　そう言って、じゃじゃーん、と広げた解答用紙に書かれた数字は49。
「夏奈ちゃん、ずるい……っ!!」
　思わず抗議すると、
「珍しいこともあるんだね〜、英語でひまりに勝ったことなんてなかったのに！」
　夏奈ちゃんも驚いた様子で。
　そう、夏奈ちゃんは根っからの理系脳らしく。
　得意教科は数学で、数学や化学なんかは学年でも上位なんだけど、一方で英語はてんでダメらしい。
　このまえの中間考査では、補習に引っかかっていたっけ。
　私はどの教科も平均点レベルだから、英語に関しては、いつも夏奈ちゃんより点数が高かったんだけど……。
　そんな夏奈ちゃんは、あっ、と小さく声を上げた。
「……？」
　不思議に思った私が首をかしげると、夏奈ちゃんはにや、

と口角を上げて。
「まさか、棚橋くんと何かあった？ それで勉強が手につかなかった、とか？」
　からかうように小突いてくる夏奈ちゃんに、私は猛抗議。
「ちっ、違うよ!! みっくんとは、何もないし……! そんなんじゃないってば」
「……顔真っ赤だけど？」
「っ!?」
　慌てふためく私の様子を、ふふ、と笑みをこぼしながらおかしそうに眺める夏奈ちゃん。
　——夏奈ちゃんの指摘は、半分当たりで半分はずれだ。
　"何もない"わけじゃなかった。
　だけどそれは、夏奈ちゃんが考えているようないいことではなくて。
　文化祭での出来事。
　あれ以来、機会がなくてまだみっくんと話せていない。
　きっと、私が怒らせてしまったことはたしかで。
　それを早く謝らなきゃ、って思ってはいるのに。
　そんなことをぐるぐる考えては、みっくんのことを思い出す。
　——なんてことを繰り返していたために、勉強がまったく進まなかった日があったのは事実。
　その結果が補習だなんて……。
　情けないなぁ、と悲しくなっていると。
「そうだ、ひまり知ってる？」

「な、何を？」
　夏奈ちゃんが突然私の顔を覗き込んでそう言った。
「棚橋くんの、ウ・ワ・サ！」
「……みっくんの、ウワサ？」
　嬉々としている夏奈ちゃんとは対照的に、私の頭には"はてな"が浮かぶばかり。
　だって、そんなの初耳だ。
「あれ、まさか、知らないの？」
「なんのこと……」
　呆然とする私に、夏奈ちゃんはすでに呆れ気味。
　だって本当に知らないんだもん。
「じゃあ、仕方ないから教えてあげよっかなあ」
「もったいぶらないでっ！」
　思わず食い気味に急かしてしまった私に、夏奈ちゃんはくす、と笑った。
　うぅ……また夏奈ちゃんのワナに引っかかった。
　みっくんのことになると途端にまわりが見えなくなるの、そろそろ気をつけないと。
　プチ反省する私に、夏奈ちゃんが教えてくれたのは。
「棚橋くんね、今まで彼女だった女の子全員と別れたみたい」
「えっ？」
　どういうこと……？
　彼女だった女の子、全員……？
　そういえば、香音ちゃんも振られたって言っていた。

「だから今はフリーらしくて、逆に狙ってる女の子も増えたとか」

　夏奈ちゃんが補足してくれるけれど、全然頭に入ってこない。

　今まで来るもの拒まずだった、あのみっくんが……？

　突然……？

「どうしてそんなこと……」

　うわごとのように呟いた。

　だって、みっくんはなんの理由もなしにそんなこと絶対しない。

　それが、その女の子たちを傷つけることになるってわかっているもの。

　みっくんは優しいから、きっとそんなことを平気ではできないはず。

　だから、余計にわけがわからなくて。

　頭の中が疑問で埋め尽くされたとき、夏奈ちゃんが口を開いた。

「私の予想だけど」

　そう前置きしつつも、夏奈ちゃんの声色はどこか確信めいていて。

　……それに、こういうときの夏奈ちゃんの勘とか予想って大概当たるから。

　今度もきっとそうだろうと思って、夏奈ちゃんの言葉の続きに耳を傾けた。

「棚橋くん、本命の女の子ができたんじゃないかな？」

「本命の、女の子……?」
　夏奈ちゃんの言葉を繰り返す。
　言葉の意味がわからなかったんじゃない。
　意味くらいわかる——わかる、けど。
　たぶん、認めたくなくて。
「本気で好きになった、たった１人の女の子がいて」
「……っ」
「その子に向き合うために、他の女の子たちと別れた——って考えるのが自然じゃないかな」
　うんうん、と納得したようにひとり頷く夏奈ちゃん。
「そう、だよね……」
　私はというと、ぎこちなく微笑みながら返事を返した。
「え、なんで、そんなに落ち込んでるの?」
「だ、だって」
　だって、みっくんの本命の女の子ってどんな子なのかな、とか考えちゃうよ。
　すっごくかわいい子なのかな。
　優しい子かな。
　もしかして、頭がいい子?
　——考え出したらキリがなくて。
「あっちゃー……、ひまりって本当に鈍いよね?　ひまりを喜ばせようと思って言ったのにな〜。だって……」
　鈍い?
　わ、わからない。いったいなんの話?
　だって、の先が気になったけど、夏奈ちゃんはその先を

教えてはくれなかった。
「やっぱ、ひまりは気にしなくていい!!　とりあえず、ひまりにもチャンスがあるってこと。だから、頑張って！」
　うまく誤魔化されたような気もするけれど、私は素直に頷いた。
「う、うん！」
　そう、今みっくんは誰の彼氏でもなくて。
　アタックするなら今しかない。
　だから落ち込んでる場合じゃない……！
　沈みそうだった気持ちを、なんとか持ちこたえる。
　そんな私の様子を見て、ほっと息をついた夏奈ちゃんは、
「まあ、まずは補習ファイト！」
　私にイヤなことを思い出させた。
　そ、そうだった……まずは補習。
　ちょっとでも前向きに考えて、頑張らなくちゃ。
　──『ひまりって本当に鈍いよね？　ひまりを喜ばせようと思って言ったのにな〜。だって……』
　夏奈ちゃんがさっき途中でのみ込んだ言葉の続きを私が知るのは、まだずっと先のこと。
『だって、私見ちゃったんだから。文化祭の日、浅野と呼び込みに行ったひまりを、ものすごい勢いで追いかけに行った棚橋くんのこと』

　──キーンコーンカーンコーン。
　放課後のはじまりを告げるチャイム。

いつもは、この音と同時に教室を出るんだけど……。
「ごめんひまりっ、今日塾のテストで早く帰らなきゃなんだ！　補習頑張って！」
「そ、そっか……、頑張るね！」
　夏奈ちゃん帰っちゃうのかぁ。
　少し寂しい気持ちになったけど、笑顔を向けて頷いた。
　そして、夏奈ちゃんは急いだ様子で教室を出て行ってしまった。
　ふぅ……とため息をつく。
　今日、もう何度目かわからないほどのため息。
　そう、今からここで英語の補習なんだ。
　英語の担当の先生――じつは、みっくんのクラスの担任なんだけど……が来るのを待っているところ。
　できるだけ早く終わらせて帰りたいんだけどなぁ、と思ったとき、教室の扉がガラガラッと音を立てて開いた。
「花岡、いるかー？」
「はいっ！」
　入ってきたのはもちろん、待っていた英語の先生で。
　勢いよく返事をすると、先生はこちらに向かってきた。
「はいこれ、補習課題な」
　そして、ドサリと私の机に何かを置いた。
　何かっていうか……プリントの山。
　きょとんとした私に先生が補足する。
「ちなみにこれ１週間分だから」
　１週間分……？

冗談、だよね？
　この量を終わらせるには、1週間じゃ到底足りないよ。
　補習は大変だとウワサには聞いていたけれど、まさかここまでだとは思わなかった。
　信じられなくて言葉を出せずにいると、先生はそれを肯定の返事だと受け取ったみたいで。
「じゃあ、それ頑張ってな」
　と言って、あっさり教室を出ていこうとする。
「ま、待ってください……っ」
　そんな先生を慌てて呼び止めた。
　立ち止まって、ん？とこちらを振り向いた先生に尋ねる。
「あの、わからないところを教えてくださるとか……」
　普通、補習ってそういうものじゃ、と思いながら聞いた。
　すると、先生はああ、と思い出したように口を開いて。
「もちろん普段はそうなんだけど……、じつは、今から職員会議でさ。明日からは俺が見るけど今日は1人で頑張ってくれないか？」
　職員会議かぁ。
　それなら仕方ないよね、と思い口をつぐんだ。
　だからといって、教えてくれる人がいないとなると不安な気持ちもあって。
　そんな私に気づいた先生が、うーん、と唸る。
「その様子じゃちょっと心配だな。誰か他に教えられるヤツでもいればなぁ……」
　そして、先生はちらり、と廊下に顔を出して。

「おおっ！　おまえ、いいとこに来たじゃん〜」
　誰かを見つけたように、先生が声を上げる。
　……誰？
　私の位置からじゃ廊下の様子は見えなくて、先生が誰を呼び止めたのかもわからない。
　呼び止めて、それからどうするつもりなんだろう。
　ふと疑問に思ったとき、先生が口を再度開いた。
「ね、俺の代わりに先生やってくんない？　８組の花岡ひまりって子なんだけど……」
　え？　せ、先生代わり……？
　思わず私のほうが驚いてしまう。
　だって、教えてくれる人がいるのは素直にうれしい。
　うれしい、けれど……。
　私は超がつくほどの人見知りなのだ。
　初対面で何を話したらいいのかもわからないし、距離感も掴めないし、緊張で勉強どころじゃなくなりそう……！
　あわあわと１人で慌てていると、扉の向こうから声が聞こえてくる。
「花岡ひまりって——」
　廊下のほうから聞こえてきた声に、思考回路がぴたりと停止した。
　聞き間違いかと一瞬疑って、それから聞き間違えるはずもなかったことを思い出す。
「あれ、棚橋って花岡と知り合いだっけ？」
「知り合いも何も……」

言いよどむ声は、たしかにみっくんのもの。
　その事実だけで、緊張とか不安とかどうでもよくなって。
　代わりに訪れたのは甘い期待。
「んで、どう？　英語なんだけど、教えてやってくれない？」
　先生が問いかける。
　どうかな、みっくん、先生の頼みを受けてくれるのかな。
　そしたら、この教室に私とみっくんの２人きりになるわけで……なんて先走る期待と。
　それに相反するように、でもみっくん私のこと嫌いだもんね……と冷静に考えてみたり。
　なんだかんだ言ってみっくんは優しいから、頼みを受けてくれたりしないかな、とか。
　みっくんがそこにいるだけで、私の心は大忙しだ。
　先生とともにみっくんの返事をドキドキしながら待っていると、扉越しにみっくんの声が聞こえた。
「わかった、俺でいいなら」
　思わず声を上げそうになって、口を両手で押さえた。
「そうかそうか！　いや〜、助かるわ〜」
　先生の声も聞こえて、やっぱり聞き間違いなんかじゃないよね、と再確認する。
　だって、みっくんが口にしたのは紛れもなく肯定の返事だった。
　ほんのわずかな望みこそかけてはいたけれど、みっくんは断るだろうなって心のどこかで思っていたから、驚いてしまって。

「じゃあ、頼んだぞ」
　先生が最後にそう言い残して、急ぐように職員室のほうへ歩いていく足音が聞こえた。
　その足音が遠ざかっていくとともに、私の心拍数はどんどん上がっていく。
　どうしよう、うれしい。
　こんなところでみっくんと一緒にいられるなんて、思ってなかった。
　こんなことなら補習でもよかったかも、なんて不謹慎な気持ちがよぎる。
　――ドキドキが加速して、最高潮になったとき。
「……久しぶり」
「っ、みっくん！」
　教室の前の扉からみっくんが入ってきた。
　みっくんはそのまま、つかつかと私の座っているところまで近づいてきて。
「なんか……先生に頼まれて、今日は俺が見ることになったから」
「うん、ありがとう」
　先生とみっくんの会話、全部聞こえてたもん。
　引き受けてくれるなんて、本当にみっくんは優しいというか、お人好しというか……。
　そしてみっくんは私の前の席のイスをくるりと後ろに向けて、腰を下ろした。
　その瞬間ふわり、と香ったみっくんの香りと、近づいた

距離にドギマギする。
　もしみっくんと同じクラスだったら、こんな感じなのかな。
　みっくんは私の机の上にあるプリントの山を一瞥して目を細めると。
「補習なんて珍しいじゃん」
　ぽつり、と一言。
　あまりにも素っ気なさすぎて、自分に向けられた言葉だと気づくのに少し時間がかかってしまった。
「あ、うん……。入学してから初めてなんだよね、じつは」
　まさか、みっくんのことばっかり考えていて勉強が手につきませんでした——とは言えるはずもなく。
　そして、せっかく答えたのにみっくんは、ふぅん、と一言で片づけてしまった。
「とりあえず、プリント解いて——わからないとこは聞いてくれればいいから」
　そう言うと、みっくんは自分のカバンから何やら参考書らしきものを取り出して解きはじめる。
　そんなみっくんを、見惚れるようにぼうっと眺めていた私だけど。
　プリントの山が目に入ってハッとする。
　そう、今はあくまでも補習なわけで。
　きゅ、と気合いを入れて唇を結んだ私は１枚目のプリントを手に取った。
　よし、頑張ろう……っ！

むんっと気合い十分にシャーペンを動かしはじめた。

　——そして30分後。
「……みっくん、ごめんね」
　私が呼びかけるとみっくんは参考書から顔を上げて、ん？と首をかしげる。
　そんな姿もかっこいい……じゃなくて。
　まだ30分しかたっていないのに、これでみっくんをコールするのは何回目だろう。
　——1、2枚目までのプリントは、自力でもなんとか解けるレベルのもので。
　これくらいだったら大丈夫かも、なんて油断していると3枚目の途中くらいから理解できなくなってきたんだ。
　でも、すっかり集中しているみっくんのことをわざわざ呼ぶのもどうかと思って。
　だって邪魔って思われたくないんだもん。
　だから、自分であーでもないこーでもない、としばらく考え込んでいたんだ。
　そして、考えれば考えるほどわからなくなってきて諦めそうになった、そのとき。
『なあ』
　目の前から、不機嫌な……というより拗ねたようなみっくんの声が聞こえて、思わず顔を上げた。
　きょとん、とした私にみっくんは呆れたようにため息をついて。

『わかんないとこがあったら、呼べって言ったよな?』
　その言葉に思わず目を見開いた。
　え、なんで気づいて──。
　もしかして、様子を見てくれてたの?
　いつから……?
『やっ、あの、いっぱい質問したら邪魔かなって……!』
　慌てたように私が言うと、みっくんはますます拗ねたような表情になった。
『邪魔とか、そんなこと思わねーから』
『え……』
『だいたい、邪魔とか思うくらいならわざわざここにいねーし。それじゃ、俺がここにいる意味ねーだろ』
　ぶつぶつと言葉を連ねていくみっくん。
　な、なんか責められてる……?
『頼ればいいのに』
『ほぇ……』
『俺のこと頼れよ、もっと』
　あまりにも真剣な声で言うから、私は思わずこくりと頷いた。
『だから、俺のことだけ考えて』
　昔みたいに、と小さく呟いたみっくん。
　それは私に聞かせるつもりはなかったひとり言だったのか、私が不思議そうな表情を見せても、もう一度聞くことはできなかった。
『で、どこ?』

みっくんの質問に首をかしげた。
『だから、どこがわかんねーのって聞いてんの』
『あ……えっと、この問題なんだけどね……？』
　指さした問題を、みっくんはつっ……と目でなぞって。
　その一瞬でみっくんは理解したようで、それから私が理解するまで丁寧に教えてくれた。
　それからは、わからない問題が出てくるたびみっくんに声をかけているんだ。
　……みっくんも勉強しているのにいいのかな、とは思うんだけど。

「あの、次はさっきの応用問題で、ここまではわかったんだけどここからがわからなくて」
　再びみっくんに声をかけていた私は、プリントの問題文を指さして尋ねる。
　英文を和訳する問題なんだけど、わからなくて。
「あぁこれは、このthatが同格で——」
　みっくんがすぐさま説明をはじめる。
　みっくんって本当になんでもできちゃうんだ、と感心するばかり。
　だって問題文をさらっと読んだだけで理解して、それだけでもすごいのに。
　そのうえ、理解力の乏しい私でもわかるまで丁寧に噛み砕いて説明してくれる。
　そんなみっくんの説明は本当にわかりやすい。

ずっと一緒に育ってきたのに、どうしてこうも差ができてしまったのか不思議に思うほどだ。
　——そして、なんだか今日は格別に優しい気がする。
　それは気のせい、かもしれないけれど。
「……というわけ。なあ、聞いてる？」
「き、聞いてるよ!!　ここが倒置法になっていて、強調なんだよねっ？」
　私がそう言うと、みっくんは頷いた。
　あさっての方向を見ながらいろいろ考えていたけれど、説明はちゃんと聞いてるよ……！
　だって、せっかくみっくんに教えてもらってるんだから。
　そしてみっくんの解説を参考にしながら、手強い英文を訳していく。
　さっきよりはるかにすらすら解けることに感動しながら、ふと気になった。
　みっくんって頭がすごくいいの。
　今は英語を教えてもらっているけれど……本当は、英語だけじゃなくて、国語も数学も、物理も化学も世界史も、みっくんはなんだって得意なの。
　そんなみっくんは……。
「ね、みっくん」
　英文をなんとか訳し終えて、肩の力をふっと抜いた私はシャーペンを置いてみっくんを呼んだ。
　顔を上げたみっくんも、シャーペンを置く。
「みっくんは、理系？　文系？　どっちを選んだの？」

「理系」
　みっくんが即答する。
「そっかあ」
「おまえは？」
　みっくんに聞き返されたことに驚きながらも、
「私は文系だよ」
　そう答えて。
　そして、ふと思い出す。
　そういえば、理系と文系だったら同じクラスになれないんだった。
　気づいた事実にショックを受けていると、みっくんが質問を重ねる。
「進路とか考えてる？」
「や……私はまだまだ全然。みっくんは？」
　みっくんもそうだろうな、なんて勝手に思っていたのに返ってきた返事は予想と違っていた。
「俺はとりあえず大学に進学しようと思ってて……なりたい仕事があるから」
「そ、そうなの？」
　思わず声を上げる。
　みっくんに将来の夢があったなんて。
　衝撃を受けたと同時に、そっか……と腑に落ちた。
　ずっと一緒にいたから、なんでも知っている気になっていたけれど、本当は全然なんだ。
　結局、私はみっくんの大事にしているものだとかをよく

知らない。
　そういえば将来の話とか、進路の話とか。
　思い返せば一度もしたことがなかったかも。
　みっくんの将来の夢、か……。
　いつか、聞かせてくれる日が来るかな。
　みっくんが教えてくれれば、私は絶対に応援するのに。
　——なんて考えていると、みっくんが言いにくそうにゆっくりと口を開く。
「あのさ……」
「……？」
　みっくんが何を言い出そうとしているのか、皆目見当もつかなくて首をかしげると、みっくんはぐっと苦しそうに眉を寄せて。
「ごめん」
　唐突すぎる謝罪の言葉に面食らう。
「へ……」
「文化祭の日。勝手に連れ出して、勝手に責めて、置いて出ていって……ごめん」
　みっくんの言葉に、文化祭の日のことを思い出した。
　でもあれは……。
「ち、違うよっ！　みっくんは謝らなくてよくて、謝らなきゃいけないのは私のほうで……怒らせちゃってごめんなさい」
　ばっ、と頭を下げると、みっくんは私の言葉を否定する。
「おまえに怒ってたんじゃねーよ。あれは、俺の勝手な事

情だから。……自分の気持ちが制御できなかっただけ」
　最後の言葉はよく聞こえなかった。
　……けれど、私のせいじゃないとみっくんが本気で思っているということは伝わってきて。
　私は、ほっと胸を撫で下ろした。
「ずっと謝ろうと思ってた」
　みっくんの言葉に首をぶんぶんと横に振る。
　謝らなくていいよ。だって私、どんな形であれうれしかったんだもん。
　文化祭の間、少しでもみっくんといられて。
　そう思ってるってことが少しでもみっくんに伝わればいいのに——と思いを込めてみっくんの瞳をじっと見つめると。
　みっくんの瞳がゆらり、と甘く揺れる。
　ふいに訪れた沈黙。
　窓の外の日はもう傾いていて、私とみっくんの影の間には茜色の夕日が差していた。
　その茜色をぼんやりと見つめているうちに、やり場のない想いが募りはじめる。
　好き、と思わず言葉にしそうになったとき、みっくんが口を開いた。
「おまえに、言わなきゃいけないことがある」
　茜色に染められた瞳で私を射抜いて、真剣味を帯びた声で私の心を揺さぶる。
「おまえに、嫌いって言ったけど」

高校に入ってから、幾度となく浴びせられてきた、みっくんからの"嫌い"。
　気丈に振る舞っていたけれど、あれでも、結構毎回ショックを受けていたんだよ。
　今その話を持ち出して、みっくんは何を言うつもりなの。
「嫌いって言ったの、全部うそだった」
「へ……」
「うそっていうか、ずっと勘違いしてた」
　ま、待って。
　どういうこと……？
　混乱する私をよそに、みっくんは話を進めていく。
「おまえのこと見てると、俺はおかしくなる。それは、おまえのことが嫌いだからなんだって、ずっと、そう思い込んでた」
　……私だって、ずっと嫌われてるんだと思ってたよ。
「でも最近気づいた。勘違いしてたって。俺はおまえのこと嫌いなんかじゃなくて、むしろ――……いや」
　みっくんは言いかけた言葉をかき消すように首を振って、言葉を選び直す。
「――俺、おまえのこと、全然嫌いなんかじゃないよ」
「っ！」
「……今までごめん。傷つけてたの、わかってた。何度も傷つくようなこと、言ったし、したよな」
　私は、再び首を横に振る。
　傷ついてなんかないよ。

——いや、傷ついてない、って言うとうそになるかもしれない。でも、みっくんが思うよりきっと、私はずっと大丈夫だよ。
　だって、相手がみっくんだから。
　大好きなみっくんのことなら、多少のことなんて気にもならないんだ。
　そんな私を見て、みっくんは優しく目を細めて柔らかい笑みを浮かべた。
　甘くて甘くて、まるで溶かされちゃいそうな笑顔。
「ほんとはずっと昔から。おまえのこと、大切に思ってる」
「っ……！」
「大事だって、思ってる」
　嫌われているって、ずっと思っていた。
　だから、本当に今わけがわからなくて。
　頭が混乱しそうで。
　大切って、大事って……。
　みっくんは私を見据えて、切なげに微笑んだ。
「お願いがあるんだけど」
「……お願い？」
　私が首をかしげると、みっくんはそっと口を開いて掠れた声で続けた。
「今さらだって、笑ってもいいよ。軽蔑(けいべつ)したっていいから」
「……うん」
「もう一度、戻りたい」
「っ、うん」

みっくんは、私の目をまっすぐに見つめて告げる。
「仲のいい幼なじみだった、俺たちに」
「っ……うん……っ」
　答えた瞬間、涙がこぼれ落ちた。
　それは悲しい涙なんかじゃなくて、うれし涙で。
　笑わないよ。軽蔑なんてしない。
　だって、私がいちばん待っていたのに。
「もう一生、このままかもしれないって、怖かった……っ」
　涙とともに溢れ出てきたのは素直な気持ち。
「……ごめん」
　謝らなくて、いいのに。
　私は今すっごくうれしい。
　どうにかして、この気持ちを伝えたくて。
「あのね、私もみっくんのこと大切だし、大事だって思ってるよ」
「っ……くそ」
　そっと呟けば、みっくんは耳まで真っ赤にして悔しそうに私を睨む。
　もしかして、照れてる、のかな？
　でも、私が優勢だったのも束の間。
　みっくんが右手を、ん、と差し出した。
「……？」
　首をかしげた私に、みっくんが照れくさそうに言う。
「……仲直りの握手」
「っ!!」

うれしくなって、私は泣き笑いの満面の笑みでみっくんの手を握った。
　みっくんは私の手を握ったまま、私の耳元に口を寄せて。
　ささやくように呼んだのは、
「……ひまり」
「い、今……！　名前!!」
　また涙がにじんできた。
　もちろん、うれしくて。
　しばらく手を繋いだままだったけれど、みっくんのほうから名残惜しそうに体温を離した。
　目が合うと、くしゃ、と笑ってくれて。
　笑うと目尻がちょっと下がる、その表情が大好きなんだ。
　またそばで見られるなんて。
　そうだ私も、みっくんに言わなきゃいけないことがある。
「あのね、みっくん」
「ん？」
　柔らかい返事が返ってきた。
　優しい声色に安心した私は口を開く。
「私ね、初めて恋をしたよ」
「は？」
「本気で好きな人を見つけたの」
「……っ」
　みっくんのことだけど、と心の中だけでつけ加える。
　そんなみっくんは、目を見開いたかと思うと、焦ったような表情になったり、次々と表情を変えている。

——いつか、絶対にみっくんに好きって伝えるから。
　自分の口で言ってみせるから。
　だけど今はまだ、直接好きって言える勇気はないから、これで許してね。
　そんな私に複雑な表情をしたみっくんは、再びするりと私の手を取った。
　みっくんの指と私の指が絡まって。
　——いわゆる、恋人繋ぎ。
　一部分だけ重なった影に、心拍数は尋常じゃないほど上昇する。
　そんな私の気持ちを知ってか知らずか、みっくんは口を開いた。
「そうやってドキドキして、何も考えられなくなって、俺だけ見てればいいよ」
　もうずっと前から私はみっくんしか見えていないというのに、そんなことを言う。
「やっとスタートラインに立てたし、もう手加減しねーから」
「っ？」
「ひまりの好きには絶対させないし、他の誰にも絶対に渡してやらない」
　その意味は全然わからないのに、みっくんの意思がこもった瞳と声と。
　茜色の夕日と、重なった影と、繋がった手から伝わる体温と。

その全部にドキドキして。
「覚悟しとけよ、ひまり」
　──耳元で糖度たっぷりの声でささやかれた自分の名前に、くらくらして倒れそうになったのは私だけの秘密。

第3章
"甘い"と"苦い"を合わせれば

クリスマスデートは誰のもの？

　１週間にわたる補習も無事終わり、明日からはとうとう冬休み。
　寒さが増す中、今日は終業式のために学校に来ていた。
「夏奈ちゃんっ、また連絡するから冬休みも会おうね」
「もちろん！」
　笑顔で頷いた夏奈ちゃん。
　そんな夏奈ちゃんは、私とみっくんのわだかまりが溶けたことを伝えると、
『ほんとによかったね……っ!!』
　って、まるで自分のことのように喜んでくれたんだ。
　そんな夏奈ちゃんの反応が、あったかくてうれしかった。
　ゆるゆると頬を緩めながら、夏奈ちゃんのことが大好きだってことを改めて実感していると。
「ひまりちゃん、今ちょっといい？」
　突然名前を呼ばれて振り向くと、そこには手招きしている翔太くんがいた。
　今は、大掃除の前の休み時間。
　とくに用事もないし断る理由もなくて、招かれるままに翔太くんのもとへ駆け寄った。

　翔太くんに続いて教室を出ると、翔太くんは廊下の端っこで立ち止まった。

「翔太くん、どうしたの?」
　私がたずねると、翔太くんは照れたように頬を指先でかいてから。
「あのさ……」
　翔太くんの頬が心なしか赤く染まって見えるのは、私だけなのかな。
　気のせい、かもしれないけれど。
「25日って、空いてる?」
「25日……?」
　翔太くんに聞かれて、しばし考える。
　今日が12月22日だから25日は明々後日。
　……って、クリスマス?
　でもクリスマスだからといって、何か予定があるわけでもなく、夜に家族でケーキを食べるくらい。
「空いてるよ……?」
　でも、翔太くんがなんのためにそんなことを聞くのかがわからなくて、首をかしげながら答えた。
「じゃあさ、俺と……」
　そこで、少し緊張したように言葉を止める翔太くん。
　そんな様子を見て、私まで"何を言われるんだろう"と緊張してきた。
　翔太くんは再び口を開いて、今度ははっきりと告げる。
「俺と、デートしてくれない?」
「デ、デートっ?」
　翔太くんのお願いがあまりにも予想外すぎて、思わず声

が裏返ってしまった。
　デートなんて誘われたこともないし、行ったこともない。
　戸惑いを隠せずにあれこれ考える私を見て、翔太くんは、ふ、と笑みをこぼした。
「そんなに身構えないでよ。デートっていっても、楽しく喋りながら出かけたいなってだけだから」
「だ、だって……」
　まず、みっくん以外の男の子と２人で出かけたことなんてない。
　つけ加えて、人見知りでつねに受け身の私。
　ムードメーカーでもないのに、こんな私と出かけても楽しくなんかないよ……？と心のどこかで思ってしまう。
「見て、これ」
　そんな私の目の前に翔太くんが何かを掲げた。
　ピラッとした赤い紙。
　きょとんとしたのは一瞬で、すぐにハッと思い当たる。
「そ、それはまさか……っ」
　私が食いつくように声を上げると、翔太くんは頷いた。
「駅前にあるカフェのクリスマスコースのチケットだよ」
「知ってるよ……！」
　去年、学校の最寄りの駅前にできたパティスリー、"Fraise Des Bois"。
　なんでも、世界で賞を取ったパティシエのお店らしく、お店の前にはいつも行列ができている。
　私も夏奈ちゃんと１回ケーキを食べにいったことがある

けれど、おいしすぎてほんとにほっぺが落ちそうだった。
　そのお店が、クリスマス限定で提供するコース。
　それはプティフールやマカロン、ショコラにはじまり、パフェや限定のケーキまで楽しめちゃうというスイーツだらけの夢のようなフルコースなんだ。
　もちろん私も情報が公開されたときから目をつけていたんだけど……。
　じつはこれ、数量限定で。予約した人の中から抽選で当たった人しか食べられないの。
　そして、私は見事にはずれてしまったというわけ。
「ど、どうして、そのチケットを翔太くんが……!?」
　驚きを隠せない。
　そんな私の疑問に翔太くんはさらりと答えた。
「ん？　あぁ、そこで働いてるんだよ、俺の姉貴」
「ええっ!?」
　翔太くんのお姉さんが、あの店で働いている……？
　……翔太くんってお姉さんがいたの？
　何もかもが初耳で、軽くパニック状態。
　慌てる私を見つめる翔太くんは、まったく動じてなくて、口の片端を上げて、ニヤリ、と笑うと、
「どうする？　俺とデートする？」
　そう言いながら、赤いチケットを目の前でちらつかせる。
「そしたら、もれなくこれ、行けるよ？」
「っ！」
　うぅ……っ、そんなのってずるい。

さっきまで行かないほうに思考が傾いていたはずだったのに、翔太くんがありえないほど強力な切り札を使ってくるから。
　ぎゅ、と目を閉じて一瞬考えたのち、私の頭は決断を下した。
「い……、行かせてください……っ」
　私の口が発したのは、イエスの返事。
　だって、甘いものには勝てないよ。
　それに1日一緒に出かけたら、もっと仲のいい友達同士にもなれるかも。
「よかった、断られなくて」
　私の返事を聞いた翔太くんは、ほっとしたように微笑む。
　そうさせたのは翔太くん自身なのに、と思わず口を尖らせた私に、翔太くんはごめんごめん、と悪びれずに謝って。
「じゃあ、25日の10時に駅の時計台で待ってるから」
　待ち合わせ場所と時間を私に告げる。
　私はこくり、と頷いた。
　そんな私に柔らかい笑顔を見せて、翔太くんはまるで宣戦布告するように私に言う。
「絶対に後悔させないから。俺が楽しい1日にする。……だから──」
「……？」
「……ううん、この続きは25日に、ね」
　そう言い終えて、じゃあ戻ろっか、と教室へ戻っていく翔太くん。

私もそのあとを追って教室へ戻った。
　……翔太くん、何を言おうとしてたんだろう。
「わ、ひまりおかえり‼　ね、浅野となに話してたの？」
　他にもいっぱい気になることはあるけれど、まずは興味津々な夏奈ちゃんに説明することからはじめようかな。

「もう２学期も終わりだなんて、早すぎだ〜っ」
「ほんとに！　気づけばもう12月だったよ」
　放課後、夏奈ちゃんと他愛ない話をしながら帰る帰り道。
　夏奈ちゃんと出逢ったのなんて、考えてみればほんの少し前なのに、そんな風には感じない。
「来年もよろしくね」
　改まって私がそう言うと、夏奈ちゃんは照れたようにはにかんで、
「やだなぁ、もう……私のほうこそだよ！」
　うれしそうに言ってくれたから、つられて笑顔になる。
「じゃ、私ここで！」
「うん、またねっ」
　夏奈ちゃんと、私の家との分かれ道。
　いつもどおり手を振って。
「ばいばーい！」
　そして夏奈ちゃんの姿が見えなくなれば、もう冬休みなんだなあ、なんてまた実感した。
　そして、１人での帰り道はやっぱりちょっと寂しいなぁ、なんて思いながら歩いて。

ようやくついた、我が家の前。
　そのころには、すっかり手がかじかんでいた。
　早く家の中に入って温まろう。
　そう思って玄関の扉を開けようとしたとき、
「ひまり」
　誰かに名前を呼ばれてその手を止めた。
「みっくん！」
　もちろん、こんなところで私の名前を呼ぶのなんてたった1人しかいない。
　お隣さんである、みっくんしか。
　振り向けば、やっぱりそこにはみっくんがいた。
　自分の家の壁にもたれかかって立っている。
「どうしたの？」
　みっくんに歩み寄りながら、私は尋ねた。
　私の帰りを寒い中外で待っててくれたみたいだし、何か用事があるはずだと思ったから。
　そんな私の問いに、みっくんは口を開いた。
「あのさ、25日って暇？」
「へ……25日？」
　予想だにしていなかった質問で、少し戸惑う。
　空いてるよ、と答えようとして、あっ、と思い出した。
「あの……ごめんね、その日誘われてて」
　そう、25日は今日翔太くんと約束したばかりだった。
　そんな私に、みっくんは険しい表情をしながら少し逡巡したのち、

「誰?」
　と聞いてきた。
　そんなみっくんの質問に対し、隠す必要もないよね、と思い素直に答える。
「翔太くん、だよ」
「は?」
　"翔太くん"の名前を出した瞬間、みっくんをまとう空気の温度が、一気に氷点下まで下がったような気がして。
　そんなみっくんに、私は目を見開いて固まった。
「なんで浅野と会うことになってるわけ?　しかもクリスマスに」
　まるで責めるかのような口調に、ごくり、と息をのむ。
　限定スイーツにつられました、なんて言ったら単純な人間だと呆れられるかな。
　だからって、みっくんにうそはつきたくないし……。
「あの、翔太くんに誘われて……っ」
　必死に弁解しようと口を開くも、意味なんてなかった。
「だから?　浅野に誘われたからって、そうやってのこのこついていくわけ?」
「なっ……」
「ほんと、ムカつく」
　ひぃ……っ、みっくんがものすごく不機嫌。
「あっ、あああの!　25日はダメだけど、他の日ならいつでも大丈夫だよっ」
　みっくんをなだめようと、そう言ったのに、余計に火に

油を注いでしまったみたいで。
「……俺はそういうことを言ってるんじゃなくて」
　ぼそりと呟いて、みっくんは、あー……、と何かを堪えるように声を漏らした。
「……他の男と２人とか冗談じゃねーんだよ、この鈍感ばか」
　聞こえるか聞こえないかくらいで呟かれたその言葉は、私の耳に入る前に溶けてなくなった。
　困ったように眉を下げた私に気づいて、みっくんがくそ、と悔しそうに表情を歪める。
　こんなときに思うんだ。
　人の心を読めたらいいのにって。
　そしたら、みっくんの気持ちもわかって、こんなに不機嫌にさせることも、困らせることもないのに。
「……ごめん、頭冷やす」
　そう言ってみっくんは私に背中を向けようとする。
「っ、みっくんっ！」
　とっさに私はみっくんの腕を掴んだ。
　みっくんの肩が、ぴくり、と揺れる。
　だって、怖いよ。
　この前やっと向き合えたばかりなのに、また背中合わせになってしまうのが。
　また嫌われちゃったらどうしよう……って。
　心がいっぱいいっぱいになって、何も言えなくなってしまった私を、みっくんは見下ろして。

私の想いを悟ったように、切なげに微笑んだ。
「ひまりのせいじゃないから」
「っ？」
「どっちかっていうと、俺の問題。……だからそんな、泣きそうな顔すんな」
　みっくんの指が、私の目の縁をするりと撫でた。
　すると、悲しい気持ちはどこかへ飛んで、代わりに甘ったるいみっくんへの気持ちで胸がいっぱいになる。
　私が頬を緩めたことに気づいて、みっくんが安心したように息をついた。
「じゃあ、帰るか」
　帰るっていってもすぐそこだけど、とみっくんが言って。
　頷いた私は手を振った。
　せめて、みっくんが家に入るまで見送ろうと思って。
　そんな私を見て、みっくんは、ふっ、と頬を緩めた。
　そして、私の頭をするりとひと撫でしてから、
「じゃあまた」
　と自分の家へと向かう。
「……くれぐれも、浅野には気をつけろよ」
　扉の向こうに消える直前にみっくんが忠告してくれた言葉の意味だけは、いくら考えてもわからなかったけれど。
　みっくんに撫でられた頭に残る感触が、まだ甘く疼いている。
　――かじかんでいたはずの手は、いつの間にか熱く火照っていた。

そして訪れた、12月25日。
翔太くんとの約束の日。
もこもこのニットに、ブラウスに、チェックのスカート、ワンピース、靴下……。
部屋の床に散らばる服たちを前に、私はうーん、と唸っていた。
こういうときって、何を着ていくのが正解なんだろう。
今はまだ、家を出る予定の時間より1時間ほど前なんけど、かれこれ数十分は悩んでいる。
だって、みっくん以外の男の子と出かけたことなんてないんだもの。
どういう格好をしたらいいのか、まったくわからなくて途方に暮れている。
友達と出かけるのに、張りきりすぎるのはどうかと思うし。だからといって、夏奈ちゃんと遊ぶようなつもりで選ぶわけにもいかなくて。
仮にも街はクリスマス。
そして、きっと翔太くんはオシャレだろうし……釣り合うくらいにはしないと、と思う。
「……っくしゅっ」
考え込んでいると、突然くしゃみが出てしまった。
そういえば、一昨日から少し風邪をひいていたの。
でも、薬も飲んだし、治ったはずなんだけどなぁ。
服を引っかき回していたから、ホコリでも飛んでいたのかもしれない。

そうに違いないと納得して、私はまた服選びへと戻った。

　ふるりと体を震わせながら、翔太くんとの待ち合わせ場所である時計台へと急いでいた。
　吐く息が白い。
　……それに、なんだか今日は格別に寒い気がする。
　しばらくして時計台が見える位置まで来ると、もうそこに翔太くんらしき人影が見えて。
　いけない……っ、待たせてしまっている。
　慌てて駆け寄ると、翔太くんがこちらに気づいて手を上げた。
「ご、ごめ……っ、遅かったよね？」
　頭を下げると、翔太くんは笑みを浮かべて首を振る。
「んーん、俺が早く来すぎちゃっただけ」
「ほ、ほんと？」
　翔太くんは優しいからなあ、と私は半信半疑だ。
　そんな私などお構いなしに、翔太くんは私の格好を見下ろして。
「今日の格好、かわいいね」
　まるで彼女にでも言うような甘いセリフを言うから、なんだか照れてしまう。
「あ、ありがとう……っ」
　迷った末に私が選んだのは、オフホワイトで首元にパール風のビーズがあしらわれたふわふわのニットと、ネイビーでベロア素材のスカート。

それに合わせて、白っぽいベージュのロングコートに、私が持っている中でいちばんかかとの高い靴。
　ちゃんと鏡で確認してきたけれど、それでも不安で。
　翔太くんが褒めてくれたことで、やっと背筋を伸ばして歩ける気がする。
　ほっと胸を撫で下ろしていると、翔太くんがひょい、と私の顔を覗き込んだ。
「っ!?」
　驚いて思わず身を引くと、次の瞬間にはもうすでに翔太くんの顔は離れていて。
「どうしたの……？」
　きょとんとした私が首をかしげると、翔太くんが気のせいかもしれないけど、と口を開いた。
「なんか、ほっぺたがいつもより赤く見えたから」
　そうかな？
　でも今日はチークなんかつけていないんだけどな、と少し戸惑っていると。
「俺の見間違いかな」
　くす、と翔太くんが笑った。
　そして翔太くんが笑顔のまま言う。
「たとえ、ひまりちゃんにそんなつもりはなくても、今日俺のためにこの格好してくれたんだって思うだけで」
「……？」
「俺、すげぇうれしい」
　にっこり笑顔の翔太くん。

「じゃ、そろそろ行こっか」
「うんっ」
　頷いた私の右手を、ごく自然に掴んだのは翔太くんの左手だった。
　そのまま、手を繋ぐ。
　……友達同士って、手を繋いだりするものなの？
　や、でも、そういうことだってきっとあるよね。
　だから、たぶん気のせい。
　繋いだ手から伝わる翔太くんの脈がドキドキと速いのも、私のことを見下ろす視線が、どこか甘くて切ないのも、たぶん。
「スイーツ、楽しみだね」
「ほんとに楽しみっ！」
　なのに、今日、何かが変わる予感がするのは、どうしてだろう。
　そんなことを考えはじめた頭をふるふると振って思考の片隅に追いやった。

「ありがとうございました〜！」
「またのご来店お待ちしております」
　店員さんたちに見送られて、パティスリー"Fraise Des Bois"から外へ出た。
　ひゅるりと頬を撫でる風が思っていたより冷たくて、体がぶるっと震える。
「ひまりちゃん、どうだった？」

翔太くんはそんな私の顔を覗き込んで、どうだった？と聞くけれど。
「ほんっとうに、幸せだったよ〜っ」
　そう、私たちは"Fraise Des Bois"のクリスマス限定コースを楽しんできたところ。
　それはもう至福のひとときで。
　おいしすぎるスイーツが次から次へと現れて、しかも見た目だってキラキラしてて、かわいくて。
　あんなにもスイーツを満喫できたことはないよ。
　ここ数日、あまり食欲がなかったんだけれど、そんなこと関係なかった。
　逆に、少し食べすぎちゃったかな……と思うくらい。
「そっか、喜んでくれたならよかった」
　幸せモードでるんるんとする私を見て、翔太くんがほっとしたように微笑んだ。
　そして、私はハッと気づいて。
「そ、そうだ！　お代、本当に払うから……！」
　そう、さっきお会計のとき、私が財布を出すのに手こずっている間に翔太くんが私の分まで払ってくれていたのだ。
　私が自分の分のお金を返そうとすると、翔太くんはやんわりと押し返した。
「そんなのいいよ」
「でも……！」
「俺からのクリスマスプレゼントだと思って？」
　翔太くんが柔らかく微笑んだ。

一瞬身を引きそうになったけれど、でも。
「でも私、翔太くんに何も……」
　準備していないのに、と告げようとしたセリフは次に続いた翔太くんの言葉でかき消された。
「今日来てくれたことが、俺にとって何よりのプレゼントだから」
　翔太くんの表情にはうそをついている様子はなくて、心の底から本気で言ってくれているんだ……と伝わってきた。
　翔太くんって、本当に優しくていい人。
　だからこそ、ずっと不思議に思っていたことがあった。
「どうして今日、私を誘ってくれたの？」
　その疑問を言葉にする。
　翔太くんは男の子からも女の子からも人気者で。
　だから、きっと他にも一緒に来てくれるような子がいっぱいいたと思うの。
　なのに、どうして私なんかを誘ってくれたんだろう。
　ずっと、それが心の中で引っかかっていた。
　そんな私の質問に、翔太くんは短く息をついた。
「……ひまりちゃんだからだよ」
「ほぇ？」
「ひまりちゃんじゃないと、意味ないから」
　だからひまりちゃんを誘った、と言う翔太くん。
　私じゃないと、意味がないからって……どうして？
　頭の中に"はてな"を浮かべた、そんな私に気づいた翔

太くんは苦笑して。
「やっぱり、ひまりちゃんには直球で勝負しないと伝わらないよな」
　何かを呟いたかと思えば、私の瞳をまっすぐに見つめて。
　真剣な表情に変わる。
　私もつられて、背筋がしゃんと伸びた。
「──ひまりちゃんが、好きだよ」
　そんな私の耳に飛び込んできたのは、あるはずもない告白。
　一瞬、その"好き"は友達としてのものなんじゃないかと思ったけれど。
「友達としてとか、そんなんじゃなくて。1人の女の子として、恋愛感情として、ひまりちゃんが好きなんだ」
「っ！」
　翔太くんの口からはっきりと否定された。
「ずっと好きだったんだ。入学したときから、すっげーかわいい子いるなって……まぁ、最初はそれだけだったんだけど。でも話していくうちに、いちいちかわいいし、かと思えば何事にも一生懸命なところもあって、気がつけば惹かれてた」
　翔太くんが迷いもせずにぶつけてくれるのは、私に与えられるにはもったいなすぎる言葉の数々で。
　そんなふうに思ってくれてたんだ……と、今ここで初めて気づいた。
　だけど私が翔太くんに、同じ気持ちを返すことはできな

くて。
　だって、私は……。
「私……」
　自分の気持ちを言葉にしようと口を開いたけれど、声に出す前に翔太くんが、しーっと人差し指を唇に当てて、私を制した。
　押し黙った私に、翔太くんが目を伏せて言う。
「……知ってるよ。ひまりちゃんが、光希を想ってるってことくらい」
「っ！　どうして……」
　翔太くんは、ふっと口角を上げて。
「普通わかるよ。──ひまりちゃんが、ずっと光希のことを見てて。そしてそんなひまりちゃんを俺がずっと見てた、ただそれだけのこと」
　みっくんに恋をする前は、恋って甘くてふわふわしたわたあめのようなものなんだと思っていたの。
　だけど、現実はこんなにも残酷で。
　好きだと言ってくれる人を好きになれたらいいのに、と思わずにはいられない。
「ねえ」
　翔太くんが、最後の望みをかけるように私を見て言葉を紡ぐ。
「俺じゃダメかな」
　その表情は柔らかい笑顔なのに。
　翔太くんの声は今にも泣きだしそうなくらい切なくて、

ぎゅっと心が締めつけられる。
「絶対、後悔させないから。誰よりも大切にするし、泣かせないし毎日笑顔にするから。だから……」
　翔太くんが、小さく息をついて。
「だから、俺を選んでくれないかな」
　その言葉と空気に、どこか既視感を感じて。
『絶対に後悔させないから。俺が楽しい1日にする。……だから──』
　これは、あの日──翔太くんにデートの話を持ちかけられた日のセリフの続きなんだということに気づいた。
　翔太くんの彼女になったら……、自分のことをこんなにも想ってくれている人の彼女になれたら。
　きっと、それはすごく幸せなことだと思う。
　翔太くんは、きっと宣言どおり大切にしてくれて、悲しむようなこともしなくて、毎日笑わせてくれるんだろうな。
　たしかに、後悔はしないかもしれない。
　だけど、だけど私は──。
　自分の中から自然と現れた、その答えをまっすぐに翔太くんに届けるために顔を上げた。
「ごめんなさい」
　自分の気持ちにもう迷いはない。
　あとはただ……、逃げずにちゃんと伝えるだけだ。
　翔太くんだって、大切な友達であることには変わりはないから。
「たしかに、私、翔太くんとこうやって過ごすの楽しいと

思ってる。それに、翔太くんを好きになれたら、どんなに幸せなんだろうって思ってるよ」

　好きになってくれる人を好きになれたら、こんな思いなんてしなくて済むのに。

　恋が一筋縄じゃいかないこと、みっくんに恋に落ちてやっと思い知った。
「だけど……翔太くんじゃダメなの」
「……うん」
「翔太くんといるときは、心が穏やかで楽しくて、すごく落ちついてて。反対にみっくんといるときは、悲しくなったり辛くなったり、そんなことばっかり」

　いつも、みっくんといるときは気持ちが忙しい。
「みっくんには何回も泣かされてきたし、私はみっくんのことが好きだけど、みっくんはそうじゃないし」

　みっくんの本命の女の子って誰なんだろう……。

　そんなことを考えている場合じゃないのに、ふと考えてしまった。
「……正直、みっくんといると苦しいよ」

　だけど……。
「だけど……それでも、誰よりもいちばん好きなの。翔太くんが、私じゃなきゃ意味がないって言ってくれたみたいに、私もみっくんじゃなきゃ意味がなくて」

　もしも、また生まれ変わったって、私はもう一度みっくんのことを好きになるんだと思う。

　もう一度──だけじゃなくて、何回でも。

「たとえ、どんなに苦くて苦しい恋だとしても、私の中ではずっとみっくんがいちばんで……。だから、ごめんなさい。翔太くんの気持ちには、応えられない」
　言い終えて、ばっと頭を下げた。
　しばらくの沈黙ののち、頭の上から翔太くんの声が落ちてきた。
「……そっか、やっぱ光希には完全敗北かー」
「……っ」
「一か八かの賭けだったけど、結果は見えていたようなもんだし」
　仕方ないよ、とやけに明るい声。
　きっと、私に気を遣わせないようにしてくれているんだと思う。
　私は下げていた頭をゆっくりと上げた。
　すると、ぱちりと視線が重なる。
「ありがとう、俺の話……聞いてくれて」
　ふっ、と微笑んだ翔太くん。
　私も言わなきゃいけないことがある。
「私のほうこそ、ありがとう。……私のこと、好きになってくれて、ありがとう。気持ちはすっごくうれしかったよ」
　心の底からの"ありがとう"を満面の笑みで翔太くんに伝えると、翔太くんは一瞬泣きそうに顔をくしゃりと歪めてから満面の笑顔を見せてくれた。
　そのまま2人で向かい合って、それから同じタイミングでふはっ、と吹き出した。

それから少しして、翔太くんが。
「そうだ、1つお願いしてもいい？」
「ほぇ？」
　私は首をかしげた。
　お願い……？
「最後に1回だけ、1回だけだからぎゅっとしていい？」
「えっ……」
　思わぬお願いに目を泳がせたけれど、
「……これで、ほんとにけじめつけるから」
　どこか憂いを帯びた声に、胸が締めつけられて。
　いてもたってもいられなくなった私は、両腕をバッと広げた。
「じゅっ、10秒だけだよっ？」
　それで翔太くんの心が少しでも癒えるなら、と。
　次の瞬間、私は翔太くんの腕の中に閉じ込められていた。
「ありがとう、ごめんね」
　私の耳元で翔太くんがささやく。
「いーち……にーい……」
　そして秒数をカウントしはじめた翔太くんは、どうやら律儀に10秒を数えてくれるようだ。
　そういうところが紳士なんだよなぁ、と思いながら身じろぎもせずにじっとしていると。
　翔太くんが8を数えるはずのところで、なぜかカウントを止めた。
　そして、ふっ、と笑って。

「よかったね、ひまりちゃん」
「えっ？」
　翔太くんが優しく笑う。
「どうやら、お迎えが来たみたい」
　翔太くんがそう言ったと同時に、ものすごい勢いで肩を掴まれて、翔太くんから引き剥がされた。
「わっ……!?」
　驚きと戸惑いでいっぱいで、何も言葉が出てこない。
「いいタイミングで来たね」
　翔太くんはのほほんと笑っているけれど。
　私はそれどころじゃない。
　わけがわからないよ。
　さっきまで翔太くんと２人きりで、最後に１回って言うから抱きしめられて、そしたら……そしたら、どうして。
　──どうして、みっくんがそんなに焦って私の腕を掴んでいるの……っ？
　そんな私をよそに、みっくんは強く言い放った。
「悪いけど、ひまりは昔から俺のだから」
　みっくんが翔太くんをひと睨みして。
　そして、翔太くんの答えを待たずに私の腕を引いてずんずんとどこかへ歩いていく。
　待って、どこ行くの……っ？
　早足で歩くみっくんに、足がもつれそうになりながらついていく。
　人通りの少ない路地裏に入って、そこで、やっと解放さ

れた。
「っ、は、はぁ……」
　息を荒らげる私を見下ろして、みっくんは自分の髪をぐしゃ、と乱した。
「何やってんの、おまえ……」
「へ……」
　みっくんの、聞いたこともないような切ない声に、驚いて顔を上げる。
「だから、浅野には気をつけろって言ったのに」
「えっと……」
　この状況に、私の頭はまだついていけていない。
「みっくんはどうしてここに……」
「……早坂から聞き出した」
「えっ？」
　思わず声を上げる。
「今日は大人しくしようと思ってたけど」
　はぁ、とみっくんがため息をつく。
「家にいてもおまえのことが頭から離れなくて」
「え……」
「いてもたってもいられなくなって、家飛び出してきた」
　な、何言ってるの、みっくん……。
　私、耳がおかしくなったのかな。
　いつものみっくんからは想像もつかない、甘すぎる言葉の数々にくらくらする。
「ひまりには悪いけど」

ダメだ、体中が沸騰しそうに熱いし、
「俺、ひまりのこと誰にも渡す気ねーから」
　ぼーっとするし、聞こえてくるみっくんの声は際限なく甘いし。
　これ……夢なのかな。
「おい、ひまり……？　どうした？」
　私を覗き込むみっくんの心配そうな顔。
　やっぱり私、好きだよ。
　みっくんのことが大好き。
　ぼんやりする頭でそんなことを考える。
　——それから訪れたのは、ふわふわして体が浮くような感覚。
　やっぱりこれは、夢だよね。
　だって、みっくんの姿がぼやけて白んでいく。
　最後にぐらりと足元が揺れて、
「ひまりっ!!」
　切羽詰まったようなみっくんの声と、それから誰かに抱きとめられた感触とともに、私の意識は完全に途絶えた。

我慢の限界＊光希side

　すーすー……と、ベッドの上で寝息を立てているのは、ついさっき俺の目の前で倒れたひまり。
　ほんっと、心臓が止まるかと思った。
　ぼーっと宙を見つめていたから、どうしたのかと思えばいきなりふらっと倒れるから。
　とっさに抱きとめた自分の瞬発力のよさに、これほど助けられたことはなかった。
　抱きとめた体も、かすかに漏れる吐息も熱く火照っていて、明らかに熱があるようだった。
　俺は、そのままひまりを俗にいう"お姫さま抱っこ"とやらで家に連れて帰り、母さんに事情を説明して。
　ひとまず俺の部屋で寝かせているところ。
　ひまりが眠るベッドを一瞥して、俺は、はぁ、とため息をついた。
　……数日前から、言葉では言い表せない、どうしようもない感情を引きずっている。

　12月25日、クリスマス。
　俺は今まで、イベントや記念日なんか意識したことなかったけれど、今年は柄にもなく、ひまりと2人きりで過ごしたい……なんて思って。
　だから終業式の日、ひまりが帰ってくるのをわざわざ家

の前で待ち伏せしていた。
　ほんと柄にもないけれど、少し緊張したりもして。
　……なのにさ。
『あのさ、25日って暇?』
『へ……25日?』
『あの……ごめんね、その日誘われてて』
　おずおずと謝るひまりに嫌な予感がした。
　なんとなく、その相手に予想がついてしまって。
　だって、わざわざクリスマスを狙ってくるヤツなんて知れてるだろ。
『誰?』
　そんな気持ちを悟られないように、できるだけ冷静にたずねたのに。
　そんなの無意味だったってことに後から気づく。
『翔太くん、だよ』
『は?』
　ひまりから返ってきた答えは予想どおり……かつ、聞き捨てならない名前で。
　先を越されていたことに苛立って、思わず責めるような声が漏れた。
『なんで浅野と会うことになってるわけ?　しかもクリスマスに』
　呑気なひまりを見ていると、ほんとに……どうしようかと思う。
　無自覚だし、無防備だし、どうしようもないのに俺の気

持ちはこれでもかってくらいかき乱してくるし。
『あの、翔太くんに誘われて……っ』
　ひまりの口から聞く他の男の名前に、俺の胸はじりじりと焦がされそうになる。
『だから？　浅野に誘われたからって、そうやってのこのこついていくわけ？』
『なっ……』
『ほんと、ムカつく』
　ひまりを責めたいわけじゃない。ほんとはもっと、甘やかして優しくしてやりたいのに……。
　苛立ちを押しつけるように、ひまりに当たってしまう。
『あっ、あああの！　25日はダメだけど、他の日ならいつでも大丈夫だよっ』
　そんな俺の様子に焦ったひまりが、そんなことを言ってくるけれど。
　俺が言いたいのはそういうことじゃない。
　別に、俺の約束なんか正直いつでもいい。
　会う約束さえできればそれでいいと思ってる。
　それより、
『……俺以外の男と２人きりとか冗談じゃねーんだよ、この鈍感ばか』
　俺以外の男と、しかもおまえのことを狙ってる浅野と、２人きりで出かけることに文句を言いたいんだよ。
　ひまりは鈍感だから、全っ然気づいてねーけど。
　ふとひまりの顔を見れば、困ったような顔をしていた。

……違う、そんな顔をさせたいんじゃない。
　いつでも笑顔でいてほしいのに、いつだって俺の勝手な感情のせいで、ひまりを困らせてしまう。
　そんな自分に嫌気が差して。
『……ごめん、頭冷やす』
　いったん家にでも帰って、気持ちを落ちつけようと思った。
　このままここにいても、ひまりを傷つけるだけだと思ったから。
　くるりと背中を向けようとすると、俺よりはるかに小さなひまりの手が、はしっと俺の腕を掴んだ。
『っ、みっくんっ！』
　ひまりの手の感触と、呼ばれた名前にドキリとして、思わず肩がびくりと揺れる。
　俺を見上げるひまりの顔を見下ろせば、涙をいっぱいに溜めて潤んだ瞳で必死に俺を見つめてくる。
　……やばい。
　とっさに自制をかけた。
　そういう状況じゃないっていうことはわかっているのに、本能的にひまりに触れたくなってしまって。
　だって……そんな表情、かわいすぎるから。
　涙目にまで欲情してしまう自分にまた嫌気が差してきて、感情を必死で振り払った。
『ひまりのせいじゃないから』
『っ？』

『どっちかっていうと、俺の問題。……だからそんな、泣きそうな顔すんな』
　そう言いながら、なんとか理性を保ちながらひまりの涙を拭う。
『じゃあ、帰るか』
　そして、逃げるようにそう告げれば。
　やっぱり鈍感なひまりは、かわいく手を振って見送ってくれて。
　そんな姿が健気……っていうか、いじらしくて、壊れ物を扱うかのようにするりと頭を撫でた。
　そして、家に入ろうとして——ふと、言い忘れたことに気づく。
　こいつのことだから、きっと俺が今から言うことの意味さえもわからないんだろうけど。
　それでも釘を刺さずにはいられない。
『……くれぐれも、浅野には気をつけろよ』
　そう言いおいて、扉をぱたん、と閉めた。
　そして、ふぅー……と深く息を吐き出す。
　あいつといると疲れる。
　心配が絶えないし、心臓が保たないし、理性も限界すれすれ。
　その上、クリスマスは浅野と過ごすとか……。
　はぁ、とため息をついて、しばらくの間、行き場のない嫉妬心を持て余していた。

『あれ、棚橋くん?』
『早坂?』
　終業式の翌日、冬休みの初日。
　学校から出された課題に手をつけていた俺は、無性にポテチが食べたくなって。
　家の近くのコンビニに行けば、そこには偶然早坂がいた。
『こんなところで会うなんて珍しいね、何買いに来たの?』
『ポテチ食いたくなって……』
『わかるよ〜、そういうときってあるよね!　私はアイス食べたくなっちゃったんだけどね』
　そう言って、ソーダ味のアイスキャンディーのパッケージを俺に見せる。
　早坂はなんていうか……喋りやすい。
　ひまりに高校で最初にできた友達が早坂でよかったと心底思う。
　逆に、ひまりのそばに早坂がいたからこそ、俺はなかなか自分の気持ちに気づけなかったのかもしれないけれど。
　だって、ひまりが頼れるヤツが俺しかいなければ、どうしたって俺はあいつのことを突き放すことなんかできなかっただろうし。
『じゃあ、またね!』
　他愛ない会話を終えて早坂がコンビニを出ようとした。
『……っ、早坂待って』
　だけど、俺はとっさに早坂を呼び止める。
　そんな俺に、早坂は驚いたように振り返った。

無理もない。
　だって、早坂とこうやって2人で話す機会なんて今までなかったから。
『あのさ、聞きたいことがあるんだけど』
『え、どしたの？』
　首をかしげた早坂は、あっ、と思い当たったように口をつぐんだ。
　ひまり絡みの話だと勘づいたんだろう。
　……まあ、そのとおりなんだけど。
『ひまりから何か聞いた？　──25日、浅野とどっか行く、とか』
『ふはっ』
　俺の真剣な様子に堪えきれなくなったのか、早坂が吹き出す。
　自分でも、こんなこと聞くなんて情けないとは思うけれど、でも、聞かずにはいられない。
　気になって、しょうがなくて。
　そしてひとしきり笑ったあと、早坂は俺にひまりから聞いたことを洗いざらい教えてくれた。
　早坂は全部聞いていたらしく、行き先も、待ち合わせ場所までも、懇切丁寧に教えてくれて。
　なんでそんなに早坂が俺に協力的なのかが不思議に思って聞いてみた。
　すると。
『うん、私はね、個人的に棚橋くんのこと応援してるだけ！』

『は?』
『ひまりのこと、好きなんでしょ?』
　確信した様子で口角を上げる早坂に度肝を抜かれた。
　藤宮にもあっさり見抜かれたし……俺ってそんなにわかりやすい?
　動揺する俺を見て、早坂はくす、と笑った。
『あ、でも、ひまりの幸せがいちばんだからね!　ひまりが選んだ道を応援するけど!』
　早坂の言葉にハッとする。
　……そうだよな、いちばん大事なのは、あいつ自身の気持ちで。
『ごめん、呼び止めて。ありがとう』
『ううん、じゃあね!』
　早坂とはそれ以上何も話さず、そのまま別れた。
　早坂の話を聞いて俺がどうするかは——、俺次第、ということか。

　そして今日に至る。
　……本当は浅野のところになんか行かせたくなくて、引き止めてやろうか、と朝から何度も考えた。
　だけど、そのたびに、
『ひまりの幸せがいちばんだからね!』
　早坂の言葉が頭をよぎった。
　早坂は、2人が駅前のカフェに行くんだと教えてくれた。
　しかも、それは予約困難なんだと。

甘いものには目がないひまりのことだから、楽しみにしているのは間違いない。
　それに。
　ひまりの補習の面倒を見た日のことを思い出す。
『本気で好きな人を見つけたの』
　あのときは本気で焦った。
　つい最近まで、恋愛なんてよくわからない、みたいな顔してたくせに。
　いつの間に、なんて思って。
　その相手が誰かなんてわからないけれど、浅野だという可能性だってあるわけで。
　……もしそうなら、本気で気に食わないけれど。
　だけど、俺のせいでひまりを傷つけるのはもうこりごりだった。
　だから、今日は家で大人しくしていようと苦渋の決断を下したのに。
　ひまりが楽しみにしているなら邪魔しないでおこう、と思ったのに。
　考えないようにすればするほど、頭の中をひまりが占めていく。
　気を紛らわそうと、テレビを見たりマンガに手を伸ばしたりしてみてもまったくの無駄で。
　……我慢の限界が訪れるのは、想像以上に早かった。
　ひまりが浅野と一緒にいるところを想像してしまったが最後、大人しく待っているなんて俺には無理だった。

家を飛び出して、駅のほうまで走る。
　すると視界に飛び込んできたのが、浅野がひまりを抱きしめている光景で。
　考えるよりも先に体が動いて、ひまりを浅野から引き離していた。
　もうほんと無理、勘弁して。
　好きな女を探しに来て、他の男に抱きしめられてるのを見せつけられる俺の身にもなってほしい。
『悪いけど、ひまりは昔から俺のだから』
　あんなセリフを、恥ずかしがらずに言えるくらい冷静さを失っていた。
　無理やり、ひまりを人通りの少ない路地まで引っ張ってきて。
　そして、ひまりが熱でぶっ倒れて──、今に至る。

「ん……」
　ベッドから聞こえてくる、ひまりの身じろぐ声。
　……拷問だろ、と思う。
　自分の部屋で、しかもベッドの上で、幼なじみではあるけれど、仮にも好きな女が寝てるとか。
　ごくり、と喉を鳴らす。
　気を抜くと、今にも襲ってしまいそうで。
　必死で自分の中の誘惑と闘っている。
　だけど、ひまりは今熱を出していて。
　様子を見ないで放っておくわけにもいかない。

はぁ……、と息をついて。
　気持ちを落ちつけてから、ひまりが眠るベッドに近づいた。
　手のひらをひまりの額に当てる。
「あっつ……」
　触れただけでわかるほどの高熱で、相当しんどいんだろうな、と思った。
　それと同時にモヤモヤとする。
　――体調悪いくせに、無理してまで浅野に会いに行ったわけ？
　寒いくせにスカートなんかヒラヒラさせてオシャレして。
　全部浅野のため……？
　ギシッとベッドを軋ませて、ひまりの顔を覗き込んだ。
　白くて柔らかそうな肌、散らばるさらさらの黒髪、長い睫毛に、熱のせいか赤く火照った頰と唇。
　誰にも渡したくなくて、一つ残らず俺のものにしてしまいたい衝動に駆られる。
　誰にも見せたくないし、触れさせたくない。
「は……」
　荒く、息を１つ吐いた。
　いつの間に、こんなにひまりに落ちてたんだろう。
　自分の独占欲の強さに、今さら気づく。
　本当は今すぐにでも、ひまりを"俺の"だと公言できるような関係になりたい。

……でも、今まで散々『嫌い』だと言い放って、傷つけてきたから。
　突き放して、冷たく当たって。
　それなのに自覚した瞬間に手のひらを返すなんて、さすがに自分勝手すぎる。
　だから、今まで傷つけた分、ちゃんと笑顔にしてやってから。
　冷たく当たった分、甘やかしてから、それから"好き"だと伝えたい。
　生半可な軽い気持ちじゃなくて、本気で惚れてるってちゃんとわかってほしいから。
　かすかに寝息を立てているひまりを見つめる。
　苦しそうだったのが、さっきよりずいぶんと落ちついている気がしてほっとした。
　体温を確認するため額にもう一度手で触れると、俺の手の冷たさにひまりが少し身じろいで。
「……ん、みっく、ん……」
「……っ」
　寝言で俺のことを呼ぶ。
　寝ているからか、いつもより数段甘ったるい声で。
「最っ悪……」
　ぼそ、と呟く。
　心臓の音がうるさい。
　寝言だってわかっているのに、まんまと煽られた。
　ベッドの上だとか、寝顔だとか、白くて細い首筋だとか、

吐息だとか。
　そんな状況の中で寝言で名前なんか呼ばれたら――。
「……ひまりのせいだから」
　理性なんてあってないようなもので。
　ギシ、とベッドのスプリングの音が部屋に響く。
　ひまりの、すやすやと眠るその顔に唇を寄せて――。
　唇と唇が触れる、すんでのところで頭の片隅に残った理性を振り絞って止めた。
「は……っ……あっぶな……」
　キス、しそうになった。
　……つぅか、普通に我慢できなかった。
　はあ、と息をついて頭を抱える。
　あのキョリでよく抑えられた自分を褒めてやりたい。
　でも唇にキスをするのは、ちゃんと想いを伝えてからがいい。
　そうじゃなきゃ、ダメな気がしたから。
　――だから、今はこれで。
　くすぶった熱を消すために、ひまりの前髪をかき上げて、その額に唇でそっと触れる。
　ひまりの髪の毛からふわりと香ったシャンプーの甘い香りに、また理性をなくしかけて、慌てて顔を離した。
　我に返って、ため息をつく。
　何やってんだ俺……。
　そして、まだしばらく眠りから醒めなさそうなひまりを一瞥して。

今すぐにでも隣の家に帰そう、と決めた。
　このままこいつをここに寝かせるのは危なすぎる。
　──俺の理性も、もう限界だから。
　ふ、と息をついて、体が冷えてしまわないように毛布ごとひまりを持ち上げた。
「……好きだ」
　小さく、呟く。
　いつか、ひまりが起きているときに伝えられたらいいなと思った。

　──その日の夜、ひまりの匂いが残るベッドでなかなか寝つけずに苦労したのは、また別の話。

いちばん好き、大好き。

「みっくん！　ごめん、待った……？」
　家を出ると、すでにみっくんは待っていた。
　慌てて謝ったけれど、
「遅い」
　ばっさりと切り捨てられる。
　さすがはみっくん、『俺も今来たとこだよ』なんて甘いことは言ってくれないみたい。
　一応、待ち合わせ時間には間に合ってるんだけどなぁ。
　むーっと少し頬を膨らませながら、みっくんを見上げると、みっくんは少し頬を染めて視線を逸らしてしまう。
　そんな仕草に私が首をかしげると、
「行くぞ」
「あっ、待って……！」
　みっくんが無愛想にそう言って歩きはじめたから、慌ててあとを追いかけた。
　今日は年が明けて、1月1日お正月。
　みっくんとこれから、近所の神社に初詣に行くところ。
　振り返りもせずに先を行くみっくんを小走りで追いかけて隣に並んで。
　するとみっくんは、何も言わずに車道側へと移動してくれた。
「ありがとう」

「……別に」
　私に歩道側を空けてくれる、その小さな優しさにうれしくなってゆるゆると頬を緩めた。
　緩んだ頬を隠さずに、みっくんの隣を上機嫌で歩いていると、みっくんが怪訝な顔をして。
「……今日も寒そうな格好してるけど、風邪は治ったわけ？」
「"寒そう"って……」
　もっと他に言い方があると思うよ。
　昨日の夜から迷いに迷って選んだ服なのに。
　私が今日着ているのは、ニットワンピースで、サイドには編み上げのリボンがついているデザイン。
　お気に入りのマフラーを巻いて、お気に入りのかかとの高い靴を履いてきた。
　迷いに迷って選んだのに、"寒そう"のひとことで済まされるなんて。
　ちょっとくらい、『かわいい』って言ってくれたっていいのに、なんて思ってしまう。
　目で訴えようと、みっくんの顔を見上げると、みっくんは思ったよりも心配そうな表情で。
　そんな表情にハッとした。
　——クリスマスの日、翔太くんに告白されたかと思えば、なぜかみっくんが現れて、そしてみっくんの存在に安心した私は倒れてしまったんだ。
　病み上がりで体調が万全ではなかったかもしれないけれ

ど、まさか熱があったなんて気づかなかった。
　あのときの記憶は熱に浮かされていてほとんどなくて。
　でも、自分の部屋で目が覚めたあと、ママが教えてくれたんだ。
『光希くんがここまで運んでくれたんだよ』って。
　そこで初めて、みっくんと会ったのが夢じゃなかったんだって気づいて。
　そして慌ててメッセージを送ったの。
【家まで送ってくれてありがとう！　あんまりよく憶えていないけど、ママに聞きました。迷惑かけちゃってごめんね……】
　すぐに既読がついて、数分もたたないうちに返信が来て。
　調子はどうなの、とか、家には誰かいるの、だとか他愛ない話をしばらく続けていたんだけれど。
　そんな話も終わろうとしていたとき、みっくんから送られてきたメッセージにびっくりして思わずスマホを取り落としてしまった。
【1月1日ってヒマ？　空いてたら、初詣行こ】
　まさか、みっくんから私を誘うようなことなんて、あるはずもないと思っていたから、本当にびっくりして。
　だけど、うれしいことには変わりなかったから、
【空いてるよ！　ぜひ!!】
　と二つ返事で返したのは言うまでもない。
　そして、今は2人で初詣に行く途中、というわけで。

心配そうな視線を私に向けるみっくんを、見つめ返した。
　みっくんは本気で私の体調を心配してくれているみたい。
「大丈夫だよ、薬も飲んであったかくして寝てたから、今日はもう万全なの！」
　安心してほしくて、笑顔でそう言うとみっくんはほっと肩の力を抜いた。
「そう」
　相変わらずみっくんの返事は素っ気ないけれど、心配してくれていたとわかったから全然気にならない。
　んふふ、と笑みをこぼしながらワンピースの裾を揺らしてるんるん気分で歩いていると、みっくんが眉を寄せて。
「はしゃぐのはいいけど、あんま俺から離れんなよ」
　私に忠告する。
　離れんなよ、なんて。
　私からすれば、うれしすぎる命令で。
　年明けから幸せすぎるなぁ、と思った。

　神社に着けば、お正月だからか、すごい人だかりで。
　みっくんを見失わないようにしてついていく。
「とりあえず、お参りしに行くか」
「うん！」
　まず私たちが向かったのは、本殿。
　柄杓で手を清めてから参拝の列に並んだ。
「みっくん、お願いごとってもう決めてるの？」

「まーな」
「ひまりは？」
　みっくんに聞き返されて、んー……と考える。
「今から考える！」
　そんな私の回答に、みっくんがふ、と笑った。
　だって、まだちゃんと考えてなかったんだもん。
　スイーツをいっぱい食べたい、とか。
　頭がよくなりますように、とか。
　細かく考えればどれもこれも願いごとだけど、でもあまりピンとこない。
　うーむ……と真剣に考えはじめた私を、みっくんが優しい目で見下ろしているのを気配で感じた。
　混み合っているせいで、触れ合っては離れる肩の体温。
　ドキドキして、それから幸せだなぁ、なんて。
　そんなことを考えているうちに自分たちの順番が回ってきた。
　……まだ神様へのお願いごとは定まっていない。
　そんな私より先に、みっくんが二礼二拍手一礼をする。
　そして、目を伏せて。
　そんなみっくんの姿を、気がつけばじっと見つめていた。
　そして、
「あっ」
　見つけた、私が神様にお願いしたいこと。
　みっくんが参拝を終えて頭を上げたくらいのタイミングで、私は二礼二拍手一礼。

そして、ぎゅっと目を閉じて。
どうしても叶えたい、と思い浮かべたのは。
〈みっくんと、ずっと、ずーっと、一緒にいられますように〉
当たり前のようで奇跡のような、今、みっくんの隣にいる幸せが、これから先も続きますように。
……本当は、もっとずるいことを考えたりもした。
本当は、みっくんも私のことを好きになってほしい。
いちばん好きだって言ってほしい。
みっくんの特別になって、彼女になりたい。
みっくんを想えば想うほど、ずるくて欲張りな願いごとなんてきりがないほど浮かんでくる。
……だけど。
その、私のひとりよがりでずるい願いごとを神様に頼むのはどこか違う気がした。
みっくんのことが大好きで、みっくんの彼女になりたいけれど、それを選ぶのはみっくん自身であって神様じゃない。
私は、みっくんがみっくん自身で選んだその相手になりたいから。
——だから、今は、みっくんのそばにいることを。
大好きなひとのそばにいられる幸せが、ずっと続きますようにと。
深く深く願ってからぱちりと目を開けた。
視線を横にうつすと、みっくんが手招きしている。
私は弾かれるようにみっくんのほうへ駆け寄った。

そのあとは、毎年恒例のおみくじを引きに行って。
「せーのっ！」
　そして私のかけ声を合図に、２人で一斉におみくじを開いた。
「やったあっ、大吉（だいきち）！」
「俺も」
　私が手を挙げて喜ぶと、みっくんも大吉だという。
「えっ!?　すごい……！」
　みっくんのおみくじを覗くと、たしかに大吉で。
　２人揃って大吉なんて、そんなことあるんだ。
　いい１年になればいいなぁ、と心の中で思うと、
「……いい１年になればいいな」
　みっくんがそっくりそのまま声に出して。
　同じこと考えてた！と勝手にうれしくなって。
　しばらくにやけていると、みっくんが私を小突いた。
「おい、そろそろ帰るぞ」
「えっ、もう帰るの？」
　もうちょっとみっくんといたくて、思わず口に出してしまう。
　口に出してから少し恥ずかしくなったけれど、そんな私にみっくんが一言。
「このままここにいてどうすんだよ」
　正論すぎてぐうの音も出ない。
　ごもっともだ。

それから家までの帰り道を2人並んで歩いていたんだけれど……。
　みっくんがふと、何気なく私に尋ねてきた。
「なあ、おまえ結局、なんてお願いしたわけ？」
　ずいぶん迷ってたみたいだけど、と。
　何気なく投げかけられた質問に、私はたじろいだ。
　だって私のお願いごとって、みっくんのことなんだもん。
　……だけど、隠すほどのことでもないかも。
　よし、と心を決めて、みっくんに素直に教えてあげることにした。
「あのね……」
　でも、いざ言葉にしようとすると照れくさくなって。
　顔に熱が集まるのが自分でもわかる。
　そんな私のことを、不思議そうに見つめていたみっくんに告げる。
「みっくんと、ずっと、ずーっと、一緒にいられますようにって」
　照れ隠しに、手のひらで頬を押さえながら言った。
　うわあ、言葉にするとめちゃくちゃ恥ずかしい……。
　でも、これを聞いてみっくんがどう思うのか気になったりもして。
　すると、みっくんがぴたり、と足を止めた。
「は……？」
　そして、わけがわからない、と言うように声を漏らす。
　そんなみっくんの様子を、きょとんとしながら見つめて

いると、
「あー……、くそ……」
　みっくんが何やら苦しそうに唸って。
　心配になった私が、
「みっくん、だいじょう——」
　大丈夫？と聞こうとした言葉は、
「っひゃあ!?」
　突然みっくんの腕に閉じ込められた勢いで、宙ぶらりんのまま消えていった。
　腰に回ったみっくんの腕は、ぎゅう、とまるで"離すつもりはない"と言われているようで。
　どくどく、と心臓の音がうるさくなる。
　どうして、こんなこと——みっくんにこんなに強く抱きしめられているのか、全然わからなくて。
　頭が真っ白になって、何も考えられなくて。
　でも不思議と嫌じゃなくて。
　現れては消えるいろんな感情を必死で整理していると、みっくんが私の耳元で掠れた声でささやいた。
「……ごめん、もう限界」
「えっ……？」
　あまりにも切なくて、それでいて熱っぽいみっくんの声に思考が溶かされそうになる。
「本当はもっと、今まで傷つけた分甘やかしてから言おうと思ってたのに」
「こんなはずじゃなかった、のに」

みっくんが発する言葉のひとつひとつが耳を掠めて、心臓がありえない速さでドキドキして。
「ほんと……なんなのおまえ」
「っ！」
　責めるような口調なのに、責められているような気がしない。
「俺とずっと一緒にいたいとか、んな予想してないようなかわいいこと言うから俺は……」
　はぁ、と熱いため息をついて。
　みっくんは強く抱きしめていた私を解放した。
　そして、私の目をまっすぐに見つめる。
　その視線はまっすぐで、澄んでいて、熱っぽくて、真剣で――まるで、私に。
「――ひまりが、好きだ」
　恋、しているような。
「へ……？」
　ぽかん、と口を開いたままかたまった。
「ずっと避けてきたのに、今さら好きだとか言えなかったけど」
「……っ」
「もう無理。こうやって、うだうだしている間にどっかの誰かのものになるかもしれないとか考えただけで」
　ねぇ、夢なのかな。
　夢だよね。
　だって、みっくんがこんな、私に向かってこんなこと言

うわけが――。
「だから、俺だけが好きだって言って、ひまり」
「っ……うそ、だよ」
　こんなの、絶対うそだよ。
　なのに、みっくんの瞳はうそをついているようには見えなくて。
「みっくん、私のことが嫌いだって何回も……っ！」
　何回も何回も、冷たくあしらわれてきたのに。
「ごめん、ひまりのことを想う気持ちをずっと"嫌い"なんだって言い聞かせてた」
　そんなの……そんなの、知らないよ。
　聞いたこともない。
　それに、
「みっくんには、いっぱい彼女がいたじゃん！　私は彼女にはしてくれなかったくせにっ」
　他の女の子と、いったい何が違って、どこが悪いのか、何回も考えたんだよ。
「ちゃんと全員と話して、けじめつけてきたから。他のヤツらとおまえは……なんつーか、全然違うんだよ、勝手が」
　でも……でも、だって。
「みっくんには……本命の女の子がいるって……」
　聞いたから。
　だから、ずっと黙ってみっくんのことを想い続けてきたのに。
「……いい加減気づけよ。その相手が、おまえなんだって

こと」
　あぁもう、疑ってばかりで考えることに疲れてしまった。
　――ねぇ、こんな夢みたいなこと、信じてもいいの？
「……ほんとに？」
　疑るように、みっくんを見上げると。
「うそじゃねーよ。おまえが、ひまりだけが、好きだ。いちばん好きなんだよ」
　甘くて、甘すぎて、胸焼けしそうな、みっくんのセリフ。
　本当に信じられなくて、私は自分の頬を強くつねった。
「痛……い……」
　ほろり、と涙が溢れる。
　一度溢れると、それはもう止まらなくて。
　ぼろぼろとすごい勢いで流れ落ちていく。
「っ、なんで泣くわけ」
　そんな私に、みっくんは戸惑ったように声を上げた。
　なんでってそんなの。
　そんなの。
「みっくんが、好きだからだよ」
「……は？」
　みっくんがきょとんと、瞬きを繰り返している。
　みっくんのこんなにまぬけな顔、今まで一緒に過ごしてきた中で初めて見たかもしれない。
「……っ、ずっと、好きだったの！　だけど、絶対叶わないって思ってたから、なのに……」
　伝えたいことはいっぱいあって。

ありすぎてぐちゃぐちゃになって。
　　考えた末に口から出たのは、ありふれた言葉。
「みっくんが、誰よりもいちばん好き。大好きだよ」
　　ありったけの想いを全部込めて、まっすぐにみっくんに届ける。
「……幼なじみとして、とか言ったら許さないから」
「言わないよ……！　だって、１人の男の子として、みっくんが好きだから」
　　もうどうにでもなれ。
　　そう思って、正直な気持ちを叫ぶ。
　　すると、今度はゆっくりと。
　　包み込むように、確かめるように、みっくんに抱きしめられた。
「ほんとに？　ほんとに、俺が好き？」
　　少し掠れた甘えるようなみっくんの声に、私は何度も頷いた。
「みっくんだけが、好きだよ」
　　やっと、やっと伝えられた。
　　涙に乗せた想いは、やっとみっくんに届いた。
「今まで、いっぱい傷つけてごめん」
「うん」
「これからは笑顔にするから」
「……うん」
　　だから。
「俺の、彼女になって」

「……っ」
「神頼みなんかしないでも、ずっと俺の隣にいて」
　抱きしめられて、触れ合ったみっくんの胸から、私と同じように速く打つ心臓の音が聞こえる。
　こんなうれしい奇跡、あっていいのかな。
　大好きで、大好きで仕方のない人が、同じように私を思ってくれているなんて——。
　ものすごい奇跡が、今起きている。
「もちろんだよ……っ！」
　私は、笑顔で大きく頷いた。

　同じ帰り道。
　繋がる手、伝わってくる同じ温度の体温。
　どれをとっても幸せで、そして少しくすぐったい。
「……ねぇ、みっくん」
　あのあと、いろんな想いが溢れ出して涙が止まらなくなってしまった私が泣き止むまで、みっくんは待ってくれて。
　ようやく落ちついてきて家へと向かっているところ。
　自然と差し出された手に自分の手を重ねれば、恋人繋ぎになって、思わずにやけてしまったのは私だけの秘密。
　みっくんに呼びかけると、みっくんは優しく、ん？と首をかしげた。
「こうしてると、昔に戻ったみたいだねっ！」
　ほら、小学生のとき。

２人で手を繋いでよく帰ったよね。
　歩くのが遅い私の歩幅に合わせて、みっくんもゆっくり歩いてくれたの。
　……懐かしいなぁ。
　懐かしい思い出に思いを馳せて、ふふ、と頬を緩めていると。
「たしかに、そんなこともあったけど」
　あれ？
　みっくん、どこか不機嫌……？
　その理由はすぐに明らかになった。
「俺は昔に戻ったつもりなんてないから」
「ほぇ？」
　どういうことかわからなくて、首をかしげたのはわずか一瞬。
　みっくんに片腕をぐい、と強く引かれて、顎を持ち上げられたかと思えば、次の瞬間には。
「んむっ……んんっ……」
　みっくんの唇によって、私の唇がふさがれた。
　柔らかい感触とみっくんの顔の近さに一気に体温が跳ねあがる。
「ん……うっ……」
　角度を少し変えて、また重なる。
　酸素がなくなりそうだというのに、なかなか離してくれない。
　くるし……っ。

息が、というよりは胸のあたりが。
　みっくんのことが好きすぎて、この気持ちをどこにやればいいかわからなくて、苦しい。
「っ、はぁ……っ」
　しばらくして、みっくんがゆっくりと名残惜しそうに唇を離した。
　私は勢いよく空気を吸い込む。
　くらくらする頭で、なんだかもう何も考えられない。
　い、今のって。
「ファーストキス……？」
「……初めてじゃないと、俺が困る」
　私は酸欠で苦しくて肩を上下させているというのに、みっくんは余裕そうで。
　……みっくんはどこまでもずるい。
　恨めしく思いながらみっくんを睨むように見上げれば。
　みっくんは意地悪く笑う。
「わかった？」
「……な、何が……」
「俺らの関係が、昔とはまったく違うってこと」
「っ……！」
　私ばっかりドキドキしてる、絶対。
　──だけど、もうそれでもいいや。
　これ以上の幸せなんて、今は見つからない。
「ひまりの初めて、これから全部もらうから」
　みっくんも幸せそうに笑うから、もう降参。

「……っ、みっくんにあげるよ、全部」
「っ!?　……あー、これだから鈍感は……」
　みっくんが、耳たぶに指先で触れた。
　その照れた顔も、笑顔も、これからは全部、私にも見せてね。
「そうだっ」
　大事なことを言い忘れていた。
「みっくん、あけましておめでとう!」
　微笑みながらみっくんに言う。
「今年もよろしくお願いします」
「こちらこそ」
　みっくんが笑顔で返してくれて。
　これからもずっと一緒がいいね。
　まずは今年1年よろしくね。
　いろんな想いを心に秘めて、私も満面の笑みを浮かべた。

苦くて甘い、キミとの恋

　みっくんの彼女になってから、早2ヶ月。
　3月に入り、冬が終わってそろそろ暖かくなってきた、そんなとある土曜日。
「ねー、ちょっとそこのキミ」
「え……っと、私、ですか?」
　突然知らない男の人に声をかけられ、人見知りが発動する。
　ためらいながらも応えると、その男の人は嬉々として近づいてきて。
「ねえ、1人で何してるの？　暇なんだったら、俺と遊ばない？」
「ひ、1人っていうか……暇なわけじゃなくて……」
　ぐいぐいと迫りくるその人に、しどろもどろになりながらもなんとかかわそうとするけれど、男の人の力に敵うわけがなく。
「ね、行こ？」
「……っや……っ！」
　腕を強引に掴まれて、小さく悲鳴を上げたとき。
　後ろから、大好きな声と香りに包まれた。
「なあ、俺の彼女に何してるわけ？」
　苛立ちが全面に表れた声。
　そのあまりの迫力に私の腕を掴んでいた力が緩んで、そ

の隙を見逃さずに私は手を振り払った。
「いやあ……別に、何も……」
　あとずさりながら、冷や汗を流す男の人をみっくんは、キッと睨んで。
「だったら早く立ち去って。不愉快」
　冷たく言い放った。
「……くそっ、彼氏持ちかよ……！」
　そんなみっくんに、その人は捨てゼリフを吐いて、すごすごとどこかへ行ってしまった。
「ありがとう、みっくん」
　私が困ってるのに気づいて、助けてくれたんだよね。
　お礼を言った私に、みっくんはため息をついた。
「……なんで今日に限って俺より早く来てるわけ」
　今日はみっくんとデート。
　初詣に一緒に行ったきり、なかなか休日の予定が合わなくて、じつはこれが初デートだったりする。
　だから、今日はみっくんより早く来て待っていようと思ったのに……。
「ダメだった？」
「今度から俺より早く来るの禁止」
　ええっ。
　遅く来たらそれはそれで、『遅い』なんて文句を言うくせに理不尽だよ。
　みっくんは、彼氏になってからも、相変わらずわかりにくいときが多々ある。

「それから、やっぱり今度からは待ち合わせは家の前がいい」

　みっくんがまた口を開いた。

　普段みっくんと出かけるときは家の前で集合なんだけど、デートだから離れたところで待ち合わせをしてみたくて。

　わがままを言って、今日は駅前で待ち合わせにしてもらったんだ。

「どうして……？」

　たしかに、お隣さんだから家の前で待ち合わせのほうが都合はいいかもしれないけれど。

　そんなにこだわらなくても、と思い首をかしげた。

「……心配なんだよ」

「へ？」

「"馬子にも衣装"……って言うだろ」

　一瞬なんのことか考えて、それから私服のことだということに気づいた。

　"馬子にも衣装"という言葉にガーンとショックを受けていると、みっくんが少し息をついて。

「うそだよ。……俺がいないところで他の男に見せたくない、だけ」

　おまえ無駄に男惹きつけるし、と。

　気まずそうに言って頬をかくみっくんに、胸がきゅーんと鳴る。

　これって、もしかしなくても、やきもちだよね？

相変わらず、みっくんは緩急が激しすぎる。
　苦いと思った次の瞬間、信じられないほど甘くなったりするから、ドキドキさせられるのはいつも私のほうだ。
「行くぞ」
　照れた私に気づいたのか、みっくんは誤魔化すように私の手を掴んで歩きはじめた。
　自然と繋がれた手に、いちいちうれしいと思ってしまう。
　歩幅を合わせてくれるみっくんに好きを募らせながら、他愛ない会話をしながらついて行った。

「こちら、ブルーベリーレアチーズタルトと苺たっぷりショートケーキになります」
　みっくんの前にはタルト、私の目の前にはショートケーキが置かれる。
「わあ……っ!!」
　私は思わず感嘆の声を上げた。
　目の前に置かれた、ふわっふわのスポンジのショートケーキに心が踊らないわけがない。
　いただきます、と手を合わせてフォークを入れる。
　そして、ぱくりと一口。
「ん～っ！　おいしー！　幸せ！」
　ショートケーキって王道だけど、不思議と絶対に飽きないんだよね。
　生クリームの甘さが絶妙だし、イチゴの甘酸っぱさとの組み合わせが最強なんだよなぁ。

目を輝かせる私を見て、みっくんがふは、と吹き出した。
「ひまりって本当、うまそうに食うよな」
「だっておいしいんだもん……！」
　もう一口味わってから、ふと重大なことを思い出した。
「あれ……みっくんって、甘いもの苦手だったよね……？」
「……」
　無言。
　ということは、図星で間違いないだろう。
　昔からみっくんは、甘いものは好き好んで食べない。
　私が苦いものが苦手なように、みっくんは甘いものが苦手だから。
　なのに……。
「なのに、どうしてここに連れてきてくれたの？」
　ここは、電車で2駅ほど行ったところにあるカフェ。
　ＳＮＳで見つけて以来、ずーっと行きたかったところなんだ。
　今日の行き先はみっくんにお任せで、ここに来るまで知らなかった。
　私は行きたかったところに来られてとってもうれしいんだけど、その反面、みっくんはいいのかな……と思ってしまう。
　心配する私に、みっくんは柔らかく微笑んだ。
「それでいいんだよ。だって今日は、ホワイトデーとひまりの誕生日祝いのつもりだし」
「えっ……!?」

ホワイトデーは３月14日。
　ちなみに私の誕生日は、３月10日。
　たしかに今日は、その両方の日からいちばん近い土曜日。
「そーいや、言ってなかったけど、チョコうまかったよ」
「ほんとに？　よかった〜」
　１ヶ月前のバレンタインデー。
　毎年みっくんには手作りチョコを渡してはいたんだけど、今年は初めての本命チョコで……。
　今までとは気合いの入り度合いが違った。
　何が難しいって、みっくんは甘いものが苦手だということ。
　夏奈ちゃんにもアドバイスをもらいながら、ビターチョコを使ってコーヒー風味のトリュフを作ったんだ。
　渡したときに『ありがと』とは言ってもらえたんだけど、感想を聞く機会はなくて。
　もしかして口に合わなかったかな……なんて不安だったんだ。
　よかったぁ〜……と、胸をなで下ろしているとみっくんが私のことをじっと見つめてきた。
　なんだろう、と思って身構えると。
「んで、少し早いけど誕生日おめでとう、ひまり」
「……っ！　ありがとう……」
　思いがけないお祝いの言葉。
「俺たちは幼なじみだけど」
　と、前置いて、少し真剣な顔をして。

「幼なじみだから、ひまりのことを好きになったわけじゃない。ひまりだから好きになったし欲しいと思った。……だけど」

みっくんは耳たぶに手で触れる。

そのしぐさに、胸がきゅんと疼いた。

「ひまりが幼なじみでよかった。16年前、隣の家に生まれてきてくれてありがとう」

「……！」

温かい言葉に思わず泣きそうになってしまった。

幼なじみでよかった、なんて、そんなの私のセリフだよ。

みっくんと幼なじみでよかった。

出会えてよかった。

好きになってよかった。

みっくんと想いが通じ合った今、本当に幸せで。

「みっくん、大好き」

思ったことがそのまま声になって少し恥ずかしくなったけれど、私の言葉に真っ赤になったみっくんを見て、恥ずかしさなんて飛んでいった。

「……ほんっとひまりって、俺を煽るの上手いよな」

「ほぇ？」

きょとんとした私の様子をひととおり眺めたみっくんは、

「今はわかんなくていいよ。――そのうちいやでもわからせるから」

ふ、と笑いながらそう言った。

ドクン、と心臓が甘い音を立てる。
　みっくんといると、私の心臓は大忙しだ。
　そうしているうちにウエイトレスさんがやってきて。
　私たち２人を見比べて、口を開いた。
「当店は、カップルのお客様限定のケーキをサービスでお出ししているのですが、いかがでしょうか？」
　カップル限定ケーキ……？
　考えてみても想像はつかなかったけれど、ケーキと聞けば食べたいに決まっている。
　そんな私の心を読んだのか、みっくんが答えた。
「ぜひ」
　すると、ウエイトレスさんは微笑みながら頷いて。
「では、お２人の仲を確かめるための簡単なチャレンジに挑戦していただきますね～」
　チャレンジ……？
　首をかしげた私に、ウエイトレスさんが説明をする。
「なになに、大したことではございません。お互いに自分の目の前のケーキを相手に食べさせてあげるだけ。いわゆる"あーん"です！　簡単でしょう？」
　ウエイトレスさんの説明を聞いて、ほっとした。
　ケーキを食べさせ合うだけなら全然余裕だ、と思って。
　フォークでショートケーキを切って、載せて。
　みっくんの口元まで運んだ。
「みっくん、口開けて？」
　私がそう言うと、みっくんは素直に唇を開いて。

そして、フォークごとケーキを押し込もうとしたときに気づいてしまった。
　これってもしかして間接キス……？
　一度意識してしまったら、途端に恥ずかしくなる。
　フォークを持つ手がふるり、と震えた。
　みっくんの口元を見る。
　すると、なぜか、こんなときに限ってみっくんとのキスを思い出しちゃって。
　恥ずかしさに頬が熱で染まる。
　みっくんはその間ずっと口を開いたまま。
　ダメだ、早くしなきゃ。
　ええい、もうどうにでもなれ……！
　ぎゅ、と目を閉じてフォークを押し込んだ。
「あま」
　みっくんの呟きにぱっと目を開けると、みっくんは唇の端についたクリームをぺろりと舐めていて。
　その行為が色っぽすぎて目を逸らしたくなる。
　そんな私の気持ちなどつゆ知らず、みっくんは自分のケーキを載せたフォークを私に近づけてくる。
「はい、あーん」
　みっくんの声に、私は口を開いたけれど。
　間接キスだと意識してしまっている以上、恥ずかしくてなかなか食べられない。
　うぅっ、どうしよう……。
　葛藤していると、みっくんの低い声が降ってきた。

「早く食えよ」
「っ～……！」
　みっくんの命令口調は、決して強いわけではないのに逆らえない。
　私はぱくりとケーキを口に含んだ。
　それを見たウエイトレスさんは、
「ありがとうございます。では今すぐお持ちしますね～」
　明るい声を上げて戻っていった。
　私はというと、みっくんが食べさせてくれたブルーベリーレアチーズタルトをしばらく堪能する。
「ショートケーキもおいしかったけど、これもめっちゃおいしいね……！　幸せ！」
　うっとりとしながら感想を言うと、みっくんがふっ、と笑った。
「さっきさ、どうしてここに連れてきてくれたのかって聞いたよな」
「うん」
「本当はまだ他に理由があるんだ」
　唐突なみっくんの言葉に、私は瞬きを繰り返した。
「1つはその顔」
　みっくんがつん、と私の頬を指先でつついた。
「甘いもん食ってるときの、ひまりの緩みきった幸せそうな顔が見たくて」
「っ！」
「そして2つ目」

みっくんは手元のブラックコーヒーのカップを持ち上げた。
「俺さ、最近気づいたんだけど」
　みっくんが私を見て、それからケーキを見て。
「ブラックコーヒーと甘いケーキって合うんだよな、意外と」
「へ……？」
「ずっと、甘いもんは苦手だったけど、今はそうでもない」
　みっくんは、手元のケーキを一口含んで。
　咀嚼して飲み込んで、また口を開いた。
「苦いと甘いって、ずっと正反対だと思ってたけどさ、本当は相性抜群なんだよ」
「……！」
　私は思わず目を見開いた。
　ずっと正反対だと思ってた。
　正反対だから嫌われたんだと思ってた。
　ブラックコーヒーみたいに苦いみっくんと、砂糖みたいに甘いっていわれる私とは、決定的に何かが違うんだと思ってた。
　——でも、本当はそうじゃない。
　正反対だから勘違いし合って傷つけて、だけど今、向かい合って一緒にいる。
　正反対な私たちは、正反対だからこそ相性が抜群なのかもしれない。
「ねぇ、みっくん」

今までいろんなことがあったね。
　もう、一生わかり合えないんじゃないかって思ったこともあったよ。
　これからもいろんなことがあるかもしれない。
　ぶつかり合ってケンカすることだってあるかもしれない。
　もしかしたら愛想尽かされちゃうかもしれない。
　だけど、今は。
「大好きだよ」
　にがくてあまい、この恋を。
　この先も２人でずっと、一緒にしていたいと思うんだ。
「うん、俺も好き」

特別書き下ろし番外編

甘い熱と本音

　うららかな春の日差し。
　窓から見える校庭の桜の木は、ついこの間まで華やかなピンク色だったのに、今ではみずみずしいグリーンの葉桜に姿を変えていた。
　4月。私たちは無事に2年生へと進級して、ようやく新しいクラスにも慣れてきたころ。
　みっくんと夏奈ちゃんは理系クラス。そして偶然にも2人は同じクラスなんだ。
　文系の私は、元からわかっていたこととはいえ、大好きな2人とクラスが離れて、最初は寂しくて心細かった。
　だけど、同じクラスには昨年も一緒だった翔太くんがいて、それからみっくんと仲よしだという桜井くんも一緒。
　新しい女の子の友達も増えてきて、なんとか上手くやっていけそうな気がしている。

　今日はさっき6限目の授業が終わって、あとはホームルームを終えて帰るだけ。
　6限は移動教室だったから、今は教室へと戻る途中なの。
　学年が上がって、急に授業内容が難しくなったように感じるから、置いていかれないよう頑張らないと……なんて、そんなことを考えながらぼんやりと歩いていると。
　階段のところで、ちょうど同じように移動教室帰りの夏

奈ちゃんを見つけた。
　大好きな親友の姿に浮き足立った私は、衝動的に駆け出して。
「夏奈ちゃ、ひゃっ……！」
　──後先考えずに行動してしまうのは、私の悪いくせ。
　危ない、と思ったときにはもう遅くて、段差につまずいた私の体は、ふわりと宙に浮いた。
　背筋をぞわっと冷たい何かが走って、落下していくのが感覚でわかった。
　床にたたきつけられる痛みにそなえて、まぶたをぎゅ、と閉じた、けれど。
　訪れるはずの衝撃と痛みが一向にやってこない。
　代わりに私の体を包んだのは心地のいい誰かの体温で。
　不思議に思って、そろり、と目を開くと。
「なあ、ばかなの？」
「……っ」
　こわい顔をして、私を見つめているその人に息をのんだ。
「み、みっくん！」
　目と鼻の先にいるのは、正真正銘のみっくん。
　──どうやら、階段から落っこちた私を、みっくんが見事キャッチしてくれたらしい。
　どうしてこう、いつも、みっくんはタイミングよく現れて助けてくれるんだろう。
　センサーでもついているんじゃないかって疑ってしまうほど。

私のヒーローは、昔からみっくん、たった1人で。こうやってふいに優しさを見せられるたび、どんどんみっくんのことが好きになる。
　"好き"の気持ちは際限なしに日に日に増していくばかりだ。
「助けてくれて、ありがとう」
「ほんと、感謝して」
　素直にありがとう、と言うと呆れたため息が返ってきて。
　その吐息が鼻にかかって、みっくんにお姫さま抱っこされているという今の状況を思い出した。
　急に意識してしまって、頬が熱に染まる。
「お、下ろして……」
　恥ずかしさに耐えながらそう言ってみたものの、みっくんは私を下ろそうとする気配すらない。
　じたばたと手足をばたつかせても、まったく効果はなかった。
「心臓、止まるかと思った。おまえの声がしたと思ったら、急に上から降ってくるし」
　低くて静かな声。
　はーっ、と深く息をついて。
　私の体にまわした腕に、わずかに力がこもったような気がした。
「……俺がいなかったら、どうするつもりだった？」
　切実な声色に、心が落ち着かなくなる。
　——と、同時にみっくんの様子に違和感をおぼえた。

どこか、おかしい気がして。
「だいたい、ひまりはいつも危なっかしいんだよ。隙だらけだし、突拍子もないことばっか言うし、するし。まわりのことも考えろよ。おまえに何かあったら俺は——」
「ねえ、みっくん」
「……何」
　どことなく不機嫌なみっくんがこぼしたのは熱い、吐息。
　——やっぱり。
「体、熱くない？」
　そろそろと腕を伸ばして、みっくんの額に触れる。
　伝わってきた温度のあまりの高さに思わずその手を引っこめた。
「勝手にさわんな」
　ちっ、と舌打ちされて、それからようやくお姫さま抱っこから解放してくれて。
　そんなみっくんの足元がふらふらして見えるのは、たぶん気のせいじゃない。
「熱、あるよね」
「ない、から」
「うそつき」
　目元も赤いし、息も荒いし、全然誤魔化せてないよ。
「うそじゃね——」
　次の瞬間、ぐらりとみっくんの体が傾いた。
「っ、みっくん！」
　倒れるすんでのところで正面から抱きとめて支える。

ぎゅ、と力をこめて抱きしめれば平熱よりもずっと高い体温が流れ込んできて。
　どうしよう、このままじゃダメだけど。
　私1人じゃ、みっくんを運ぶなんてできそうにない。
　その場でどうしたものか、と困り果てていると。
「ひまりちゃん、大丈夫？」
「翔太くん……？」
　離れたところから様子を見ていたらしい翔太くんが声をかけてくれて。
「えっと、みっくんが熱あるみたいなの……」
　簡単に状況を説明すると、私と私が抱えているみっくんを見比べて納得してくれたみたい。
「まじか、大変じゃん」
　翔太くんのセリフに、こくり、と頷いた。
「俺、光希のこと保健室まで連れていくからさ。ひまりちゃんはいったん教室戻っていいよ」
「え……でも……」
「ひまりちゃんじゃ無理でしょ、男運ぶのなんて」
　そのとおり、だけど。
「さすがに翔太くんに任せっきりになんてできないよ」
　ふるふると首を横に振る。
　そんなの、翔太くんに悪いもん。
「いいんだって、ここは任せてよ。……友達なんだから」
　そう言って、ふっと口角を上げた翔太くん。
　そこまで言ってくれるなら、と翔太くんの言葉に甘える

ことにした。
　みっくんの体を翔太くんに預けて。
「ほんとにありがとう」
「どういたしまして。あ、俺ホームルーム抜けるって担任に言っといて」
「うん、わかった」
「じゃ、またあとで」
　翔太くんがみっくんを担いで階段を下りていく。
　その背中を見送ってから私も教室へ戻った。
　——その途中、心の中で呟く。
　みっくんの、ばか。
　みっくんは私のことばかだって言うけれど、みっくんのほうがばかだよ。
　どうして無理して平気なふりするの。
　どうして、私のこと頼ってくれないの。
　ヒーローに助けてもらってばかりのお姫さまになりたいわけじゃない。
　私だって、みっくんのこと助けたいのに。

　ホームルームが終わってすぐに保健室に向かった。
　事情を知った夏奈ちゃんと、それから桜井くんも一緒。
　ガラガラッ、と勢いよく扉を開くと、保健医の先生と翔太くんが出迎えてくれる。
　みっくんは、ベッドで眠っているみたいだった。
「朝から無理してたみたいね。かなりの高熱だったわよ」

先生はそう言って言葉を続ける。
「それから、お家の方と連絡取れないのよねえ。電話かけたんだけど、出なくって」
「……たぶん、出張です」
　昨日からみっくんママもみっくんパパも仕事で他県にいるって言っていた気がする。
　みっくんとの会話を思い出しつつそう言うと、先生は「あら、それは大変」と苦笑した。
「家まで送ってあげたいところなんだけど、私もこれから会議で」
　そう言って腕時計を確認するそぶりをする。
　どうしようか、と考えていると。
「なら、俺が光希のこと家まで担いでくよ」
　翔太くんがそんな提案をする。
「だ、ダメだよ！　そんな翔太くんにばっかり頼ってられないもん」
「現役バスケ部の体力なめんなっつーの。これくらい余裕だから。あと、俺的には素直に頼ってくれたほうがうれしいんだけど？」
　どこまでも紳士な翔太くんはそう言ってくれるけれど、さっきも助けてもらったばかりなのに。
「なら、俺も加勢するけど。交替で担いだほうが楽じゃね？」
　今度は桜井くんが口を開いた。
　けれど、翔太くんは首を横に振って。
「いや、こっちは俺1人で大丈夫。それより、3人でスーパー

に寄ってきてもらえる？」
「スーパー？」
　夏奈ちゃんが怪訝な顔で聞き返すと、翔太くんはそう、と頷いた。
「光希、今家に１人なんだったらいろいろいるもんあるだろうし。で、女の子２人だとなんかあったら大変だから、利樹もそっちに行ってほしい」
「りょーかい」
　桜井くんが親指をぐっと立てて口角を上げた。
　——さすが２年連続で学級委員に指名されるだけある。
　翔太くんの無駄のない指示に、感心するばかりで。
　その一部始終を見守っていた先生も安心したように息をついた。
「その様子だと大丈夫そうね。棚橋くんのことは、あなたたちに任せるわ。じゃあ、私はそろそろ会議に行くわね」
　そう言って、慌ただしく保健室を去っていく。
「じゃあ、俺らも行くか！」
　桜井くんの言葉を合図に、翔太くんはみっくんを担いでみっくんの家へ、私たち３人はスーパーへと向かった。

「これだけあれば十分っしょ」
「いろいろ揃えたしね」
　スーパーでの買い物を終えて、３人でみっくんの家へと向かう。
　私たちのさげているレジ袋には、冷却シートからスポー

ツドリンク、食べやすそうなフルーツにゼリーまでひととおり揃っている。
　桜井くんや夏奈ちゃんの言うとおり、これだけあれば大丈夫だろう。
　さっき翔太くんから【光希はベッドに寝かせておいたよ】とメッセージが届いていたからひとまず安心。
　あとは私たちがこれをみっくんの家に届ければ——。
「ひまりはこのあと棚橋くんの家にいるんでしょ？」
「え……？　えっと、これを届けたらそのまま帰ろうと思ってるけど……」
　夏奈ちゃんの問いにそう答えると、呆れたような目を向けられた。
「はあ？　今棚橋くん、家に１人なんだよ？　隣についてあげられるのなんてひまりしかいないじゃない！」
　だいたいねえ、と夏奈ちゃんはため息をついて。
「こういうときは、彼女が看病するのが定石でしょ」
　そういうものなの……？
　きょとん、とした私に夏奈ちゃんは。
「ひまりだってクリスマスのとき、看病してもらったんじゃないの？」
　その言葉に、クリスマスの日を思い出した。
　まだ、みっくんと彼氏彼女の関係になる前のこと。
　翔太くんと出かけた私は熱で倒れて——。
　あのとき、眠る私のそばに、みっくんがついていてくれたらしいけれど、その記憶はおぼろげ。

そんな私の様子に、夏奈ちゃんがまた口を開いた。
「っていうか、ひまりは棚橋くんのこと心配じゃないの？」
「心配だよ、すごく。でも……」
「でも？」
　わずかに触れた肌は尋常じゃないくらい熱かった。
　倒れるくらいなんだから、心配にきまってる。
　家で倒れたら、なんて考えただけでいてもたってもいられないし、あんな状態のみっくんを１人にしたくもない。
　だけど……。
「怖い、んだと思う。迷惑だ、って追い払われたりしたらどうしようって。みっくんは全然私のこと頼ってくれないし、私ばっかり助けてもらってるし、なんだか……私ばっかりみっくんのこと好きな気がする」
　付き合ってからも、みっくんはここぞというときにしか本音を言ってくれないから、わからないことだらけで。
　話しているうちに本当にそんな気がしてきて、しょぼんとしていると。
「ないない。それは絶対にないから！」
　桜井くんが笑い混じりに言った。
「あいつ、わかりにくいかもしれないけど、ひまりちゃんのこと、かなり好きだよ。今日だって、ひまりちゃんが階段から落ちたとき、血相変えて飛び出してったの見たもん」
　自分だって体調悪かったくせにね、と。
　それから、私を安心させるように微笑んで。
「あーあ、光希に聞かせてやりたいなー、さっきのひまり

ちゃんの言葉。弱ってるあいつのそばにいてやってよ、あいつ、きっと喜ぶから」
「大丈夫だって！　棚橋くんの彼女は、まぎれもなくひまりなんだもん」
　２人に励まされて、私はこくり、と頷いた。
　そして気づいたときにはもう家の前で。
　２人が持ってくれていた分のレジ袋を受け取った。
「ありがとう、ほんとに助かったよ」
「じゃあ、棚橋くんにお大事にって言っといてね」
　ばいばい、と手を振って、２人と別れてみっくんの家へと足を進めようとした、そのとき。
「待って、ひまりちゃん」
「桜井くん？」
　桜井くんが私のことを呼びとめた。
　そして。
「いいこと、教えてあげる」
「いいこと？」
「そう。光希の風邪も一瞬で治っちゃう、とっておきのおまじない」
　続けて、「耳貸して」と言われるがまま桜井くんの口元に耳を寄せる。
「……するといいよ」
「っ!?　そんなの……」
　耳元でささやかれた言葉に顔が熱くなるのがわかる。
　そんなの無理だよ、と言おうとしたけれど遮られて。

「ぜってー効果てきめんだから。俺が保証する」
　ニヤリ、と効果音がつきそうな笑みを口元に浮かべて、やけに自信たっぷりに言うから。
「ほんと……？」
「まじだって。じゃあ、頑張って！」
　私がこくん、と頷くと、桜井くんはひらひらと手を振って背を向けた。

　こんこん、とノックするも応答はない。
　いいのかな……勝手に入っても。
　みっくんの部屋の前、私はそわそわとどこか落ち着きのない気持ちを持て余していた。
　みっくんはなぜか、私をあまり家に上げたがらないから、ここに来るのはかなり久しぶりで、それだけで緊張する。
　よく眠っているんだろう、いつまでたっても中から応答はなくて。
　ずっとここでウジウジしているわけにもいかないし、と思い、中に入ることにした。
　ドアノブに手をかけると、ガチャ、とすんなり扉が開く。
　ネイビーを基調にシンプルに統一された部屋。
　無駄のない家具の配置は、いつ来ても、みっくんらしいな、と思う。
　ここに来るのは別に初めてとかじゃない……はずなのに、まるで初めて足を踏み入れたかのような感覚におちいっていると。

「……ひまり……?」
　ベッドのほうから、掠れた声がした。
「みっくん、起きたの?」
　もしかして、さっき私が扉を開けたときの物音で起こしてしまったのかも。
「……ここ、俺の部屋?」
　ぼんやりと天井を見つめながら、そんなことを言うみっくん。
　どうやら熱のせいで、記憶があいまいみたいだった。
「みっくん、熱あるのに無理なんかするから倒れちゃったんだよ。ここまで翔太くんが運んでくれたんだから」
　そう言うと、みっくんの眉がぴくりと上がった。
「──翔太くん……ね」
　ぼそ、とみっくんが何か呟いたけれど、聞き取れなくて首をかしげると。
「つうか、おまえはなんでいるわけ」
「なんでって……、みっくんが心配だからだよ」
　正直に言うと、みっくんはため息1つ。
「いらねーから、そういうの。帰れよ」
「……っ」
　あぁ、やっぱり私じゃダメなんだ、とうつむきかけたけれど。
「帰れよ。うつるから」
「え……?」
「おまえ昔から免疫弱えだろ。すぐひとの風邪もらってた

くせに」
　てっきり追い払われたんだとばかり思っていたけれど、これは……心配、されてるだけ？
「大丈夫だもん。子ども扱いしないで」
「子ども扱いじゃなくて、女扱い、してんの」
「っ！」
　唐突な言葉に心臓がどきん、と跳ねた。
　急になんなの……。
　いつものみっくんは、そんなこと絶対言わないのに。
　みっくんは照れた様子もなくて、いたって普通。
　私だけ動揺しているのが悔しくて、誤魔化すように。
「熱は、どれくらいあるの？」
　と聞くと。
「知らね」
　なんてそっけない返事が返ってきたから、自分でたしかめたほうが早いと思ってみっくんの額に触れた。
「あつい……」
　触れた瞬間にわかるほど火照っていて、保健室にいたときよりも、熱が上がっているみたいだった。
　そのまま頬、首、腕——と順番に手をすべらせると、どこもかしこも熱くて。
　これほどの高熱だったなんて、と驚いていると。
「素手であちこちぺたぺたすんのやめろよ」
「気持ち悪かった？　ごめんね」
　目を細めているみっくんに反省して素直に謝ると、みっ

くんは「そうじゃない」と呟いた。
　きょとんとした私にみっくんは浅く息を吐いて。
「……たまに、俺の理性試してんのかって思うときある。おまえには、わかんねーだろーけど」
　ぐしゃ、と自分の髪を乱したかと思えば、私のことをじっと見つめて。
「おまえといると、余計熱あがりそう。くらくらするし、頭おかしくなる」
　そう言って、苦しげにベッドに転がったみっくんは、はたから見ても相当しんどそう。
　そういえば、とスーパーで調達したいろいろが入ったレジ袋の存在を思い出して、みっくんに声をかけた。
「何か飲む？　ここに来る前、いろいろ買ってきたんだよ」
「……」
　袋の中からがさごそと、スポーツドリンクのペットボトルを取り出しながら。
「熱があるときは水分補給が大事なんだって。だから、何か飲んだほうがいいと思う」
「じゃあさ」
　上半身を起こしたみっくんが、私の腕を柔く掴んだ。
　やっぱりあつい。
　伝わってくる体温も、──焦げつくような視線も。
「──口移しで飲ませろよ」
「っ！」
　掠れ気味の低い声に、びく、と肩が跳ねた。

普段の私なら、いくらみっくんの頼みでも絶対にできない、そんなこと。
　だけど、弱っているみっくんを前に、私の思考回路までマヒしてしまったみたい。
　ごくん、と口の中の水分を飲み込んで。
「い、いいよ……」
　そう答えると、みっくんは戸惑ったように目を見開く。
「……は？」
　ひと声漏らしたかと思えば、こめかみに手を当てて、はーっとため息をついた。
「こういうときは、普通抵抗するだろ」
「……？」
「そんなんだから、つけこまれんだよ」
　きょとんとする私の額を小突いて、みっくんは顔をしかめる。
「おまえ、ほんとばかじゃねーの？」
「……っ」
　また、ばかって言った。
　ぐっ、と唇を噛んでみっくんを見つめる。
「……私、ばかじゃないもん。みっくんのほうが私よりずっと、ばかなんだから！」
　きっ、とみっくんを睨んだ。
　私が珍しく声を張ったからか、みっくんは何も言わずに黙っている。
「みっくんはいつも１人で勝手に苦しんで、全然私のこと

頼ってくれないし。何考えてるか全然話してくれないし。今日だって、無理して倒れちゃうし！」
　病人を前に、何を熱く語っているんだろう。
　だけど、一度口を開いてしまったら、とまれない。
「本当は、もっとみっくんのこと知りたいって思うのに。私ばっかりみっくんのこと考えてて、私ばっかりみっくんのこと好きでいる気がする……」
　胸がきしり、と痛んで語尾が弱々しくなった。
　そんな私をじっと見つめていたみっくんは、すっと立ち上がって。
　そして私の隣まで来て腰を下ろした。
「全然わかってないのはおまえのほう」
「へ……？」
「俺のほうがおまえのことばっか考えてるし」
　別にこっちは無理してるとかじゃなくて、ただ自分のことよりもおまえのことが頭ん中を占めてるだけで、なんて呟いて。
「気に食わねーけど、昔から俺のど真ん中はひまりなんだよ」
　熱で浮かされているからか、いつもより饒舌(じょうぜつ)なみっくんは心の内を素直にさらいていく。
「……おまえと話すと浅野の名前ばっか出てくるし」
「ちゃっかり浅野と同じクラスだし」
　言葉をとめたかと思うと、伏目がちにこっちに視線をよこして。

「普通にめちゃくちゃ妬いてるから」
　ドクン、と心臓が大きく音を立てる。
　何も言えずに、かたまっていると。
「なあ、ここまで言ってもわかんない？」
「な、何……」
「──俺は」
　ぐ、とみっくんが一段と熱をこめる。
「俺は、ひまりのこと、気が狂いそうなほど好きなんだよ」
「っ！」
　心臓が止まるかと思った。
　ストレートな言葉を欲しがったのは私だったのに、こうもまっすぐな感情を向けられると私がもたない。
　完全に打ちのめされた私を一瞥してみっくんは。
「わかったら、出てけば？」
　俺はもう寝るから、と言って再びベッドに戻っていった。
　冷たい物言いだけど、みっくんの本音に触れてお腹いっぱいの私は今、無敵だからそんなの少しのダメージにもならない。
　──だけど、私がいると落ちついて眠れないかもしれないというのは事実。
　1人きりのほうが、きっとぐっすり寝られるよね。
　よし、ここは大人しく立ち去ろう、と決めたところでふと頭の中をよぎったのは。
『光希の風邪も一瞬で治っちゃう、とっておきのおまじない』

私の耳元でささやいた桜井くんの声。
　　効果てきめんだと、自信たっぷりだったことを思い出す。
　　――あれ、実行するなら今しかないかも。
「……みっくん」
　　名前を呼ぶと、みっくんはちらりとこちらに視線だけ寄越す。
「すぐに出ていくから、その前に1つだけ」
　　ベッドのそばまで近づいて、かがみ込む。
　　そして。
　　――ちゅっ。
　　思っていたよりも響いた甘い音に、恥ずかしさで死にそうになった。
「は……？」
　　そんな私の耳に入ってきたのは、低く唸るような声。
　　いつもの不機嫌そうなそれとは違って、純粋に戸惑っているようで。
「今の、何」
　　私が触れたほうの頬を押さえ、うわごとのように呟いた。
「何って……、みっくんの風邪が治るおまじない、だよ」
『ひまりちゃんから、ほっぺにちゅーするといいよ』
　　桜井くんの声が脳内でリピート再生された。
　　そんな私の言葉に、みっくんは思いっきり顔をしかめて。
　　――かと思えば、突然視界がぐるんと反転した。
　　どさっ、と背中に感触がして、いつの間にかベッドの上。
　　ぐっ、とマットレスに押さえつけられた腕はびくともし

ない。
　そして、上から覆いかぶさってくる――みっくん。
「……どーせ、誰かの入れ知恵だろうけど」
　ぼそりとみっくんが何か呟く。
「そういうのに簡単に煽られてる自分にむかつく」
　ぎし、と響いたスプリングの音がやけに耳についた。
　状況がのみ込めず、目を白黒させている私の頬にみっくんが手のひらを添わせて。
「いっそのこと、うつしてやろーか」
　掠れた声でささやいた。
　ドクン、と私の心臓が音を立てた次の瞬間。
「んん……っ……」
　みっくんに柔らかく唇をふさがれる。
　ふれるだけのキスが、角度を変えて何度も落とされて。
　同時に、頬、首、腰――とみっくんが熱い指先を伝わせるから、そのたび体がびく、と素直に反応した。
　みっくんのキスは優しくて、それでいて強引。
　一応呼吸をうながしてはくれるけれど、ペースはこっちに合わせてなんてくれない。
　主導権を握っているのは、いつだってみっくんで。

　――しばらくして、ちゅ、という甘い音とともに唇が離れた。
　完全に息の上がってしまった私は、肩で息をしながら涙目でみっくんを見上げる。

「……かわい」
　甘ったるい熱のはらんだ視線を向けて、小さく呟く。
　そして、私の顎をぐい、と持ち上げて。
「口、開けて」
　思考回路が甘く溶かされ、頭が真っ白になって何も考えられなくて言われるがままに従うと。
「ん、いい子」
　優しく頭を撫でられた——かと思うと、そのまま後頭部を引き寄せられて、今度はさっきよりもずっと深く唇が重なった。
　まるで、呼吸ごと奪いつくされるようなキス。
　何度も体温を混ぜ合わせているうちに、もうどちらの熱か、どちらの吐息か、わからなくなって。
　食べられる、ってこういう感覚なのかもしれない、とぼんやりと頭の隅で考えた。
　攻めたてられていると、次第に酸素がなくなってきて。
　もう息ができない、と助けを求めようとしたとき。
　——どさり。
　急に息がしやすくなって、みっくんの全体重が私の体の上に力が抜けたようにのしかかってきた。
　お、重い……。
「みっくん……？」
　不思議に思って名前を呼ぶと、すーすー、と規則的な呼吸の音が聞こえてきて。
　まさか。

「寝たの……？」
　つんつん、とみっくんの頬をつついても反応はない。
　──どうやら、本当に眠ってしまったらしい。
　この状況で？と少し恨めしく思いながらも、みっくんが体を冷やしてしまわないように布団をかぶせてあげた。

「あ、みっくん、起きた？」
　ごそごそと物音がして、みっくんの部屋を覗くと、ついさっきまで１時間ほどぐっすりと眠り込んでいたみっくんが目を覚ましていた。
「今ちょうど、ホットミルクをいれたところだよ」
　はちみつ入りのホットミルク。
　私が風邪を引いたとき、ママが必ず作ってくれるもの。
　ちょうどみっくん家のキッチンにはちみつがあったから、作ってあげようと思って。
　みっくんの隣に腰かけて、マグカップを手渡した。
「調子はどう？」
「おかげさまで、熱はだいぶ引いた」
　そっか、よかった。
　たしかに、火照っていた肌も赤くなっていた目元も、元どおりになっている。
　みっくんが、ちび、とホットミルクを口に含んだ。
「どう？」
「甘ったるい」
　うっ……。

口に合わなかったかな、なんて一瞬不安になって。
「でも、嫌いじゃない」
　その言葉にほっと胸を撫で下ろした。
　ふふ、と口元を緩めていると。
「なんかおまえ、やけに上機嫌だな」
　怪訝な顔のみっくん。
「だって……」
　言葉をとめて、みっくんを見つめる。
　きょとんとした顔が、なんだかおかしかった。
　私が無敵モードなのは、みっくんが原因なのにね。
「みっくんが私のこと、めちゃくちゃ好きって言うから」
　思い返しては緩む頬を隠しもせずに、そう言うと。
「……最悪」
　頭を抱えたみっくんがぼそっと呟く。
「頼むから、忘れて」
　どうやら熱が引いて通常運転に戻ったみたい。
　熱があるときの素直で饒舌なみっくんの姿、貴重だったなぁ、なんて思っていると。
「──やっぱ忘れなくていい」
「へ……？」
「あのとき言ったこと、全部ほんとだし」
　ふっ、と口角を上げて私を見つめる。
「いちいち言わねーから、おぼえてて。熱があろうがなかろうが、いつだってそう思ってるってことだから」
　──熱があってもなくても、結局私はみっくんに振り回

される運命らしい。
　素直なみっくんもたまにはいいけど、私はどんなみっくんでも、隣にいられるだけで幸せで。
　それに、やっぱりみっくんにはいつだって元気でいてほしい、し。
　心の中でそう思ったとき。
「……ひまりがそばにいてくれんなら、風邪も悪くないかもな」
　珍しくみっくんが素直にそうこぼすから。
「もう。ちゃんと早く治さなきゃダメだよ？」
　照れ隠しにみっくんの脇腹を小突いた。
「はいはい、わかったよ」
　呆れたように肩をすくめたみっくんが、ぐしゃぐしゃ、と私の前髪を乱して。
　そんな動作に、むっと頬をふくらませていると。
　流れるように自然に、みっくんが私の額にふれるだけのキスを落とした。

　幸せすぎて胸が苦しい、なんてぜいたくなことを考える。
　──この先も、ありふれた日常を2人で幸せだと思えるような未来が待っているといいな。
　ね、みっくん。

Fin

あとがき

はじめまして、結季ななせです。

このたびは、数ある書籍の中から『お前のこと、誰にも渡さないって決めた。』を手に取っていただき本当にありがとうございます。

本作は、私がちょうど創作にのめり込みはじめた頃に書いたお話でした。

かわいくて愛されキャラのヒロインと、クールで冷たい態度の裏に甘い本心を秘めたヒーロー、幼なじみという設定や学園モノ定番ともいえるイベントの数々。

私自身の大好きな要素ばかりを詰め込んだ、いわば"私による、私のための"作品だったんです。

書籍化するにあたり編集作業をしながらも、そういえばこの作品は終始楽しんで書いていたなぁ、なんて思い返しては懐かしくなったりもしていました。

自分で言うのもなんですが、ひまりにも光希にも、それから他のどの登場人物にも愛着があって個人的には大好きなので、私の自己満足から生まれたそんな彼らを少しでも多くの方に愛していただけたならとても幸せなことだな、と思います。

それから光栄なことに、本作で「第3回野いちご大賞」にてピンクレーベル賞を受賞させていただきました。
　まさか自分の書いた物語が書籍になる日が来るなんて思ってもいなかったので、このような形でデビューさせていただき本当に嬉しく思っています。
　受賞の連絡をいただいた日から今もずっと、醒めない夢の中にいるような心地です。

　星の数ほどある中から私の作品を見つけてくださった読者の皆様には、感謝の気持ちでいっぱいです。
　その感謝の気持ちだけは忘れずに、これからも気ままに好きなものを好きなように文章にしていけたらな、と思います！

　最後になりましたが、思い描いていたよりずっと素敵なイラストでキャラクターたちに命を吹き込んでくださった杏堂まい先生はじめ、出版に携わってくださったたくさんの方々。それから、この本を手に取ってくださったすべての皆様に心からお礼申し上げます。
　本当にありがとうございました！

　それでは、最大級の愛と感謝を込めて。

2019年7月25日　結季ななせ

作・結季ななせ（ゆうき ななせ）
5月生まれの双子座。「見えない」とよく言われるが、れっきとしたA型。ぎりぎり女子高生。超がつくほどの甘党で、可能ならば糖分だけで生きていたい。いつかホールのケーキをひとりで食べるのが夢。本作で「第3回野いちご大賞」のレーベル賞を受賞し、初の書籍化。現在は、ケータイ小説サイト「野いちご」にて執筆活動中。

絵・杏堂まい（あんどう まい）
小学館発行の少女漫画誌『Sho-Comi』で活躍中の漫画家。3月7日生まれ。AB型。2012年、『ひめごとまだまだ』でデビュー。小学館フラワーコミックス『サンリオ男子』『君とは2度とキスできない』など、単行本好評発売中！ その他、小説の装画などで幅広く活躍中。最新掲載情報などは、『Sho-Comi』公式HPや本人によるSNSをチェック。

ファンレターのあて先

〒104-0031

東京都中央区京橋1-3-1

八重洲口大栄ビル7F

スターツ出版（株）書籍編集部 気付

結季ななせ 先生

この物語はフィクションです。
実在の人物、団体等とは一切関係がありません。

お前のこと、誰にも渡さないって決めた。

2019年7月25日　初版第1刷発行

著　者	結季ななせ
	©Nanase Yuki 2019
発行人	松島滋
デザイン	カバー　ansyyqdesign
	フォーマット　黒門ビリー＆フラミンゴスタジオ
ＤＴＰ	朝日メディアインターナショナル株式会社
編　集	若海瞳
	酒井久美子
発行所	スターツ出版株式会社
	〒104-0031　東京都中央区京橋1-3-1　八重洲口大栄ビル7F
	出版マーケティンググループ　TEL03-6202-0386
	（ご注文等に関するお問い合わせ）
	https://starts-pub.jp/
印刷所	共同印刷株式会社

Printed in Japan

乱丁・落丁などの不良品はお取り替えいたします。上記出版マーケティンググループまでお問い合わせください。
本書を無断で複写することは、著作権法により禁じられています。
定価はカバーに記載されています。

ISBN 978-4-8137-0725-7　C0193

ケータイ小説文庫　2019年7月発売

『至上最強の総長は私を愛しすぎている。②』 ゆいっと・著

最強暴走族『灰雅』総長・凌牙の彼女になった優月は、クールな凌牙の甘い一面にドキドキする毎日。灰雅のメンバーとも打ち解けて、楽しい日々を過ごしていた。そんな中、凌牙と和希に関する哀しい秘密が明らかに。さらに、自分の姉も何か知っているようで…。PV1億超の人気作・第2弾！
ISBN978-4-8137-0724-0
定価：本体580円+税

ピンクレーベル

『お前のこと、誰にも渡さないって決めた。』 結季ななせ・著

ひまりは、高校生になってから冷たくなったイケメン幼なじみの光希から突き放される毎日。それなのに光希は、ひまりが困っていると助けてくれたり、他の男子が近づくと不機嫌な様子を見せたりする。彼がひまりに冷たいのには理由があって…。不器用なふたりの、じれじれピュアラブストーリー！
ISBN978-4-8137-0725-7
定価：本体600円+税

ピンクレーベル

『年上幼なじみの過保護な愛が止まらない。』 *あいら*・著

高校1年生の藍は、3才年上の幼なじみ・宗壱がずっと前から大好き。ずっとアピールしているけど、大人なイケメン大学生の宗壱は藍を子供扱いするばかり。実は宗壱も藍に恋しているのに、明かせない事情があって……？　じれじれ両片想いにキュンキュン♡　溺愛120%の恋シリーズ第5弾！
ISBN978-4-8137-0726-4
定価：本体590円+税

ピンクレーベル

『孤独な闇の中、命懸けの恋に堕ちた。』 nako.・著

母子家庭の寂しさを夜遊びで紛らわせていた高2の彩羽は、ある日、暴走族の総長・蘭と出会う。蘭を一途に想う彩羽。一方の蘭は、彩羽に惹かれているのに、なぜか彼女を冷たく突き放し…。心に闇を抱える2人が、すれ違い、傷つきながらも本物の愛に辿りつくまでを描いた感動のラブストーリー。
ISBN978-4-8137-0727-1
定価：本体580円+税

ブルーレーベル

ケータイ小説文庫　2019年6月発売

『至上最強の総長は私を愛しすぎている。①』ゆいっと・著

高校生の優月は幼い頃に両親を亡くし、児童養護施設「双葉園」で暮らしていた。ある日、かつての親友からの命令で盗みを働くことになってしまった優月。警察につかまりそうになったところに現れたのは、なんと最強暴走族「灰雅」のメンバーで…？　人気作家の族ラブ・第1弾！
ISBN978-4-8137-0707-3
定価：本体580円＋税　　　　　　　　　**ピンクレーベル**

『お前を好きになって何年だと思ってる？』Moonstone（ムーンストーン）・著

高校生の美愛と冬夜は幼なじみ。サッカー部エース、成績優秀のイケメン・冬夜は美愛に片思い。彼女に近づく男子を陰で追い払い、10年以上見守ってきた。でも超天然の美愛には気づかれず。そんな美愛が他の男子に狙われていると知った冬夜は、ついに…!?　じれったい恋に胸キュン！
ISBN978-4-8137-0706-6
定価：本体600円＋税　　　　　　　　　**ピンクレーベル**

『もう一度、俺を好きになってよ。』綴季（つづき）・著

恋に奥手だった由優は憧れの理緒と結ばれ、甘い日々過ごしている。自信がなくて不安な気持ちでいた由優を理緒は優しく包み込んでくれた…。クリスマスのイベント、バレンタイン、誕生日…。ふたりの甘い思い出はどんどん増えていく。『恋する心は"あなた"限定』待望の新装版。
ISBN978-4-8137-0708-0
定価：本体610円＋税　　　　　　　　　**ピンクレーベル**

『いつか、眠りにつく日』いぬじゅん・著

修学旅行の途中で命を落としてしまった高2の蛍。彼女の前に"案内人"のクロが現れ、この世に残した未練を3つ解消しないと成仏できないと告げる。蛍は、未練のひとつが5年間片想い中の蓮への告白だと気づくけど、どうしても彼に想いが伝えられない。蛍の決心の先にあった、切ない秘密とは…!?
ISBN978-4-8137-0709-7
定価：本体540円＋税　　　　　　　　　**ブルーレーベル**

ケータイ小説文庫 2019年5月発売

『新装版 好きって気づけよ。』天瀬ふゆ・著

モテ男の凪と天然美少女の心愛は、友達以上恋人未満の幼なじみ。想いを伝えようとする凪に、鈍感な心愛は気づかない。ある日、イケメン転校生の栗原が心愛に迫り、凪は不安になる。一方、凪に好きな子がいると勘違いした心愛はショックを受け…。じれ甘全開の人気作が、新装版として登場！

ISBN978-4-8137-0685-4
定価：本体590円+税

ピンクレーベル

『学年一の爽やか王子にひたすら可愛がられてます』雨乃めこ・著

クラスでも目立たない存在の高校2年生の静音の前に、突然現れたのは、イケメンの爽やか王子様の柊くん。みんなの人気者なのに、静音とふたりだけになると、なぜか強引なオオカミくんに変身！「間接キスじゃないキス、しちゃうかも」…なんて。甘すぎる言葉に静音のドキドキが止まらない!?

ISBN978-4-8137-0683-0
定価：本体590円+税

ピンクレーベル

『ルームメイトの狼くん、ホントは溺愛症候群。』*あいら*・著

高2の日奈子は期間限定で、全寮制の男子高に通う双子の兄・日奈太の身代りをすることに。1週間とはいえ、男装生活には危険がいっぱい。早速、同室のイケメン・嶺にバレてしまい大ピンチ！でも、バラされるどころか、日奈子の危機をいつも助けてくれて…？ 溺愛120%の恋シリーズ第4弾♡

ISBN978-4-8137-0684-7
定価：本体590円+税

ピンクレーベル

『新装版 逢いたい…キミに。』白いゆき・著

遠距離恋愛中の彼女がいるクラスメイト・大輔を好きになった高1の葉月。学校を辞めて彼女のもとへと去った大輔を忘れられない葉月に、ある日、大輔から1通のメールが届き…。すれ違いを繰り返した2人を待っていたのは!? 驚きの結末に誰もが涙した…感動のヒット作が新装版として復刊！

ISBN978-4-8137-0686-1
定価：本体570円+税

ブルーレーベル

ケータイ小説文庫　好評の既刊

『幼なじみの榛名くんは甘えたがり。』みゅーな**・著

高２の雛乃は隣のクラスのモテ男・榛名くんに突然キスされ怒り心頭。二度と関わりたくないと思っていたのに、家に帰ると彼がいて、母親から２人で暮らすよう言い渡される。幼なじみだったことが判明し、渋々同居を始めた雛乃だったけど、甘えられたり抱きしめられたり、ドキドキの連続で…!?

ISBN978-4-8137-0663-2
定価：本体590円＋税

ピンクレーベル

『俺が意地悪するのはお前だけ。』善生茉由佳・著

普通の高校生・花穂は、幼い頃幼なじみの蓮にいじめられてから、男子が苦手。平穏に毎日を過ごしていたけど、引っ越したはずの蓮が突然戻ってきた…！　高校生になった蓮はイケメンで外面がよくてモテモテだけど、花穂にだけ以前のままの意地悪。そんな蓮がいきなりデートに誘ってきて…!?

ISBN978-4-8137-0674-8
定価：本体590円＋税

ピンクレーベル

『新装版　眠り姫はひだまりで』相沢ちせ・著

眠るのが大好きな高１の色葉はクラスの"癒し姫"。旧校舎の空き教室でのお昼寝タイムが日課。ある日、秘密のルートから隠れ家に行くと、イケメンの純が！　彼はいきなり「今日の放課後、ここにきて」と優しくささやいてきて…。クール王子が見せる甘い表情に色葉の胸はときめくばかり!?

ISBN978-4-8137-0664-9
定価：本体590円＋税

ピンクレーベル

『ずっと消えない約束を、キミと』河野美姫・著

高校生の渚は幼なじみの雪緒と付き合っている。ちょっと意地悪で、でも渚にだけ甘い雪緒と毎日幸せに過ごしていたけれど、ある日雪緒の脳に腫瘍が見つかってしまう。自分が余命わずかだと知った雪緒は渚に別れを告げるが、渚は最後の瞬間まで雪緒のそばにいることを決意して…。感動の恋物語。

ISBN978-4-8137-0665-6
定価：本体580円＋税

ブルーレーベル

ケータイ小説文庫 2019年8月発売

『至上最強の総長は私を愛しすぎている。③』 ゆいっと・著

事件に巻き込まれ傷を負った優月は、病院のベッドで目を覚ます。試練を乗り越えながら最強暴走族『灰雅』総長・凌牙との絆を確かめ合っていくけれど、衝撃の真実が次々と優月を襲って…。書き下ろし番外編も収録の最終巻は、怒涛の展開とドキドキの連続！ PV1億超の人気作がついに完結。
ISBN978-4-8137-0743-1
予価：本体500円＋税

ピンクレーベル

『新装版 やばい、可愛すぎ。』 ちせ・著

男性恐怖症のゆかりは、母親と弟の三人暮らし。そこに学校イチのモテ男、皐月が居候としてやってきた！ 不器用だけど本当は優しくけなげなゆかりに惹かれる皐月。一方ゆかりは、苦手ながらも皐月の寂しそうな様子が気になる。ゆかりと同じクラスの水瀬が、委員会を口実にゆかりに近付いてきて…。
ISBN978-4-8137-0745-5
予価：本体500円＋税

ピンクレーベル

『ひーくん注意報発令中!!!（仮）』 ばにぃ・著

高1の桃は、2つ年上の幼なじみで、初恋の人でもある陽と再会する。学校一モテる陽・通称"ひーくん"は、久しぶりに会った桃に急にキスをしてくる。最初はからかってるみたいだったけど、本当は桃のことを特別に想っていて……？ イジワルなのに優しく甘い学校の王子様と甘々ラブ♡
ISBN978-4-8137-0744-8
予価：本体500円＋税

ピンクレーベル

『魔法が解けるまで、私はあなたに花を届け続ける（仮）』 湊祥・著

高1の桜は人付き合いが苦手。だけど、クラスになじめるように助けてくれる人気者の悠に惹かれていく。実は前から桜が好きだったという悠と両想いになり、幸せいっぱいの桜。でもある日突然、悠が記憶を失ってしまい…!? 辛い運命を乗り越える二人の姿に勇気がもらえる、感動の青春恋愛小説!!
ISBN978-4-8137-0746-2
予価：本体500円＋税

ブルーレーベル

書店店頭にご希望の本がない場合は、
書店にてご注文いただけます。